推开昨天的半扇门

王苏红　王玉彬——著

中国书籍出版社
China Book Press

图书在版编目（CIP）数据

推开昨天的半扇门/王苏红，王玉彬著．—北京：中国书籍出版社，2018.8（2023．7重印）
ISBN 978-7-5068-6956-0

Ⅰ．①推⋯ Ⅱ．①王⋯②王⋯ Ⅲ．①中篇小说—小说集—中国—当代 Ⅳ．① I247.5

中国版本图书馆 CIP 数据核字 (2018) 第 167732 号

推开昨天的半扇门

王苏红　王玉彬　著

图书策划	牛　超　崔付建
责任编辑	尹　浩
责任印制	孙马飞　马　芝
出版发行	中国书籍出版社
地　　址	北京市丰台区三路居路 97 号（邮编：100073）
电　　话	（010）52257143（总编室）（010）52257140（发行部）
电子邮箱	eo@chinabp.com.cn
经　　销	全国新华书店
印　　刷	三河市华东印刷有限公司
开　　本	650 毫米 ×940 毫米　1/16
字　　数	350 千字
印　　张	20.5
版　　次	2018 年 8 月第 1 版　2023 年 7 月第 2 次印刷
书　　号	ISBN 978-7-5068-6956-0
定　　价	68.00 元

版权所有　翻印必究

卷首语

  推开这扇门,是昨天的风景,昨天的故事,昨天的味道……
  于你,也许是陈旧的,也许是新鲜的;可能你感到了苦涩的沉重,也可能品到了苦涩中的回甘……
  昨天、今天、明天,无法阻断的一扇扇门……

目录

草地纪事 / 001
界 / 058
同在溶溶月光下 / 106
梵　音 / 152
大庙里的兵 / 210
斑斓的十字 / 262

目录

草地纪事

一

一九三六年,我十三岁,兵龄三年。我觉得自己已经很大了,可指导员还说我是小毛娃子。

"黄小兔,快滚过来褪褪泥!"

队伍宿营了,夏百合在小溪边上招呼我,嗓门大得像驴叫。

我没个正经名儿,在家排行老七,娘忙昏了头叫我五呀六的,我也答应。在连里数我跑得快,一蹿一蹿的,像个兔子,他们就叫我小兔儿,开头叫着好耍,后来成了我的名字。

这个宿营地选得真好,绕山坡有条小溪,哗啦啦地流着,像匹小马驹儿。党岭山斧头一样,不远不近地砍在我们身后,我都不愿再看它一眼喽,它吃了我们连十一个姐妹。比我大两岁的毛妹也冻死在山上,站着,就那么直挺挺地站着,一腿前一腿后,插在三尺深的雪里死了。

好久没见这么清的水了,隔着几丈远,就闻见它的清甜味儿,跟清早的露水一样。我浑身又刺又痒,恨不得剥了皮跳下去耍个痛快。格老子的,就是解不开腰上的草绳!

夏百合她们洗头上的土,冲脸上的灰,搓脖子上的泥,嘴里吸溜溜的,又快活又惬意,急得我用劲拽草绳。

过雪山前,指导员说我气脉小,热量少,非让我把这件棉袍子穿在军装里面。这不知道是哪个地主婆娘的棉袍,石榴红缎子面儿,镶着黑绒狗牙边儿,摸一下刺啦啦直刮手。指导员说那是我手皮太粗。我个子太矮,踮着脚尖穿上它还拖着地,指导员就把前襟后摆撩起来,给我拦腰一扎。这可好,前面凸着,怀了娃子的女人一样丑,后头撅起,挂屁帘儿的奶娃儿一样傻,逗得大伙儿呵呵的笑。我才不在乎丑呀傻的,照穿。指导员也说,别剪,长点儿好,睡觉的时候还能压压风。要不是这件救命袍,我怕也冻死在党岭山上喽。

"看小兔,舍不得脱她那龙袍呢!"

"嘿,小兔!当心里面真的滚落一个娃娃!"

"哈哈哈……"

"麻姑!死不要皮的麻姑!"我抓起一把稀泥照夏百合头上甩去,正糊在她的"二道毛子"上。

我们全都剃了头,跟他们男的没两样,夏百合的头发像韭菜茬子,半个月愣憋出寸把长,又黑又亮。她理也不理我甩过去的泥水,笑嘎嘎地洗那毛竹一样壮的腿杆子,鼻凹里几颗麻点子被水光映得闪闪发亮。她是个大个子,大得叫我发愁,我怕再长二十年也长不出那种威风。别看我骂她麻姑,心里头可着实喜欢她那几颗麻点子,一高兴它们就会变成胭脂点儿,衬得那平平常常的脸挺俊俏呢。大伙都管那叫俏麻子,如果夏百合没有那几粒俏麻子,恐怕就像蝴蝶的翅膀少了花点子,那就不带劲喽。

推开昨天的半扇门

夏百合洗完了脚杆子,撅起屁股洗头,洗完头只顾对着溪水发呆。

"夏百合找她的俏麻子呢。"

"不对。百合在想她的长辫子了,是吧?"这一句话说得大伙儿半天没了声,一个个对着溪水照起来。

"先前我的辫子比百合的还长半尺哩!"

"我的比你的又长两寸呢!"

"你没有我的辫子粗!"

"我比你的黑!"

"我的黑!"

"我的黑!"

"百合,你给评评,谁的最黑?"

百合头也不抬,"猪尾巴最黑。"

她们不争了,一齐向百合发起攻击。

"快洗,马上开饭了!"

连长一吼,谁也不敢闹喽。连长在我们这儿皇帝佬儿一样。

四月天,山风像那绿树梢儿,干枯了一个冬天,现在变软了,柔柔和和的。那一丛丛女儿红正开得欢喜,血红血红的花儿摆动在长长的梗梗上,就像一个个伸着头,探着身,从门窗里向外张望的女儿脸哩。

"连长,明天队伍往哪里走?"夏百合问。

"在这里休整三天,待命。"连长说。

休整三天呢,我不心疼这根草绳了,有的是时间找个东西勒勒腰。于是肚子一鼓,想撑断它,结果这瘪肚子跟死蛤蟆似的,不见动静。再使劲!

"嘭"的一声,我跌坐在地上,抱着肚子:"唉哟!……"

"怎么啦?"

那些"光头""二道毛子"从溪水边扭过脸来。

"肠子断喽！"

连长跑过来："啥时候伤的？！"

"没伤。刚才一使劲儿断喽，还没草绳结实嘛。"

她们轰地笑了。

"有啥子好笑！"我火了起来，"断就是断了嘛，一节一节地疼，唉哟唉哟！"

连长不笑了，用毛巾擦我脸上的汗。

"你是饿的，小兔。瞧这脖子，细得像犁把儿，瞧这小脸儿，瘦得像锈犁儿……"她轻轻给我揉着肚子。

我没见过犁，不知道犁啥个样子，更不知道锈犁啥个样子，反正，准不会是好样子咯。谁要是问我饿是啥样子，我倒能说个清楚。饿的色儿是蓝的，像寒冬腊月野狼的眼睛，又像黑夜坟地里的鬼灯，晃晃悠悠，晃晃悠悠冲着你冷笑，让你心里发慌，身上出毛毛汗。

"开饭喽——"

风把罗老婆儿的吆喝声激动人心地送到小溪边。

"来，小兔，我背你回去，让罗老婆儿给你接肠子去。"连长拉起我的胳膊。

我一下子有了精神，挣脱了连长的手："我自己走。"

小溪边上不知是谁跑得太急，"吧唧"一下子滑倒在泥地里。

"嘻嘻嘻……"

"哈哈哈……"

"呵呵呵……"

溪水边上就剩下夏百合。

"夏百合，你照啥子嘛，俏麻子真是洗丢了吗？"

"糟喽，糟喽，全洗落了喂，一颗也找不到了。"

推开昨天的半扇门

远远地飘来歌声——

女儿红开花血染心哎,
朵朵花儿哟把头伸。
上天不知哪是路哎,
入地不知哪是门。
姐妹们哎——
剪掉辫子当红军。

女儿红开花血染心哎,
剪掉辫子哟当红军。
脚踩天下万里路哎,
手栽地上千树春。
姐妹们哎——
北上抗日救穷人。

天上的星星天天数,数也数不清;我们指导员的歌儿天天唱,天天唱不完。

"回家喽!"

我摇摇晃晃跑了几步,回头一看,夏百合还在照哩。

罗老婆儿的两碗野菜汤把我的肠子接好喽,抱着碗我就打上了瞌睡,梦见了娘。

"懒虫!识字去。"指导员揪着耳朵把我从娘的怀里拉起来。

识字,每天五个,天天得学。

柯教员拿着个本子报字儿,让我们默写。每天这样,先默写头一天学的五个字,再学五个生字。

"好，好坏的好。"柯教员报了第一个字。

立刻，笑倒了一片。有的笑呛了，连连地咳嗽，脸憋得通红，泪哗哗地往下淌。

昨天教这个"好"字的时候，夏百合拿着小木棍儿在地上画，画着画着突然兴奋地大叫一声：

"报告！我发现一个重要情况。"

柯教员问她是什么情况。

"教员，这个'好'字你搞错喽！"

柯教员看了看小黑板："不错。"

"错喽，错喽！女加子咋就成了个好嘛？出发前连长就有规定，没谈恋爱的不准谈恋爱，谈了恋爱的不准结婚，结了婚的不准生娃娃，谁违犯了就要受军纪处分。你说，你咋就把女加子搞成个好嘛？！"她脸上的俏麻子又红又亮。

大伙儿笑了个瘫，指导员也被她逗笑了。挺好耍的，我也跟着笑。

柯教员涨紫了脸，大声回了夏百合一句："庸俗！"

哪个晓得"庸俗"是个啥子？夏百合瞪着大眼，挑着浓眉，半张着厚嘴唇，俏麻子依旧闪闪发亮。

现在一报"好"字，又是哄堂大笑。柯教员真的光火了，气恼地大喝一声："无聊！"

同样没有多少人晓得"无聊"是个啥子东西，但这个"好"字却没有一个人默写错，这可是从来没有过的。

我扭过头找夏百合，扭来扭去没找着。我发现大伙儿学得都不那么专心了，也像我似的把头扭成了个拨浪鼓。

"夏百合。"柯教员叫道。

没人应。

指导员站了起来："谁见夏百合了？"

"报告！"我举起手，"夏百合还在溪水那儿找她的俏麻子哩。"大伙儿轰地又笑了。

"黄小兔！"连长吼了一声，出去了。我也老实了。

到了睡觉的时候，还不见夏百合。

"让水冲跑了？"

"唏！冲她？山洪大水差不多。"

"让狼叼走了？"

"狼？她叼狼吧。"

"连长去找过了，溪边、山沟儿都没有。"

沉默了一会儿，谁低声说了一句："不会是逃跑了吧？"

"不会！不会！"

"那也说不定。"

"两翻雪山，两过草地，一百种苦吃了九十九种，眼下三过草地就要见日头了，她怎么搞的嘛！"

"五更天最冷，黎明前最黑，苦尾巴最难熬啊。"

"她果真会逃跑？当逃兵？"

"糊涂！"

"可耻！"

"胡说啥子嘛！她不会逃跑，才不会哩！"我又叫又喊。我不相信夏百合会当逃兵，为啥子，我也说不清，反正一想到她是逃兵，再也见不到她，我就想哭，我就是不相信她会逃跑！

"睡觉吧，要逃追不回来，没逃也不用追，她自己会回来。睡吧，妇、女、同、志、们。"指导员把"妇女"两字咬得特别重。

不知为啥子，弄不懂。

月亮倒好，躺在了天上，晃着那又大又圆的大白脸，没一点发愁的样子。

我睡不着，想着夏百合的洋相事儿。

那是二月，天还很冷，国民党的队伍像疯狗一样追着我们。

横在前面的是条大河，宽宽的河面上蒙着一层薄冰。三个连队的战士"扑通！扑通！"地跳下河去。

"同志，你负伤了！"

走在夏百合身后的一个战士喊。

不痛也不痒，啥子地方就伤了嘛！夏百合没有理睬。

战士指着她身后的血水："哎！你自己看嘛。"

"管它去，过了河再说。"夏百合满不在乎地说。

过了河又是一阵疾跑，敌人已经被远远地抛在了后面。部队就地休息，那个很负责任的战士来到了夏百合跟前，手里拿着纱布："同志，看看伤口，包扎一下吧。"

"我没受伤嘛。"

"伤了还要瞒人，瞧你身上的血！"

夏百合低头一看，脸刷地绯红，站起来就跑。

"哎，伤！你这个同志。"战士的负责精神真感动人，急急忙忙地追赶。

他越追，她越跑。

指导员不知道出了啥子事情，截住了夏百合。

"怎么了？百合！"

夏百合一把拉上指导员，边跑边说："我身上来了那个、那个'情况'……"夏百合脸上的俏麻子像石榴籽儿，指指自己的裤子，指指后面的战士。

那年轻战士站住了，莫名其妙，傻呵呵地捏着纱布，看她俩跑。

二

第二天清早，我正做着乱七八糟的梦，突然觉得耳朵被拉了一下，我蹦起来就去摸我的武器——铜号。

"不出发，小兔。你看，咱成地主啦！我叫你看看，喜欢喜欢。"罗老婆儿笑着指给我看。

呵！好几个大布袋堆在那儿。

"罗老婆儿，给咱们做顿干饭行不行？解解馋嘛，啊？"我央求着罗老婆儿，把她拽得摇摇晃晃。

"那不是大米，毛青稞做干饭不把你胀死？再说这也不全是送给咱连吃的。"

"那干啥子嘛？"

"筹粮委员会给咱连的任务——碎青稞。碎完了还要送走。"

我不太高兴："那你把我叫醒做啥子嘛！"

"让你看看，这么多粮食，你见过呀？"

"谁要看嘛！越看越馋。"

我倒头横在草铺上。睡也睡不着了，听她们叽叽喳喳。

"这么硬，咋个碎法？"

"用石头砸！"

"石片搓！"

"咱们先前不是用瓦片搓过谷子吗？夏百合一天能搓一麻袋哩。"

一提夏百合，半天没人吭声。

我说心里咋这么不顺当呢，都是夏百合，臭麻子，说跑就跑，真丢得下大伙儿！

"先炒，炒脆了好搓。"罗老婆儿说。

"黄小兔！起来跟罗老婆儿置锅，添火。"连长开始下命令。

我打了个滚儿，从草铺上坐起来。

"夏百合来了！"

有人在外面喊了一声。

夏百合风风火火，肩上搭着草鞋，打着赤脚，甩着被露水打潮的湿绑腿跑了进来。

"碎青稞是吧？走，我发现了一个水磨。"

咦！她还发现了一个水磨，干啥子去了嘛？！

"走吧，连长。有水磨这点儿东西耍着就干喽。"说完，她又看看指导员。

连长、指导员都不说话，只管看着她。

她低下头，脸上的麻子开始变色儿了。

"连长，我昨天夜里……"

"一排！扛上青稞跟我走。"连长一扭身，闪过夏百合，夺步便走。

"指导员，昨天夜里……"夏百合咬住嘴唇。

"走吧，先领着大伙儿去磨青稞。"指导员叹了口气。

夏百合草鞋顾不上穿，扛起一个最大的布袋，冲在最前头。我把亮闪闪的铜军号往腰里一别，跟罗老婆儿抬起一个袋子追了上去。

昨晚睡了一个整夜，我浑身长了劲儿。太阳比我还精神，抖着金光站在树头上，草叶上，小道上，到处让它站得满满的。我下劲儿和太阳比精神，和它对了一个眼儿，嚯！一把金针扎在我眼里。

"小兔！你别蹦跶，老实走。"

罗老婆儿叫我蹲得吃不消了。我一高兴就管不住两条腿，不蹦一蹦就像吃饭没有辣椒。我用舌尖儿舔路边树叶上的露水，用脚尖儿踢着石块儿跟走在前面的人交战，把嘴唇噘圆了学猫头鹰叫……看来今天老天爷跟我一样痛快，到处是透心儿的明亮。空气里有各种音响，除了叽叽喳喳的鸟叫，还有草拱土的声音，树拔节的声音，山长个儿的声音。这里的树没有我们寨子的好看，这里多的是青冈、云杉和花椒树。在家里娘见个花椒粒儿金豆子一样，这儿可有的是，满山满坡的，管叫娘吃得脚后跟儿发麻。我跟罗老婆儿换了个手，顺势掐了一枝女儿红，罗老婆儿瞪了我一眼。

"罗老婆儿，你们那里也不让女娃子掐这种花？"

"小兔子，你老实点儿吧。"

罗老婆儿不肯回答我的问话。我们那里给这种好看的花起了个可怜的名字——寡妇花。娘教导我们姐妹七个：这种花光开花，不长叶，是不吉利的花，你们几个谁要是敢掐这种花，脏了手，我剁掉谁的指头。娘要是不说，也许我们对这种花的好奇心还不大，经她提醒，我们姐几个上山挖野菜、刨竹笋，插得一头女儿红，对着溪水照，照得满溪红。

嘿！指导员又唱歌喽——

太阳那个一出满坡坡光，
大河那个涨水一层层浪。
山道不平石头多哎，
上路那个要把远处望。
夏盼那个凉风冬盼火，
苦桃那个几时能结甜果果？
只有赶走猫头雕哎，
鸳鸯那个才有安乐窝。

指导员一路唱着，夏百合的光脚板子甩得石板一路"吧嗒吧嗒"响着。她昨天到底滚哪儿去了？鬼麻姑！

走了一阵子，来到一个山沟，站在山岗向下看，绿水一样的青冈、云杉里有一座喇嘛庙，红墙金顶，在阳光下闪闪发光。寺院好大，正殿，偏殿，喇嘛住房，寺院的两侧各有一尖顶方塔，自塔顶向四面牵出粗大的铁链子，链子的顶端有杏黄色的长幡，在风中翻舞。

"嘿！夏百合，你找的这地方硬是要得！原来昨天夜里是到这里安逸来喽？"我眼界大开，冲着夏百合直嚷嚷。

夏百合狠狠地瞪了我一眼，转身向寺院东侧走去。

大伙儿跟着她绕过一座座殿堂，到了后院，尖嗓子一齐喊起来："水磨！"

好大的石磨，青青亮亮的两扇磨盘光闪闪的，青里带着一道道的白磨口，像两朵大大的山菊花。

我一下子蹦到磨盘上："要得！要得！连长，这地方要得很呢！革命胜利了，我就来这里，硬是好要得很哟！"一高兴我的四川味儿就特别浓。

"这是喇嘛庙，你来住，做啥子嘛？"连长见到水磨也高兴了，安徽佬儿也撇上了四川腔。

"帮穷人磨面嘛，磨一天管我两顿饭菜就要得。"

"革命胜利了还有啥子穷人哟，你还是来当喇嘛吧！"

"黄小兔，女喇嘛，要得！"

"安逸享受，喝酒吃肉，打倒地主思想！"我振臂一呼，"咚"地从磨盘上跳下来，一下子踩着了罗老婆儿的"小金莲"。

罗老婆儿抱着脚坐倒在地。

"疯死你了！"指导员拧住我的耳朵。革命胜利了我头一件事就是留头发，长长地盖住耳朵，叫你们拧？

"一班上岗哨，二班磨面，三班装口袋。解散！"

连长的嘴不知道是怎么长的，说话跟小钢炮一样，干净、利索、嘎嘣脆。我有时候也想练练这三瓣兔子嘴，跟连长学学，结果，一学一个结巴子。

咦？半天不听夏百合那驴嗓门儿了，怪叫人闷气的。

"夏百合，真行啊你，发现个大水磨，硬是立了一大功嘛！"

我凑近夏百合讨好。

她正往磨上倒青稞,那比我还高的粮袋子托在她的肩和臂上,就像没有分量。

"我说,你是咋着发现这大水磨嘛。为了抢功,还悄悄的哩,也不捎带上人家,我还以为你真的逃……"

指导员截住我的话:"去,帮柯教员到殿里找个扫帚,这么大的磨盘不好扫。"

我这才发现夏百合生气了,一看她那麻点子,我就知道。咋的啦就生气,哼!

"走吧!长嘴驴。"

柯教员带着我离开水磨。

"人一长大,就变坏喽。"

"什么意思?"

"会欺负人呗。我说她的都是好话,她生气;连长那样熊她,她屁也没放一个嘛。"

柯教员笑了:"真是个小孩子。"

"小孩子,毛娃子,算了吧你们,我啥子都懂!"

"你懂,你懂。你懂天为什么会黑、为什么会亮?"

"懂!太阳一出就亮,太阳一落就黑。这有啥子嘛!"

"呵,叫你这一解释还挺简单呢。你说说,太阳为什么会落?"

"这还为啥子?人还会死呢!"

"人死了不能再活,太阳落下去第二天又升起来,这是为什么?"

"那……那是太阳有本事呗。"

柯教员呵呵呵笑起来:"你让我想起我小的时候。"她搂着我的肩膀说:"像你这么大,我刚上中学,学校最进步的思想就是达尔文的进化论。达尔文是世界上最著名的生物学家,革命胜利了你去读书，就会知道他。他说世界是力的竞争，强者生，弱者死。我就想：老师为什么能鞭打学生？是因为老师比学生力量大；男人为什么能主宰妇女？是因为他们比女人有力量。于是我觉得自己懂了很多很多，你看多可笑……"

柯教员呵呵地笑着，我倒不觉得有啥子可笑。比学生娃子劲小算什么先生？不如女人劲大还能叫男人嘛！

柯教员倒是常有些可笑的时候，比如有了清水，她便用一个指头裹住毛巾在牙上蹭呀蹭的，说是刷牙。牙在嘴里，有嘴唇包着，还刷啥子嘛！再比如，部队一休整，有了空她就抱着她那本少毛没皮的书本坐在草地上叽里咕噜地说上洋话了。

我问她："这是哪国话？"

"苏联。"

我又问她："苏联人这么说话，苏联的羊咋个叫法？"

她愣了一下："羊？那跟咱们的羊一个叫法吧。"

"牛哩？"

"也是一样。"

"怎么回事嘛？牛羊的叫法为啥子不分哪个国家哩？"嘿！我硬是把她给问住了。

我跟柯教员进了主殿，殿堂好大好高。我一仰头，倒退了好几步——迎面一个大佛，头顶着殿顶立在一个金莲花上，看不见他的眉眼，两只鼻孔像两只倒悬着的石臼，正过来怕能捣五升米；两只脚丫子像个床似的，我躺上去正好。

这边是些鼓、锣、幡帐，还有许多书。墙上还挂着长长的幛子，绸子的，还有白色的哈达。在这些幛子、哈达中间是一幅幅壁画，黑乎乎、阴森森。我把脸凑近了去看，一只眼睛对着我贴过来，绿幽幽的光，眼皮还眨了眨！一股凉气从脚底板蹿上来，我猛一回头，"嘭"地撞在楼梯上。黑暗的楼梯洒满了金花花，上下飞

推开昨天的半扇门

舞,一会儿又一片鲜红……

"黄小兔,找着了?"柯教员走过来,"哟!头上怎么撞出个大包包?!……很疼吧?哎,你看,我找了一把破毛掸子。"

"不行,不行,掸子嘟咯扫磨盘嘛。"

柯教员在这方面真是个外行。

"黄小兔,你看这个!"柯教员指着一个扫香案的刷子。

"这个还凑凑合合。"

我和柯教员往外走,心里一动,问道:"柯教员,你迷信不?"

"当然不。"

"喇嘛、和尚、尼姑迷信不?"

"当然迷信。"

"尼姑不结婚,你咋也不结婚?"

"你这毛孩子!你怎么知道我不结婚?"

"人家都说你一辈子不结婚,是不?"

柯教员愣了愣,挺认真地回答我:"我有个男朋友,他很好,很好很好,革命胜利了我带你见见他,你一定也会喜欢他。我们俩说好了,只做朋友,不结婚。"

"革命胜利了也不结婚?"

"不。"

"那是为啥子嘛?"

"为什么非要结婚呢?人不是动物,只有摆脱了动物性的感情才是最崇高、最伟大的感情。"

一下子,柯教员高出我好几丈。我决定了,不结婚。

出了正殿就听到水磨"嗡嗡"地响,指导员款款地唱。

> 磨碾黄豆碎了心,
> 童养媳妇苦最深,

> 天亮挑水压弯腰,
> 五更推磨累断筋。
> 没吃没穿做牛马,
> 挨打挨骂服侍人,
> 石头磨盘对牙咬,
> 咬碎黄豆碾碎心。
> 千年苦井深又深,
> 谁知来了咱红军,
> 红军一来天下亮,
> 童养媳妇变成人。
> ……

指导员在筛面,半侧着身,半曲着臂,手腕儿灵巧地一弹一拨,一看就是行家里手。听说指导员是个童养媳,很早就逃出来参加了革命,长征前她还当过土地部长哩,现在有人见到她还"部长、部长"地叫呢。

夏百合围着石磨转,两条长腿杆子拨拉得滴溜溜转,我把刷子递给她,她也不看我。

云彩的影子在地上移动着,轻手轻脚的,像一只胆小的小山羊。水哗哗地流,石磨嗡嗡地转,面箩沙沙地跳,我又高兴起来,蹿过去跟罗老婆儿一块撑口袋。

岗哨慌慌张张地跑来了。

连长"啪"地把粮袋一丢,抓起枪:"有情况?"

"报告连长!张主席的交通队来了几个人!"

连长生气地放下枪,瞪着那个岗哨:"当兵几年了,这也慌!"

"他们,耍流氓……"说着眼圈红了。

"胡说!"连长的眼瞪得吓人。

推开昨天的半扇门

正说着,几个"交通队"斜挎着枪,溜溜达达过来了。一个小个子走在前头,笑眯眯的,一步三晃。

"磨面呐?大妹子们,辛苦了。"

"走累了,找姐姐讨点水。嘿嘿……"

"水有一河,随便喝。"指导员一下一下筛着面。

大伙儿也都磨的磨,铲的铲,装的装,各干各的活儿。

他们有几个蹲到涧边用手撩着水喝,有几个在石头上坐下来。那个小个子仰着头望着高大的青冈树,嘴里哼哼着——

好久不到这方来,
这方姐姐好人才。
早知姐姐人才好,
十里当作五里来。
……

青冈树下站着的连长。

小个子哼着哼着,"嗖"的一个起跳,飞起老高攀住了一枝青冈树杈儿,"嚓嚓嚓"几下子上了五六丈,把一朵缠在青冈树上的黄藤花摘到手,对着连长抛下去。

这猴子真是瞎了眼,不把王母娘娘当神仙。连长生得好看是出了名的;连长的厉害也是出了名的。嘿嘿,这回他是撞枪口上了。

小黄花像蝴蝶,轻轻地飘下来,飘着飘着,飘到离连长一丈多高的地方,一个小石子"嗖"地飞上去,不偏不斜,正砸在黄花上,花瓣儿飞飞扬扬散落了。

夏百合拍拍手上的土,继续扫她的磨。

连长仍站在树下,纹丝不动。

"好!"树下的几个"交通队"拍手叫绝。

小个子跳下来，几丈高，一点儿声响都没有。

"嘿！二妹子，你这手儿哪儿学的？"

"连长教的。"夏百合头也不抬。

"你们连长是哪个？让咱也见识见识。"说着一把抽掉夏百合肩上的毛巾，擦脸上的汗。

夏百合一抬手夺了过去。

小个子顺势抱住夏百合的膀子就捏。

"啪！"夏百合反手一个耳光甩了过去，震得山都颤了好几颤。

水边上，石头上的"交通队"呼地站起，喊哩咔喳把子弹推上膛。

连长像在水底憋了很久的葫芦，腾地冒到浪尖上，大喊一声："下他们的枪！"声未落，她身边那个人的枪被她一脚踢飞，又落在她手里。

眨眼之间，"交通队"的枪全都到了我们手里。

夏百合一个大转圈儿，把小个子甩到水里，山涧吐着白沫沫儿的口水，把他一冲老远。

"滚！"连长对着他们吼了一声。

"枪、枪还给我们。"我身边的瘦子说。

"让你们队长来取！"

"我们还执行任务……"

"执行任务执行到这儿来啦？擦干净眼看看，这儿都是谁？都是你们的姐妹，跟你们一样在家受地主老财的压迫、欺负的姐妹！你们是红军战士，是我们的同志，这么做，忍心吗？脸不臊？！"

瘦子低下头，走了。那几个也跟着走了，一边走一边骂着。

"这算他娘的啥子事情嘛！"

"都是刘三保个锤子！"

"硬是把个人给丢尽喽！"

"枪啷咯办法嘛?"

"快些吧你……"

小个子一身水爬上来。

"给我们枪!谁给你们权力敢下交通队的枪?"

连长说:"你给的。我们并不想要。"

"给枪不给?"

"喊什么!不给。"指导员插上来。

"好,你们不要后悔!"

"别吓唬人,这儿没胆儿小的。告诉你们队长,要枪到女兵连领,找指导员江春荣。"

小个子歪歪脑袋,骂骂咧咧走了。

我们又气又恨,先是骂,骂着骂着想起他们的熊样子,又都笑起来。水流又是哗哗的,石磨又是嗡嗡的,面箩又是沙沙的,其实水一直在流,磨一直在转,箩一直在筛,紧张的时候听不见它就是了。

"小兔,你怎么学会狗的本事了?"连长说。

指导员问:"咋啦?"

"咬人。"

大伙儿轰地笑了。

我说:"有啥子武器就打啥子仗嘛。"

连长真是个怪人,我咬那个瘦子的时候,正是她飞脚下他们枪的紧要关头,她竟然还注意到我的那个小动作。我怕连长,又喜欢连长,连里的同志都怕她,又都喜欢她,夏百合更是。夏百合是连长招来的兵。我听她们说起过,挺好玩的。那天正逢赶场,街上的人那个多哟,你撞我我挤你,走都走不通,许多是背着背篓来卖山货的大闺女、小媳妇。连长穿着军衣,剪着短发,军帽一戴,像个英俊的男兵。她一走进街,成群结队的大闺女小媳妇就把她盯上了。夏百合胆儿大,跟着连长走,山货也不卖了。后来我问她,你是不是看上咱连长啦？她给了我一巴掌。连长走到一个高坡，停下来。她这次赶场，就是扩大红军来的，专门招收女兵。她往那儿一站，围拢起许多人。

有个背着娃儿的媳妇说："像个女红军哩。"

"那是长得好。"

"是个女的嘛，你瞧那胸脯，隆隆地堆起哩！"

夏百合说："红军哪里有女的？不要瞎说！"驴嗓门儿又高又响。

连长笑了，说："姐妹们，我是个女红军。"

夏百合和一些大姑娘以为红军哥哥逗她们耍呢，她们一面笑一面摇头。

连长走近她们，让她们看自己戴过耳环的耳朵眼儿。

"呵！还真是个女红军哩。"

连长说："现在咱们妇女解放了，男女都一样，女同志也能当红军。在我们队伍里，像我这样的红军女战士多得很。如今她们抬起头来，跟男人一样扛枪打仗、学文化，再不受地主老财的剥削和公婆的打骂了。"

"我去，要不要？"夏百合大声喊。

"要。想当红军的跟在我后面走。"

连长身后的队伍越来越长，等出了街口，一数，七八十个。夏百合排在头一名……

"夏百合，你硬是有力气哟，一下子把那个龟猴子甩落在水里喽。嘻嘻，他口渴，让他喝了个饱。"我冲夏百合傻笑。

夏百合已经不生我的气了，冲我做了个鬼脸。

三

太阳都跑到西边去了，我肚子里咕咕直叫，光赶着磨面，没人提吃饭的事了。我不停地看罗老婆儿，想提醒她。

罗老婆儿拐着小脚儿又是倒又是收，眼睛里都是青稞，看也不看我。我平时没有在意地看过她的脸，这一细看，才发觉她嘴角上有一颗不大的黑痣。我们那儿都叫它美人痣呢。越看，这张脸越不像罗老婆儿的，眉弯弯的，眼长长的，鼻子高高的，嘴巴大大的。以前我看到的好像都是皱纹子嘛，怪事。

罗老婆儿是个寡妇，河南人，听说她丈夫是吸大烟死的。她在我们连年岁最大，二十七岁。大伙习惯叫她罗老婆儿，就因为她那双小脚。

罗老婆儿把连队当成自己的家，把我们当成小妹妹，对我最好。可我要背她的那口大铁锅，她就是不给，宝贝似的，别人谁替她背，她都不给。那双尖辣椒儿似的小脚负着全身的重量，加上那几十斤重的大锅，没一点儿弹性地捣在地上，咚咚的，震得她腮上的松肉皮直颤。

爬雪山的时候，道路高低不平，石块石坎，冰碴雪坝，刀似的一棱一棱，罗老婆儿那双小脚走过去，后面留下一行血印子。

一次，敌人的飞机来轰炸，来得突然，无处躲避。往常遇到这种情况，她都是赶紧解下背上的锅，然后铺开身子趴在上面掩护锅，可这次来不及了，连卸锅的工夫都没有了，她干脆仰面朝天躺在锅上，瞪眼看着飞机"下蛋"。

一个首长看到了这种情况，感慨地说："你这个同志啊，真不简单。人家是顾头不顾腚，你是顾锅不要命。"

罗老婆儿拍拍身上的土，瘪瘪嘴笑了："这不是俺的命，是俺全连的命。"

我心疼她，问她："好好的脚，你裹它做啥子嘛！"

"我们那里都兴裹脚哩。"她说。

"裹脚有啥好嘛！"

"裹个好脚,日后寻个好婆家。五岁我就会唱裹脚曲,我们那儿的小妮儿都会唱。'裹脚布,一丈三,七岁八岁把脚缠。花轿抬走小金莲,大脚板子狗都嫌。'七岁上娘就把裹脚布丢在我跟前,白条条的,一丈多长,大蛇一样地缠上了脚。毽儿不能踢了,'房儿'不能跳了,嫩树芽一样的小脚趾头咔叭咔叭地折在裹脚布里头啦。娘说:'妮呀,咬咬牙,再往紧处裹裹,下把劲儿裹。咱家穷,要找个好婆家,就凭脚小了……'唉,我倒是找了个好婆家,好男人,一个大烟鬼……"罗老婆儿不知从哪儿听说的,说是孟姜女千里寻夫哭倒长城后,秦始皇怕再出"张姜女""李姜女",就下令让全国的女人都裹小脚,不让她们走远路。她骂那个秦始皇,恨那个秦始皇。我不知她说的对不对。

百爪挠心,饿得实在忍不住了,我凑过去,附在罗老婆儿的耳朵上,小声说:"我的肠子又要断喽!"

罗老婆儿直起腰,悄悄说:"你看,就剩下这一点儿了,磨完咱就吃,中不?"

远远的一声枪响,"叭——"

大家一下子停住了手里的活儿。

连长抓起枪跑出去。

"快收拾东西!"指导员命令。

又一声枪响,隐隐约约的还有锣声。

连长跑了回来。

"山下来了五六十个喇嘛,骑着马,敲着锣朝咱们这儿冲过来了。"连长对指导员说。

"我们快撤!"指导员说。

"不行,他们人多,正好堵住了山口。"

我以为要跟他们打一气呢,已经把冲锋号拿在手上,听连长一说,急得我筋乱蹦,铜号"哐啷"一下子掉在地上。

推开昨天的半扇门

连长突然一声命令:"黄小兔,吹号!跑着吹!"

我捡起号就跑,一边跑一边吹,脚下面呼呼地生着风,头顶上"嗒嗒"地响着号。跑到正殿,灵机一动,钻了进去,贴着抓我的那只鬼眼,踩着撞我的那个楼梯,一面吹一面往楼上爬,一面爬,一面吹。

等我爬到最高的方顶,往外一看,远远的一团烟尘,喇嘛们骑着他们的马往回跑呢。我还没笑出声,眼前一堵大黑墙压了过来……

我睁开眼的时候,指导员背着我正下楼呢。同志们挤在周围,一句一句夸着我:"小兔这个机灵鬼哟,上着楼吹冲锋号,想得出来!"

"喇嘛们听到那号声又远又近的,不知道这儿屯了多少兵呢。嘻,这个小鬼头!"

"爬了那么高,都累晕了。"

"孩子是饿的,刚刚还跟我要吃的……"

我听见罗老婆儿擤鼻子,忽然心里也揪揪的,一用劲儿,我从指导员背上溜下来。

"小兔活喽。"指导员揪揪我的耳朵。

夏百合和几个爱闹的抬起我往外跑,一边跑一边喊:"卖兔肉喽,一块大洋一斤……"

我嘎嘎地笑着,身上的骨头又长出来了。

连长她们已经把青稞全部装好,准备尽快撤离这里。她们让我先吃点东西,我哪里肯,跟上她们一起出发了。

上了山岗,我又回过头去,看了一眼那金顶红墙的大喇嘛庙,心里对它说,等革命胜利了,我再来看你。

我们走进了大树林,那树粗的呀,四个人也抱不拢,它们是那么老,满身都是皱皮,我一下子想到我爷爷的脸,不知道是树皮像我爷爷的脸，还是爷爷的脸像树皮。

"地衣！"不知谁喊了一声。

"地衣是啥子嘛？"我看她们都蹲在地上找，我也乱翻。

罗老婆儿说："地衣好吃得很。看，这儿有一堆。"

果然，在刚露头的小草旁边有一些黑黑的、薄薄的、像黑豆皮儿一样大小的东西，我捡起一块，放到嘴里，嘿！滑滑的，筋筋的，一咬还"咯吱咯吱"的，真好吃！

"大家忙了一天，都饿了，就在这儿开一顿饭吧。"罗老婆儿向连长请示。

指导员笑了："罗老婆儿，你是舍不得青稞面儿吧？管家婆，磨了一天的面，让我们吃地衣。"

大伙一块笑着起罗老婆儿的哄。

罗老婆儿只管笑，一人一小把青稞面，再哄也不多给。于是青稞面就地衣，大家香甜地吃着。我吃几块地衣，用舌头舔点儿面。就一小把面，我怕一下子舔光了。

罗老婆儿伸过手，递过她那一小把面："给你，我吃这东西糊嗓子眼儿，咽不下去。快，快伸手啊。"

咽得下草根树皮咽不下炒面？我才不信呢。不要。

"吃吧，傻闺女。我再吃也就这么高了，你还得长呢，瞧瞧这个头儿，哪像十三岁呀。唉！"她叹着气，抓过我的手，一下子把面倒过来，然后用舌尖舔净了手上的面。

我攥着那一小把面，凑到夏百合身边。

夏百合一直皱着眉头，也不怎么捡地衣。一路上，不，一整天她都是这样，丢了魂似的，不吭不哈，除了"打"退喇嘛闹了一阵外，又哑巴了。少了她那驴嗓门儿，总觉得不热闹，我几次想逗逗她，可又怕她发驴脾气，没敢。

"夏百合，你看！"

夏百合慢慢抬起眼睛,看了看惊叫的人,又把眼皮耷拉下来。

"蛇!"

夏百合有些烦了,压住火气又看了看那人一眼,这才将信将疑。没等她转过身去,我已经看到了,一条三尺多长的青花蛇正竖起鹅脖儿直立在她的脑后,尖尖的三角脸上,一张大嘴正吐着红火。

我尖叫一声,赶紧用手捂住眼睛。我天不怕、地不怕,最怕的就是这种玩意儿,别说看,一提它的名字浑身就起鸡皮。过了好半天,却没听到一点动静。我慢慢分开指缝儿,眯着眼睛一看,那条青花蛇已经像热水泡过的粉条儿,软软地抓在夏百合的手里喽。真棒!

可她呢,还是那样皱着眉头,好像什么事都没发生一样。过了会儿,她"嘶"地拧断蛇头,走到连长跟前,一屁股坐了下来。

"连长,你再不听我说,就把我憋死啦!……让我说出来,咋个处分,都行。"

连长没理她,指导员在一旁说:"你说吧。"

让她说了,她倒又憋住了,那几颗麻粒子红了白、白了红,憋得我长出了一口气。

"说嘛!"连长吼了一声。

"昨天,夜里……我……到肖涵那儿去……喽。"

夏百合说完像害了一场大病,脑袋无力地耷拉下来。

肖涵?夏百合夜里去会他了?那个司令部的"洋学生"?

我等着连长"炸锅",用手捂着耳朵。可夏百合只是跟指导员对看了一眼,紧紧抿着嘴,脸色很难看。

大伙可是让夏百合给震了一下子,全部绷紧脸,饭也不吃,地衣也不捡了,严肃地看着她。

柯教员憋不住了。

"真想不到，你会干这种事！"

"是呀，在这个时候跑去会男人！"

"你是啷咯搞的嘛！昏了头？"

夏百合像晒蔫儿的草，拉秧的瓜："我，我好久没见到他喽，心里想他。听连长说部队要在这儿休整几天，我想一时半会儿不会有行动，就……"

"你就一夜不回来？！"

"你——真是疯了！"

"庸俗！"

"动物！"我跟在柯教员后头说，"结婚就是动物，我一辈子不结婚。"

"没你的事儿，少插嘴。"指导员看我一眼。

"百合，见见面就该回来，咋能在那儿过夜哩……"罗老婆儿说。她硬是会和泥儿，批评人的话，也让人听着心里热乎。

夏百合抬起头，两行泪"唰"地滚出来。

我这是头一回见她哭。

"……我本来就是想看看他，看一眼就回来。我去的时候，他正在修发电报机，我怕耽误他，就在棚子外头等。他的通讯员对我说，他经常顾不得吃饭，咱们的电报机缺器材，缺油料，老是出毛病，他老得修，晚上睡觉也少。前些日子病倒了，领导给他配了一匹马，他硬是给退了回去。……我在外面等着，听着他咳嗽，不停地咳嗽，一直咳到天亮才把电报机修好。我走进去，看见他那么瘦，眼睛都丢进坑坑里去喽……他没想到是我，愣了半天，啥子也没说，从怀里掏出一只草鞋。我一看，是三个月前咱们连帮他们运机器的时候，敌人围剿，我跑得匆忙，给甩落的，没想到他捡去了，一直揣在怀里……"夏百合趴在膝上呜呜地哭起来。

罗老婆儿开始擤鼻子。

推开昨天的半扇门

我第一次听到肖涵这个名字是跟笑话一块儿听来的。有一天她们从司令部执行任务回来，说见西洋景了：司令部来了一个白面书生，穿的那裤子还是背带儿的，留着大背头，讲一口不知什么地方的"官话"，叽里咕噜的，谁也别想听懂，她们叫他"洋学生"。

"洋学生"是个挺大的学堂出来的，专门会捣弄机器，啥子烂东西到他手里都能吱哇吱哇叫唤。她们说看他那样儿可不像灵巧人，一脸呆相，凸眼睛上还扛着两个"玻璃窗"。听说他还净干呆事儿。上学堂的时候，回家过年，在他爹敬祖宗的香案上贴了一张马克思的相片儿，让他老子给打出了家门。当时，夏百合笑话这个"洋学生"是最起劲儿的，从啥子时候起他们好上了？

指导员说："擅自离队，违犯了纪律，在这种时候去找未婚夫，破坏了规定，按说是该处分的。大家看呢？"

罗老婆儿急急忙忙地说："处分为的是让人改错儿，百合这不已经认识到错了嘛！我看就……"她挨着个儿地看大家的脸，可怜巴巴的。谁要是有了病，她拿不出好吃的东西做，端着碗菜汤，就这么看着你，你再不想喝，也不忍心不喝。

"夏百合作战勇敢，吃苦在前，就是纪律性差。"

"谁不犯个错误？改了就欢迎。"

"大家是为了你好，行军的路还长，没有组织纪律性自己吃苦。"

我说："夏百合私自离队有错误，也有功劳。"

大家看着我。

"看啥子嘛，她不离队能发现水磨吗？没有水磨咱今天的任务啷咯完成得了嘛！犯一个错误立一个功，算啥子也没有，正好。"

大伙儿都笑了。我更觉得我有做生意的本领，账硬是算得清清爽爽。

夏百合说："我保证，从今天起，一步也不离开集体、连队！"

连长从头到尾没说一句话,这时候站起来,说:"走吧,天不早了。"

可不,绿油油的林子开始发蓝了。风也变了,刚才还拱着腿杆杆撒欢儿,现在往身上、怀里直撞,像一只长大的狗。

四

休整三天,第二天下雨,第三天一早儿指导员被总部叫去了。总部还让指导员带上几个人,把下交通队的枪也带去。夏百合跟她们去了。

下午,我们刚学完文化,她们回来了。夏百合的脚上好像穿着铁鞋,踢踏踢踏地,脸上也不是个色儿,麻粒子黄绿黄绿。再看那几个,眼睛肿肿的。哭啦?

"小兔。"指导员叫我。

"咱挖野菜去好吧?我刚才在路上看到好多野莴笋。"

一学文化我就发困,正想到外面撒撒野呢,指导员一说,我撒丫子就往外跑。

天蓝得水汪汪的,指头一戳准会破。山梁上有土的地方长着一丛一丛的草,远远看去像蜷卧着的一头头野兽,那草丛中颤动着的野花,黄的、蓝的、白的,正是野兽的眼睛。我像野兔一样一蹿老远,然后在地上打着车轱辘,翻着跟头等着指导员。

小的时候跟娘到地里去,我也这样疯。娘一天到晚发愁,顾不上管我,有时候想起来了就叹口气:"这娃子硬是要不得喽,长大了,一准是个女土匪!"

"小兔,慢点儿跑。"

我站住脚,回过头望。

蓝天上飘着白云朵。绿地上开着小黄花儿。蓝天、绿地中间走着我们的指导员。

"真——好——看!"

我大声喊着,并不响亮,旷野一下子把我的声音吞进肚里了。指导员拉住我的手,大概怕我又跑。

"小兔,往后好好学文化。"

"哎。"

"不许打瞌睡,也不许在课堂下面小声说话……"

"也不许画小人。"我接道。

指导员打了我一巴掌:"永远长不大。"

"已经长大了嘛。"

"说自己大了的孩子就是还没长大。记住,行军再累,宿营的时候也要先烫烫脚再睡。记住了?好。你吃大黄叶长疙瘩,记住不要再吃,饿也要忍住。不要让连长上火,命令你干什么抓紧干,干完了再野、再疯……"

"知道喽,知道喽。指导员你别再说喽,咱们赶快挖野菜吧,你看嘛。"

一片灰灰菜。灰灰菜算是野菜中的上等菜,其次是野芹菜、野韭菜、籽籽菜、苦荬笋、锯齿菜、漆漆菜、野葱、野蒜……我认识的多了。会走路就跟着奶奶挖野菜,奶奶死了跟着娘,后来是大姐、二姐,到了部队又是挖野菜。我和野菜算是上辈子交下的老朋友了,是那种非常熟、非常熟的老朋友,有的时候叫你烦,有的时候叫你喜欢。

"指导员,唱个歌儿嘛。"

"唱什么?"

"就唱野菜。"

指导员清了清嗓子。

一唱野菜宝中宝,
苦葱野蒜是珍肴。
养我红军革命种,
革命胜利有功劳。

二唱野菜满山岗,
红军不愁断了粮。
要吃肉有"杀猪菜",
"牛蹄"下锅味道香。

三唱野菜花样多,
……

指导员唱出来的歌儿就跟她本人一样,款款的,悠悠的,叫人想起那不紧不慢流着的清泉水。连里的人都愿意跟她学几段,学得最好的是柯教员。她听歌,一遍就能记住。唱得最不好的是夏百合,她一张嘴我就喊:"噢——驴又闹槽喽!"

听说指导员参加革命后找了一个丈夫,是个啥子委员。红军从根据地撤离的时候,他留在地方工作了。像指导员这样的人,为啥子还要结婚嘛,结婚到底好不好呢?

"指导员。"我抬起头看她。

"什么事?"她看了我一眼,又看了我一眼,大概我的样子挺严肃。

"你,你有娃娃吗?"

指导员笑了:"有。我还以为什么事呢。"

"娃娃在啥子地方?"

"跟他爸爸在后方。现在具体在哪儿,我也不清楚了。"

指导员的脸色暗下来。我大概不该问这话。

"他很懂事。"指导员挖野菜的手慢下来,"撤离根据地的时候走得很突然,我没来得及跟孩子告别,心里很难受。那是个大月亮天儿,离开家三十多里,来到一个村头,忽然一个小孩朝我扑过来,接着,就是一声'妈妈'。我惊呆了,没想到孩子和他的爸爸赶到这儿给我送行。我一把将他抱起来,立刻感到这孩子在半年的时间里长大了许多。

"我已经半年没见到他了,他一直寄养在老乡家。见了我,他没有哭,只是用手摸着我的脸。我问他:'你怎么认出妈妈的?'他说:'前面有人告诉我,你妈妈在后面,我还记得妈妈是个短头发,我一眼就认出来了。'旁边的一个大娘说:'这孩子跟他爸爸在这儿站了一个白天一个晚上,不说吃也不说睡,盼着能在队伍里找到你。好好跟孩子亲亲吧……'队伍在急行军,我没时间跟孩子亲热,又怕这样走孩子太伤心了。他爸爸悄悄对我说:'你送送我们。'我送他们,看着孩子走,比孩子看着我走会好些。于是我对孩子说:'你等了妈妈一天一夜,妈妈送送你,好吗?'孩子果然很高兴:'好,我们送妈妈,妈妈送我们。'我抱着孩子下了大路,想避开大部队撤离的场面。

"月光下,我们三人走在田埂上,他爸爸说:'你不要挂念孩子,有我,有这么多好老乡。你自己多保重,不要让我惦念。''妈妈,我要骑大马!'孩子想起我以前跟他玩的游戏。我把他背起来,弯着腰,一边学马叫,一边跑。孩子高兴得咯咯直乐……

"部队还在急行,我不能走得太远。他爸爸试探地说:'让妈妈回去吧,骑爸爸的大马,爸爸的大马跑得快,好不好?''不,我要妈妈再送送。''好,再送送。你自己说,送到哪儿?'孩子很知足,指指前面的一个水塘:'就到那儿。'我驮着他,学着马叫,跑到水塘边上。他自动下来了,沉着小脸,走到他爸爸跟前。我刚一松手,他'哇'的一声哭了。我忙问:'怎么了?'他擦着泪,忍住哭声,说:'爸爸的胳膊碰了我的脸。'明明知道这是借口,我还是伸出手来说:'我给你打爸爸!为啥碰着我们宝宝?'他爸爸趁机蹲下:'我该打,来,我当马,让你骑个够。'他爬到爸爸背上,回过头对我又提了一个要求:'妈妈,你看着我们走远。'我点着头答应了他……他们父子俩跑着走了。月光下面,我看到孩子一直往后扭着头……好了,小兔子,咱们该回去了。"指导员突然停住不说了,站起来,慢慢往回走。

我跟在后面,蹦不起来,也跳不起来,看着那太阳石球似的砸在山脊上,心里沉得难受。起风了,风羊群似的在草地上滚着,那声音又长又匀,像是长在哪个山洞里,有人一点一点往外拽,抻得人的筋直发紧。

"小兔,咱们一块儿唱个歌吧。"指导员扭过头对我说,脸上款款地笑着。

我唱不出来。

回到宿营地,罗老婆儿已经把饭做好了,我一看,嘿,青稞面疙瘩!那一团一团的小面疙瘩鱼一样在绿色的野菜汤里上下窜动,馋得我恨不得抓一个塞嘴里。

"过年啦?咋吃这么好。"我问。

罗老婆儿盘腿坐在大锅旁边,看了我一眼:"指导员的职给撤了,调走,明天就要走……"

头顶上轰地炸了颗雷。

"为啥子嘛?!"

"唉,下了交通队的枪,惹下祸啦。"

"下枪有啥子错?他们要流氓是应该的?!"

罗老婆儿把烧火棍一扔:"别吵吵啦,这心里够乱的了!"

我看看旁的人,坐的坐,站的站,没人说话。

推开昨天的半扇门

"还讲不讲理！"我可着嗓子喊了一句，一头扎在草铺上，大声哭起来。

柯教员趴在我身边，悄悄说："小兔，快别哭，你这样不是让指导员更难过吗？"

夏百合骂我："死不懂事！谁不知道哭一哭痛快，快起来吃饭，给毛巾，把眼泪擦干净喽。快些子嘛，指导员就进来了！"

我坐起来，认真地用毛巾擦眼泪，越擦泪越多，指导员一进来，我差点儿又"嚎"出声，急忙用毛巾堵住嘴。

"吃饭吧，同志们。罗老婆儿今天开恩了，给咱们做了面疙瘩汤，还放了盐，趁她现在还没后悔，咱赶快抢着吃吧。"指导员说着拿起她的破瓷缸子盛了满满一缸子，走到罗老婆儿跟前，"平时你总是最后一个吃，有几口就吃几口，今天，我敬你，你就先吃一回吧。"

罗老婆儿连忙站起，双手接过缸子，两个肩膀打冷战似的颤抖着，鼻头像激了冷风一样红了起来，张张嘴，不知想说，还是想笑，都没成功。脸，一下子扭了过去……

夏百合拿起碗吆喝着："我个儿大，站队排第一，盛饭也先来。后面的，拿起碗跟上嘛！"

一锅饭还是剩下了大半锅。

我忘记了一切，只想着一件事：指导员要走了。想一遍，犁就在心口上翻出一道深沟沟，就这么一道一道地犁着。我不知道这是怎么回事，不明白这是为啥子，又没有人愿意回答我。这是我第一次认真地考虑严肃的事，第一次觉出人世间的复杂。我有些害怕。莫名其妙的害怕。觉得脚下颤悠悠的，是地，又不是地；觉得头顶上恍惚惚的，是天，又不是天；我，好像也不是我。心里一阵一阵发冷……

"小兔，缩那儿干啥？"指导员叫我，"来，剪剪你那头，长长短短的,都长成乱草了。"

指导员把我的头捺在热水盆里洗了,"喀嚓喀嚓"剪起来。到连里头一次剪头发,也是指导员。我闹着不肯剪,嫌难看,指导员指指连长说:"你看,难看吗?人长得好,剃光头也好看。留长头发干啥?给虱子做窝?"

我动也不动,让指导员最后再给我剪一次头。

"小兔,睡着啦?"

"没。"

"怎么木头似的?你不是想留头发吗?等革命胜利了,留两条大辫子,扎上两条红绸子,看有多漂亮吧。别忘了,到时候照张相,寄给我一张,啊?"

"我到哪儿去找你呢?"我又是鼻子一阵发酸。

"小傻瓜,这个世界很大,也很小,只要咱们都活着,不定哪一天就见面了。那时候我说:'小兔子,你还认识我吗?'你说:'咦,你个老太婆,怕是认错人了吧?'呵呵呵……"

我也笑了。笑得满脸都是泪道道。

剪完了头,指导员把水盆洗了洗,递给罗老婆儿:"留下用吧。"

罗老婆儿急急地摆摆手,把盆推过去:"不!说啥也不能!"

"留下。你比我用处大,你那脚……要勤烫啊。"

罗老婆儿仍是不要。

这是个不太大的铜盆,指导员在盆沿上钻了三个洞,用绳子串起来,行军、打仗一直背在身上,后来许多东西都轻装了,唯有这个铜盆指导员一直舍不得丢掉。一到宿营地她就拾些柴草,用它烧热水,然后让大家烫脚。我有时太累,睡着了又被指导员叫醒,命令我烫脚。所以我们连两翻雪山,两过草地,都没有因为脚坏掉过队。就是罗老婆儿那缠过的小脚,也一样地跑了几万里路。在行军路上,有时候脚可是比肚子还重要,所以罗老婆儿才不肯留下指导

推开昨天的半扇门

员那个铜盆。

"罗姐,你用,同志们也用,比我一个人用处大。你就收下吧!"

月光照着罗老婆儿那一双肉骨朵似的小脚,和那双拿着铜盆,颤颤抖抖的手。

连长很晚才回来,她是为指导员撤职调走的事去总部了,回来的时候眉毛拧到头发根上。

啥指望都没有了。我把草往身上搂,还是冷。闭上眼,我对自己说:明天跟指导员分手不许哭。我想起了指导员的孩子。我决心留给指导员个笑声⋯⋯

第二天大家睁开眼,指导员的铺上已经空了。

我久久地盯着那一团凹下去的乱草铺,那里正响着熟悉的歌声——

　　女儿红开花血染心哎
　　　⋯⋯

五

我们又开始行军,往北走。

连着几场大雨,我病喽。我很少生病,有时嘴馋,挺想生个病,有病号饭吃嘛。可是真的生病了还挺难受,啥子也不想吃喽,眼也不能睁喽,天转,地转,一会儿冷得上下牙打架,一会儿热得想扒皮抽筋,后来我就啥子也不晓得了。⋯⋯糊糊涂涂好像有人背着我,又好像躺在担架上。听见指导员轻轻地唱歌,我心里踏实了,迷迷糊糊睡着了。一阵枪响,似乎被敌人包围了,又惊醒。醒了后觉得周围静悄悄的，没有人，没有天，没有地，我悬空飘着，就像潜在大河里，一会儿浮上来，一会儿又沉下去……

不知道耗了多少天，我病好了，嘴皮子倒懒了，人也稳当了，有时候还喜欢皱起眉头想想事。连长说："小兔变了。"夏百合说："变成呆鹅喽。"

小时候听奶奶说，人的本事都是从病里来的，病一病，精一精，以前没长的心眼都蹦出来了。我嘟咯会病呆了嘛！

等我的腿走路不再打晃的时候，山不见了，地平坦了，大树林子也远去了。眼前一下子明亮宽阔，无遮无挡，只见那广大的天紧贴着广大的地，它们像许久没有见面的朋友，没有一点缝隙地搂抱在一起。

我知道，前面就是草地喽。

我已经第三次和它打交道了。像这种地方，一辈子走一回也不会忘记，三次走过它的人恐怕不多，现在它又快到我们脚下喽。我说不出是高兴，还是害怕。一路上我们都在盼着它，把它挂在嘴上。

"还不到草地？"

"快了。"

"过了草地离中央红军就近了。"

"远呐，他们到了陕北。"

"本来，咱们也到陕北了……"

"快走！走过草地，北上抗日！"

现在，它来到我们身边了。这里，没有硝烟，没有弹坑，没有枪声炮声，沉睡了千百年的草地死了一样安静。我好像看见了一只装死的狮子，一会儿它就会张开大口，朝我们扑过来，它已经吃掉了我们多少同志了！这饿急了的绿鬼！

先头部队已经开始通过草地，柯指导员（柯教员现在是我们连队的指导员了）来到我跟前。

"小兔，行吗？"

"嗯。"

"把枪给我吧。"

"不。"

"这个我背上。"

她动手解我背上的棉袍，我拉住不肯放。过草地，我还靠它给我力量呢。柯指导员蹲下身，给我重新打了绑腿。我知道，一踩进那烂泥浆里，绑腿就会像死蛇一样把两腿紧紧地缠住，恨不能给你勒断。

夏百合大大咧咧地走在头一个，甩着两只大脚片子，驴叫似的唱着——

　　茫茫草地不可怕，
　　沼泽冰水跨过它，
　　我们跨过它，
　　我们战胜它！

她一开口，大伙儿也跟着唱，像是壮威。

天已经很暖了，一脚踩下去，草地上的寒气仍像冰碴似的钻进皮肉，往骨头里扎。我立刻一身鸡皮疙瘩。

"拣最密的草根走！"连长喊。

草丛里沟沟洼洼，黑泥、臭水、喷鼻子的腐臭气。我躲着那些"鬼沼"，它看上去平展展的，一踩上去软塌塌的，越陷越深，再想拔腿已经由不得你，像有一只鬼手抓住你的脚杆子，吸着你往下沉，直到把你整个身子吞进去，它吐着泡儿，打几个饱嗝，又是平展展的，像啥子事情都没发生。我们头一次过草地的时候，一排长和走路最慢的"小地牛",还有好些个同志,都是这样给那"鬼沼"吞了去,一点点印子都没留,连旁边的草都不歪一歪。我要不是夏百合的绑腿带,也下去了。她就像从烂猪圈里拖死猪一样,硬是把我给拉了出来,泥浆都埋到我胸口喽,累得她那麻子点儿出了血一样的红。

我拣最密的草根走,那一丛丛密密麻麻的草丛好几尺高,能把我埋起来。我一跳,一个草叶儿扎进我鼻孔里。

"阿——嚏!"

"一百岁!"夏百合喊了一句。

我还没顾上开口,又是一个"阿——嚏!"

"二百岁!黄小兔改名黄老龟喽,长寿二百岁!"夏百合只顾疯,一个闪身跌在臭泥水里。

没等我笑出声,黑泥浆"扑哧"一声把我的草鞋给嚾掉了。我气歪歪地拔出来,在臭水里涮了涮,干脆把另一只也脱了,两只一合,插到腰带里。这一插,我突然想起了那个"洋学生"。于是我拔出一只草鞋,对着夏百合喊:

"夏百合,等等。"

"啥子事嘛?"

"这儿有一只草鞋。"

"到底干啥子嘛?"

"快点揣到你怀里哟!嘻嘻嘻……"

"你个砍脑壳的兔羔子哟!"

她骂。大伙儿笑。

连长走到我跟前:"小兔,不许开这种玩笑!"

我不再作声。

下午,起风了。风从草尖上刮过,发出沉沉的呜呜声,奇形怪状的乌云拖着它的影子飞过来,从天的这一边扑向另一边,那景象

推开昨天的半扇门

好像天上出了大事,叫人紧张。随着轰轰的声音,连长刚把她那棕皮编的蓑衣捆在我身上,雨就贴着草地跑过来。一丛丛的青草歪了一下身子,就不见了,四野一片斜斜的雨线,凄冷荒凉。我喘不过气,风赶着雨堵住我的嘴,我想起了游水,就把脸偏过去,让风和雨打在我的腮上。我一点也不害怕,我的手被连长紧紧攥在手里。

大部队仍在行进,行动缓慢了,秩序也紊乱起来。后面的部队赶上来了,有人有马,更乱了。忽然听到夏百合喊了一声:

"肖涵!……"

风和雨把她的声音吃了,也没听到有回声。

"洋学生!"我使劲儿拉了拉连长的手,我看见一个戴眼镜的高个子一晃过去了。

连长没理我,只是抬头看了看。

风声,雨声,脚步声,马蹄声,人的嘈杂声,乱纷纷的……

忽然听到一个沙哑的嗓子大声吼:

"你什么人?乱冲我的电台,我要向总部告你!"

"你发啥子脾气嘛,这是徐……"

一个声音刚吼了一半,又被另一个声音截住了:

"快!让开!让开!让电台先通过……"立刻,在那东倒西歪的雨丛中闪出了一条路。

"去,准备一副担架,跟着肖涵!"

"这是徐向前总指挥。"连长对我说。

"刚才,那个'洋学生'就是对着徐总指挥发脾气?"我问。

"他心里急,这么多的部队,他哪认得清。现在和外面联系全靠电台呢。"

"不知道他看见夏百合没?"

连长沉默。

云在风里乱跑,泥在水里喊叫,雷像轰炸机,轰隆轰隆向地面甩炸弹,闪电的金爪子一下子把天和地抓了个稀巴烂,天和地都慌乱喽。有灵性的马拖着长音不停地嘶叫,那嘶叫听上去像哭,一声声,一声声,在风雨里忽远忽近,忽上忽下,忽东忽西,好像世界的尽头就在眼前。草疯了,一会儿伏倒,一会儿爬起,一会儿呜呜地哭,一会儿咝咝地笑,甩着一头凌乱的绿头发,往我们身上抽着、打着……

渐渐地,风刮到天上去了,雨仍哗哗地下着。一座座凸出地面的小丘,像野猪横卧在草地上。乌黑的云有了裂缝,漏出几丝灰白的光,有时在东边,好像是黎明;有时在西边,又好像是黄昏。天给下糊涂了。

这样又走了不知多久,我觉得有一年,雨变成了水雾,稠嘟嘟地裹着我们的身子,缠着一丛丛的青草。草累了,乱蓬蓬地耷拉着,一动不动,叶子上的汗珠儿"噗嗒噗嗒"地滚落。蛤蟆像操练一样,全出动了,"咯儿——哇""咯儿——哇"地喊着口号,挺整齐的,过了一会儿,大概也累了,休息片刻,又昂起头,伸着白白的下颏,兴奋地唱起歌来……就这样,夜晚悄悄地来临了。部队仍在行进,没有一块可以宿营的地方。连长和柯指导员前后地跑着,清点着人数,让大家跟紧,不要掉队,不要踩进"鬼沼"。柯指导员拼命给大家讲故事,讲笑话,怕有人睡觉。我们都有走着睡的本事,部队常常日夜行军,几天不停,不学会这本事不行。其实困急了睡着走并不难学,就是跌倒了爬起来还在睡也不新鲜,只是脚步稍稍慢了,前面的队伍就会在黑暗中走得无影无踪,后面那支队伍就以你打头,跟着你前进。最可怕的就是你走错了方向,带了错队,那时,哭也没用。所以睡着走的本事难就难在既要睡,又不能掉队。那怎么办呢?听着悬乎,说来简单,倒班睡呗。一到困得支持不住的时候,步子就会往横处走,像有鬼牵着你到另一个世界去，这时候，旁边的一个就拽着你的膀子。你被领着走，睡得踏实，睡一会儿就解决问题，然后你再拽着旁边人的膀子，让她睡。这办法很灵哩。可是在这茫茫草地上，这一套吃不开了，脚下是无数个陷阱一样的"鬼沼"，你睡着睡着，俩人非一块儿掉下去不可。我最能睡，所以特别担心，拼命让耳朵去听柯指导员讲话。她说这个地方几万年以前是大海，那边的山是海里的岛屿，这里的草地是大海的海底……渐渐地她的声音远了，像在海底讲话。一个趔趄，又听她在说猪并不笨，人们总说蠢猪蠢猪的，那是冤枉。她说外国有两口子养了一头猪，经常让小孩子们骑猪玩。经过训练，猪很快就学会了跳舞、打滚儿、跳水、拉车，还能把丢掉的东西找回来，那鼻子比狗的还灵。她还说，猪在战斗地带能闻出埋在地下的地雷，神了！……柯指导员上过许多学堂，念过许多大本书，她把它们一股脑儿搬出来，天上地下，猪狗牛羊，讲、讲、讲，不停地讲，我就在她的"天上地下"里浮起来、沉下去，沉下去、浮起来，一惊一怔，睡睡醒醒……

天上的乌云不知什么时候散了，撒下一片星星，像是收割过的稻田里留下的黄茬子。大概半夜了吧，先头部队已经在稍高的小丘上宿了营。我们走过一个亮着灯的帐篷，里面传出"嘀嘀嗒嗒"的响声。

"电台。"一个同志在我旁边说。

不知为什么，我非常、非常想进那个帐篷里看一眼，看看那个"洋学生"。

我用眼睛找，找到夏百合，她在队伍里，贴着那个帐篷走过去了，没离开队伍一步。

我们又走了一段，在一个稍高的坡坡上露营。躺是没法躺的，湿泥地，我们就背靠背坐着，互相用体温取暖。

罗老婆儿摸摸索索地从腰下摸着啥子，过了好一阵，从腰里掏出几根干柴火，用指导员留下的铜盆烧了一盆开水，给每人分了一小碗。那一小碗水恐怕是我这一辈子喝的最好喝的水了。同志们也都一小口一小口，饮酒似的抿着。我想就着这热水吃一点青稞炒面，一摸，哪还是面，湿淋淋、黏叽叽地贴在干粮袋上，成了面糊糊。我抓出一把，放在嘴里，这是草地上最好的一顿饭喽。

睡着了，冻醒了，每回醒了我都要看看那远远的帐篷。那里的灯一直亮着，直到黎明。我心里后悔起来，不该和夏百合开那草鞋的玩笑。真的不该。夏百合面对着帐篷的方向坐着，双手托着腮，不知道是睡着了，还是睁着眼。我突然想，如果她现在悄悄跑到那个帐篷里去，我一定给她保密，一定的。可是她一直那么直挺挺地坐着，动也不动。

夏百合生在大山里，家里是个猎户。她小的时候被豹子叼走过，竟没被吃掉，活着回家了。

我像听神鬼瞎话似的，她满脸不在乎地说："有啥子奇怪嘛，它身上有点子，我脸上也有点子，它把我当成它的崽子喽。"

她从不提自己的身世，整天嘻嘻哈哈的，其实她苦得很，被人贩子转卖了三次，两次逃回。最后一次她把人贩子的耳朵给咬掉了，为防备他叫喊，又摘了他的下巴颏子，才逃了出来。

我有时候问她："吃啥子了嘛你，长这么高，这么大的劲儿？"

"蛇肉、狼血、板栗、蘑菇，碰上啥子吃啥子。"

她真是个野人！奇怪，就是这个野人偏偏喜欢上了那个"洋学生"。也许，野够了的人反倒喜欢斯斯文文的人吧，就像聋子爱打岔，哑巴爱说话，自己没有的也是她最盼望的；又像没娘的孩子，喜欢偷看别的孩子在娘跟前撒娇、耍赖。就像我，特别想让娘给我梳梳头，娘就是从来顾不上。

我望望那灯光，看看夏百合，又迷迷糊糊睡着了。

第二天，天大晴，草地上水汽腾腾，像是千堆篝火冒出的青烟，又像是天下的部队都在这儿埋锅造饭。太阳，被这雾气遮得严严实实，想发火，又发不出来，只好沉着灰白色的脸。

地，被积水泡了一夜，发了，像一盆软乎乎的发面。脚下更难走喽。我们都拄上了棍子，一步一步试探着走。罗老婆儿背着大锅，那粽子一样的小脚儿踹在泥水里，锥子似的"扑哧"一声，把半条腿都扎了下去。"吧哧"拔出来，再"扑哧"一声扎下去。为了不掉队，她的腰弯得虾米似的，一步一步向前捱。但是，谁也夺不下她那口大铁锅。

我赶了几步，走到她身边，她歪过头，看看我笑了笑，皱纹从她的眼角撒开，铺了一脸，像张渔网。她才二十七岁，我觉得她在这个世上已经苦了好几百年。看那手，老树皮一样，干瘪瘪地凸着几条蚯蚓似的青筋，紧紧地抓住一根探路的木棍，骨头一根一根地翘着，活像一只爪子。就是这爪子一样的手，整年整月地在泥里土里给我们刨食、挖野菜、剥树皮、抠草根，养活着全连百十张嘴。我真想一下子变成大力士，背起她，连她的那口大锅一起背上，走出这可恨的草地。变成个乌龟也行，只要能把她驮出去。

"罗老婆儿，革命胜利了你还结婚不？"

罗老婆儿气喘吁吁地笑起来："这妮子生生给病糊涂了，叫我老婆儿还问这话？"

"不结？"

"不。"

"说话算话？"

"咋啦你这是？"

"那咱俩说好喽，等革命胜利了咱俩住一家，我给你挑水、磨面、做饭，你就坐在炕头上，啥子事情也不用做。"

"呵，你婆婆不把我赶出来？"罗老婆儿笑了。

"给你讲了嘛，人家不嫁人。"

"为啥呢?"

"不结婚才伟大嘛!"

"那人家夏百合跟那个'洋学生'就不伟大啦?"

"跟男的做朋友可以,不结婚。"

"那咱走了的指导员咋结了婚,生了孩子,就不伟大啦?"

"那,那是指导员……"

"理儿可是一个呀。"

"那,人家柯指导员就不结婚哩!"

"结不结婚都不为错,各人情愿咋着就咋着。你四六不明,跟着别人学,那就错了。行了,姑娘,长这心思了,大啦……"

"小啦!"我气恼地说,"不懂的事越来越多啦!"

罗老婆儿笑了:"觉得自己不懂的事越来越多,说明你开始想事儿了,这离着懂事就不远啦,兔啊。"

"啥子嘛!说的都是啥子嘛!"我气得嚷嚷着,耍起脾气。我最愿意跟罗老婆儿说心里话,也最会在她跟前耍性子,不讲理。

罗老婆儿笑着安慰我:"好了好了,不嫁人就不嫁人,咱俩一块儿伟大,中不中?让夏百合跟那个'洋学生'给咱当邻居,让她们也沾咱点儿伟大的边。咱呢,跟'洋学生'学识字儿,中不中?"

我被她逗得笑了起来。

一直留着心,到天黑电台的队伍也没跟上来。第三天中午,才见电台的队伍,他们匆匆忙忙地从我们旁边走过去。我挨着个儿看,没看见"洋学生"。

第四天一早儿,一夜的工夫,夏百合全走了样儿,鼻子和眼好像都歪斜了,麻粒子青灰青灰,像是几粒泥点子,上下嘴唇都是牙咬的血印子,结着黑紫的痂。她动也不动地坐在那儿,军衣褴褛,浑身泥水,一块旧毛巾上撕下的白布条儿扎在第二颗扣子上,在胸前无力地飘着。

一看我睁开眼,连长走到我跟前。

"你别过去。肖涵前天夜里病故了……让她安静会儿,昨晚才告诉她。"

我浑身止不住地颤抖,骨头缝里结了一层冰。

连长摸着我的头:"别难过,小兔。百合眼力不错,他是倒在电台上闭眼的,值得百合骄傲一辈子!"

"都是这草地!都是这草地!"我霍地站起,对着连长突然大声喊,"为啥子要过三回草地?!说嘛!为啥子嘛——"

连长吃惊地望着我,半天才紧闭上双眼,泪从眼角流出来……

六

夏百合哑了,紧抿着嘴唇,两只眼睛围着重重的黑圈圈。

天很低,云彩像大石头一样压在头顶,走一步喘几口气。青草直挺挺地立着,像一杆杆梭镖,精神,威风,在云底下显得那么高。在那乱草丛中出现了红布条,远远望去像"女儿红"一样鲜艳。那是探路的先头部队做下的记号。徐总指挥也在前面,每到一个危险地带,他就和警卫员停在路旁,看着部队过去才赶上来。

队伍走得很慢,只有那马和牦牛还昂着头,挺着胸。黑泥浆变成了锈泥水,"扑哧扑哧"地冒泡,像一片嗤嗤冒着烟的雷区。一匹马在我身边陷下去了,先是后腿,后身,露在外面的两只前蹄还在又刨又踢,两只眼大睁着,睁得又大又圆,长脸上垂着两串珍珠一样亮的泪。我一辈子也不会忘记这牲畜的泪,惨得揪心、抓肺。它张着大嘴,长长地嘶叫,身子一点点往下陷,人无法接近它,只能看着它下沉:剩下一个头、一双耳朵、一绺白鬃……最后还有两只鼻孔,打了个很响很响的响鼻,消失了。那草,若无其事地伸了伸腰又立了起来。那泥潭,一点模样也不改,还是一副平和的样子……

我抬起头，看了一眼这茂盛的大草地。不知道我们多少的同志被它不动声色地吃下去了。上两次过草地时弃下的鞍具、炊具等东西，随处可见，它们就半埋半露地躺在这青草边，躺在锈水里。这不是锈水，是血水。

一整天没吃东西了，准备了四天的口粮，走了五天，这草地还像噩梦一样，没边没沿儿。罗老婆儿佝偻着背，扛着她那没用的锅，一边艰难地挪着步，一边眨巴着眼在草丛里寻找能入口的野菜。她的眼里进了水，不知道这锈水有毒，一天就肿得睁不开眼，红得像烂杏。同志们也弯着腰，边走，边寻找，走在我们前后的部队也开始不停地弯腰。

我小心翼翼地接近夏百合，她胸口上飘着那白布条，仍然走在全连最前头。我一步三喘地跟着她，她头也不回一下。

"百合……"

她像没听见。

我喘着，跟着。

又走了一段，我实在憋不住了，大声"哎哟"着，蹲下来。

她回过头。

"差点儿扭了脚……"我说。

"滚！"她终于吼了一句。

我高兴得想大声喊，可是没有劲喽，喊不出来。

大伙儿的脸上也都晴了一下。

柯指导员揪了揪我的耳朵："好小兔，真行。两天了，没说一句话，真怕她憋出毛病。宿营的时候你跟她一块休息，啊？"

"行！"我满口应承，"指导员你放心，我有的是办法。"

"小兔，你长大了。"

我想说，永远是个小孩才好，大人太复杂。喘不过气，张张嘴又闭上喽。

"坚持，小兔，走过草地就是打了个大胜仗！"

柯指导员没说完就往后奔去，一个同志饿晕了。连长已经架着一个，还有几个坐在泥水里，没有血色的嘴唇半张着，喘息的力气也没有了。我拽着马尾巴走，地在我脚下像船一样摇晃，眼前一阵阵发黑，像是有一块大大的黑布，一会儿在我眼前晃一下。

"连长，休息一下吧……我给大家烧口……热水。"

罗老婆儿两只又红又肿的眼里流出两道血水，拿不出吃的，她难受。我们这个连，除了战斗减员外没有因为饥饿牺牲过一个人。现在，她空背着一口大锅，却不能给同志们做一口饭……

罗老婆儿的背，卸下大锅也直不起来了，弯得脸几乎挨着了地。她一步一打晃，风吹着她的军衣，又破又肥大，看上去好像套在一根弯曲的细棍棍上。她急慌慌地走着，像夜游一样东一脚西一脚地摇摇晃晃，上了一个高坡，去烧水。

柴湿，浓浓的烟雾一团一团把她裹住了。我捧着缸子走了过去，里面装着我挖的野菜。水开了，火还在烧着，罗老婆儿坐在火塘边。我喊了两声，她没应，我上前扶了一把，她"扑通"一声木桩子似的倒了下来。我扑过去，想把她搀起，我跪在地上喊，我趴在她胸脯上叫，我噙了口热水对着她的嘴往里送，水，从她满是皱纹的嘴角流了出来……

铜盆还在柴火上滋滋地响。

柴火裹着浓烟还在卟卟地烧。

罗老婆儿的身子却一点点变冷了。

我铺开身子紧紧抱住她，想把她暖热。她以前常常把我的脚拉进她的怀里，冰坨子一样的脚贴着她的皮肉，慢慢地有了知觉，感到了她体温。……我也要把她暖热！我把头拱进她怀里，像平时撒娇一样紧紧暖着她的心口。

……我的心也不跳了……像一片打着旋儿的雪花，转啊，飘啊，慢慢落在地上，化了。

睁开眼，看到连长跪在罗老婆儿的身边，用帽子沾着水给她洗脸，一点一点，洗得很仔细。然后给她整理衣服，抚平了所有的破口子，抚到腰上的时候，手突然抖了一下，从里边摸出她金条似的贴身暖着的两根干柴火……夏百合给她洗那双脚，那双只有一拃长，却像量天尺一样走了万里路的小脚。雪山冻掉了它的三个趾头，草地的锈水泡烂了整个脚底板，脚后跟的肉都烂掉了，骨头树茬子似的往外戳着，像是诉说着它的苦难……

裹脚布，
一丈三，
七岁八岁把脚缠，
花轿抬走小金莲。
……

惨不忍睹的"金莲"伴随着罗老婆儿走完了艰辛的最后一步……

"嚓——"

夏百合从军装上撕下两块布，把那双令人不忍目睹的脚包了起来。

柯指导员把罗老婆儿的干粮袋放在她的身边。

那袋子上缝着许多小兜兜，装姜、装蒜、装盐、装辣椒……爬雪山前她就抖着这些小兜兜，做了一大锅辣汤，拿着勺子站在锅前喊："爬雪山啦！大家多喝点儿，驱赶驱赶风寒。"

可如今，她却像一盏灯，熬干了油，说灭就灭了，连个声响也没有……

推开昨天的半扇门

全连的同志肃立在罗老婆儿的身边，没有话语，没有哭声，整个草地都冻结了。

我们安葬了我们的好大姐，在她的坟头种了一棵草。

队伍往前走了，夏百合背起了那口大锅。

"小兔，走出草地！"

是罗老婆儿的声音？

我回过头去，那高坡上的坟丘和小草像路标一样，老远还看得见。

风在草叶儿上欢快地跳着，白云在蓝天上自在地闲荡着，天还是那么蓝，草还是那么绿，它们不因为我们的悲痛改变自己。但是，我们在变，我们的队伍行进的速度明显加快了，那些需要人搀扶的同志挣扎着自己在走。我真正懂得了，悲痛是可以化为力量的。

夏百合背着大锅，一手拄木棍，一手兜着衣襟，里面是马粪、牦牛粪、野兽粪。在大草地上，这是上等的燃料。罗老婆儿的担子她一声不吭地挑了起来。

连长瘸了，也许是脚出了毛病，一个肩膀斜了下去，一高一低地走着，紧紧拧着眉头。她的裤子两个膝盖全破了，露着肉，上衣的一个袖子掉了肩。我想起连队刚组建时的连长，一身可体的灰军衣，腰扎黑皮带，腿打紫绑腿，脚穿黄草鞋，鞋上还扎着一对红绣球，配上她那看一眼让人长精神的眉和眼，别提多英武喽。我有时看连长会看呆。学她走路，学她背手、卡腰，连她生气时喜欢拧眉头的样子也悄悄学，就是拧不好。我第一次看到连长的时候就喜欢上了她。那是在水缸里。

当时，我刚十岁，家里穷得老鼠都跑光喽，我们姐妹几个像野猪、野狗一样，自己在外边找食吃。有一回我从野地里回来，村里空空的，家里也空空的，我马上明白是有兵来了，全村人都躲到山里去喽。我正准备往外走,街上枪响了,慌乱之中,我跳进了水缸里,用簸箕盖住了缸口。过了很久,枪声、爆炸声渐渐稀了,停了。我推开簸箕正要往外跳,门口传来脚步声和说话声,我赶紧又蹲到水缸里,心怦怦地跳。

忽然,盖缸的簸箕被挪开了。我抱住头,闭上眼等着刺刀。半天没有动静。我睁开眼,心里扑腾着向上看,一个好看的脸在对着我笑。她伸手把我拉了出来,说:"小妹妹,你可把我吓了一跳。"我心里想:我可是被你吓了个半死哩!

出了水缸我才发现,旁边放着一担水,还围着三四个穿着同样服装的兵,有的背着枪,有的拿着扫帚、竹筐,全是笑呵呵的。原来,他们是在帮我家担水扫院子。一个小战士说:"小妹妹,不要怕。我们是红军,是来帮穷人打土豪、斗地主、闹翻身的。"没说完,另一个又插上来了:"我们红军是穷人的队伍,在家也跟你们一样,受苦、受剥削……"说着说着,我不害怕了。红军待人那样亲热,尽管他们讲的那些话我一时不全懂,但我已经开始明白:红军是好人,是同我一样的穷人。当我看出把我从水缸里拉出来的那个红军是女人的时候,我一下子就和她亲热起来,叫她红军大姐姐。这就是我们的连长。不过那时她还不是连长,女子连也没成立。

那些天我一个脑门子要当红军。可是磨破了嘴皮子,红军还是嫌我小。我去找红军大姐——连长,她说:"小妹妹,别着急,再过几年保险收你。保险!"

一连好几天,我吃不好饭,睡不着觉。娘把情况告诉了连长,连长带我到乡政府参加了儿童团。我想,先干儿童团,然后接着磨。结果有一次我们儿童团去外乡搞宣传,一去半个月,等回到家,部队已经开走了。我大哭了一场,想来想去,想出了个主意:沿着红军走的路,赶部队去!当天夜里等全家睡下了,偷了娘几个菜饼子，我就上路了。

一边打听一边走，又是山又是水，走个半多月，离开家已经是好几百里路喽。一天傍晚，我看到远远的荒岭上有火光，一簇一簇的，一闪一闪的。……我欢喜地跳了起来，不饿喽，也不困喽，一溜小跑爬到了岭上，悄悄藏在树后一看，还真是红军！

我一直在找那个红军大姐。休息的时候，我在队伍中插来插去，因为我还穿着老百姓的衣服，又那么小，战士们奇怪地看着我："哪里来的黄毛丫头，在这玩儿上了。"我没好气地说："啥子黄毛丫头嘛！我也是红军，我要找一个红军大姐。你们知道她在哪个连队吗？就是长着蝴蝶眼的那个……"连长的两只眼睛像蝴蝶，薄眼皮儿一撩一撩，黑眼珠儿一闪一闪，好像蝴蝶要飞起来。战士们被我逗笑了，指着头顶的飞虫说："在那儿！那不是嘛。"

后来我找到了那天和连长一起给我家挑水的战士，才知道她已经离开部队了。他们说她家是地主，她父亲原来是地下党员，后来发现有问题，被"肃反"杀掉，她也就被"遣散"，离开了部队。

我不再找她，每天随着部队开拔，一天一百多里地赶路。有一天我的大脚趾伤了，掉了队，忽然发现后面不远不近地总跟着一个穿蓝布衫的女人。我是儿童团员出身，查路条儿的警惕性还在，我就装着走不动了，坐在路边上，候着那个蓝布衫。

她走近了，我猛地跳起来："干啥子的！啷咯老跟着我们？！"

蓝布衫先是一惊，愣了一下，叫着我的小名儿跑过来："是你？小七！你怎么到这儿来啦？啊？"

红军大姐？！她不是离开部队，被遣散了吗？我抱住她的腰，一连串地问。

她抚摸着我的头，说："快去赶队伍吧，你人还小，有些事还不懂。去吧。我不会离开咱们红军的队伍，我会一直跟着你们……去吧。"

行军中我不住地往后看,一个蓝点点一直在队伍的后面跟着。晚上宿营的时候,我把自己省下的干粮给她送去,她推过来,打开一个麻籽叶子,里面包着她乞讨来的东西,有菜团子,有番薯,还有萝卜干,都是半半拉拉的,上面还有牙咬过的印子。

我难过地问:"你就这么跟着?"

"对。"

"你家是地主?"

"是。"

"跟我们村的地主土豪一样坏?"

"一样坏。"

"欺负穷人?"

她点点头。

我吃惊地望着她,没法子把她和地主老财联系到一块儿。

她说:"我爷爷是安徽一个县的地主,家业很大。爹是他的独苗苗儿,在外读书,爷爷总想让爹回来继承家业,可爹不但不回,又跑到日本,还写信来劝爷爷把土地分给农民,爷爷一气病死了。等我上中学的时候,爹从日本回来了,我家的西厢房成了党的地下工作机关,爹还让我的哑巴弟弟帮助刻蜡板、印传单,爹说这样便于保密……"

我问:"你爹不是反革命吗?"

"是爹把我送出来当红军的。离开家的时候,弟弟被国民党抓走,杀害了。爹离开了家,到安庆开了一个药店,仍做地下工作。三年了,什么事情都可能发生,我相信组织,无论如何我要继续走我的路……"

一路上国民党的飞机不停地炸,"白狗子"不停地追,我们的部队边走边激烈地和他们打。我在战斗中搬弹药,运伤员,这时候连长也跟上来了,不时地在这儿、在那儿看到她那蓝布衫。她从牺牲的同志手里抓起枪就打，连踢带咬地和"白狗子"扭在一起搏斗。战斗结束后，她就不见了。等队伍一出发，那蓝点点又远远地跟在队伍后面。有一回我见她左腿缠着一块黑布，走路一瘸一瘸的，就知道她受伤了。宿营时我给她送纱布，找了半天，在一个看瓜的草棚棚听到她和一个人正说话。我趴在草缝缝里看了看，一个老太婆正用白布给她扎伤口，一边扎一边说："……你要是还想要这条命，就留下。前面的大山男人都上不去，你受了伤，一没吃的，二没穿的，山上又是冰又是雪，冻也冻死了。……留下吧，我帮你在这儿找个好婆家，过日子吧……"

连长低着头没搭腔。我拿着纱布往回走，连长这伤，怕是不能再走了。

第二天我上到半山腰，回过头，又看见那个蓝点点，像个小蚂蚁，一点一点蠕动着。我不顾一切地滚下山去，鼻子撞破了，前胸都是血。她看到了我，生气地瞪大了眼，吼了起来：

"你又下来干什么？给我上去！"

我委屈得眼泪哗哗地流。

她不理我，拄着一根棍儿往上爬。

这么一个人！不喜欢别人同情，不听软和话，所以我尽管心里喜欢她，就是无法跟她过分亲近。

就这样，部队到哪儿，她跟到哪儿，硬是当了三个多月的"编外红军"，跟在队伍后面走了四千多里路。后来部队扩大了，她又穿上了军装，提升为排长，我们女子连组建后，她又被任命为连长。这么几年的相处，不知怎么，我一直是又喜欢她，又怕她，不像在指导员跟前那样，撒撒野，耍点猴儿，更不像在罗老婆儿面前，发脾气，使性子。她身上有一种冷冷的威严，即便是在这茫茫无边的草地上，即便她一身褴褛，一身病伤，那种威严也不减。看到她，我就有了底气，觉得草地也不那么可怕了。

一只大蚂蟥的一半身子扎进我的腿里，一半身子还露在外边，我照走我的，不去理睬它，扎一会儿它自己就会出来，反正那里面也不会有多少血了。骨头恐怕也跟干柴棍差不多了，摔一跤，准会断。

夏百合蹲了下去，又有几个人也蹲下了。

"萝卜！"一个人高兴地喊了起来。

"野萝卜！"又一个人报喜。

同志们顾不上"鬼沼""死坑"了，一齐围了上去。这野萝卜还真好吃，灰白色的，像山药蛋一样的形状，圆圆的，光溜溜的。可惜不多。

大家互相谦让，你推给我，我推给你，最后还是病号们分了。我因为小，也分到半个。咬一口，辣辣的，麻麻的，水分挺多，真有点萝卜味儿。我舍不得独吃，逼着夏百合，非让她咬一口。她最讨厌婆婆妈妈的，让我闹烦了，吼了一声："啰唆！"一口咬去大半个，咬得我有点儿心疼喽。

太阳一半身子卧进草地的时候，野萝卜开始"反攻"了。凡是吃了它的，上吐，下泻。我吐啊吐啊，胃里哪有东西可吐的，结果吐出一些绿水，又苦又黏，大概是胆汁。

夏百合连卸锅的劲也没有了，背着锅坐着吐，我真是害了她。还有的除了吐和泻，还大叫大闹。

二排一个平时最不爱说话的"老闷"（平时我们都这么叫她），现在一反常态，唱了起来："一棵蜡梅呀就千朵花，一盏哎红灯啊就照万家……"唱完了咯咯地笑，笑得眼泪直流。

柯指导员说这可能是吃"野萝卜"中毒，神经错乱。闹到天快黑时，我头晕、头疼、四肢无力。她们也都东倒西歪地站不起来了。卫生队长带着医生来看我们，也没啥药，一人发了三粒仁丹。

卫生队长对连长说："得给她们吃点东西。"

推开昨天的半扇门

连长像听不懂他的话,眼睛直直地看着他。

……

一天的黄星星。

我迷迷糊糊地靠着柯指导员坐着,一会儿把天看成大簸箕,一会儿把星星看成小黄杏。我听到连长跟指导员商量事儿,开始声音平缓,也不高,后来像吵架。

"只有这一条路了。"连长说。

柯指导员说:"杀了牦牛,那枪呢?牦牛驮的枪怎么办?"

"毁掉。"

我激灵了一下,清醒了许多。

柯指导员的嗓子更哑了:"连长你急疯了!那是要杀头的!"

枪是用生命和鲜血换来的,是战士的第二生命。按照我们红四方面军的规定,毁枪是要掉脑袋的。

连长沉默了一会儿,说:"情况不同,过去是人多枪少,随时都有兵源补充,现在是人少枪多,人是最宝贵的,多活下来一个,革命就多一份力量。有了人,不愁将来没有枪!"

柯指导员不说话。

连长又说:"不能眼看着同志们饿死,就这么办——要人不要枪!"

"好吧。你去杀牛,我来毁枪。如果受处分,由我顶。"

连长火了:"什么你呀我的,死不就掉一个脑袋吗?救活的是一连人。"

连长走远了,指导员也去了。

我想拉住她们,又不敢。我的身子和心都紧紧缩成了一个团儿,全身长满了耳朵在听。

过了好一阵,一声清脆的枪响划过黑沉沉的草地。"勾儿"的一声,钻进我的耳朵里。我打了一个冷战,脚下的地,也好像蜷曲了一下，又猛地伸开去。

"谁打枪？！"夏百合站起来问。

"连长，把牦牛打死了。"我说。

"枪呢？"

"毁了。"

"你瞎喷啥子粪嘛！"夏百合骂了一句。

"真的，连长说要人不要枪。"

她不吭声了，都不吭声了。

方面军总部的人从后边追来了，连长把情况如实做了汇报。

这天夜里，连长被带走了，竟是那个曾经被我们下掉枪的小个子带走的。我知道他是张主席的贴身交通队的队员，我想拉住他，问问张主席知不知道我们连长为啥子打死牦牛！我终于忍不住了，抓了一把黑泥扔了过去。

"小兔！"

柯指导员死死拉住我的手，怕我再扔。

全连的同志站了起来，目送连长。

连长走出十几步，突然回过头。在那微弱的星光下，她的目光从每一个人的脸上掠过，最后落在最矮的我的脸上。

"小兔，今天吃饱了吗？"

一块又大又烫的铁块堵在我的嗓子里，我发不出声，只是使劲点头。

她笑了笑，抬起头，对着大家说："同志们，走出草地！为了明天，要活着。"

连长走了。

全连人像石雕一样，一直站着。东边的天微微发白。

"嘭——"

整个草地颤抖了一下，银色的露珠儿纷纷落下，青草笔直地竖

推开昨天的半扇门

起,像亿万个手指,一齐指向天空。漫天的星星一颗颗落下,在那痉挛的锈水里溅起朵朵火花,然后长出翅膀,变成一只只红色的蝴蝶,冲上青天。天上,一道淡红的霞光渐渐出现在东方……

新的一天像过去的每一天一样,开始了。

这是过草地的第七天。这天下午,我们从肉烂骨酥的泥浆里拔出双腿,踏上了干燥的土地。全连同志回过头去,望着那与天相接的草地,摘下了帽子……

绿浪上飘起一缕歌声:

女儿红开花血染心哎,
剪掉辫子哟当红军。
脚踩天下万里路哎,
手栽地上千树春。
姐妹们哎……

界

一

　　胳膊是啥？腿是啥？指甲盖儿、头发梢儿是啥？全是耳朵。就连十个脚丫豆儿都能听到地上的蚂蚁爬。

　　杨圈儿头一次单独站岗，站的还是夜岗。

　　黑暗像漫天铺地的洪水，憋得杨圈儿喘不过气。他张着嘴，厚厚的嘴听到唇上有条冰凉的小虫儿从鼻孔儿向下蠕动，伸出舌头舔了舔，滑滑的，咸咸的，是清水鼻涕。眉头一皱，本想把那清水鼻涕吸回去，马上意识到那将要弄出的声响，于是放弃了这个念头，绷紧了鼻头上的听觉神经。

　　鬼地方！这么静，静得能听到蚂蚁放屁，蛐蛐喘气，静得叫人觉得耳朵失灵，又觉得全身都是耳朵。杨圈儿两只手像铁钩子紧钳在半自动步枪上，潮漉漉的，出了许多汗。裹着小雪花的风吹着，倒不觉得冷，只是十个指关节像扎了针，酸、胀、疼……

推开昨天的半扇门

渐渐的,也不知过了多久,月亮不怀好意地从云里闪出了半个脸儿。山,慢慢从黑暗里走了出来,坝子上的"麻栏"、竹楼也透出影影绰绰的轮廓。杨圈儿把僵硬的脖子缩回僵硬的衣领里一截儿。那细长的脖子套在崭新宽大的军装里,像粗口水瓶嵌着个细塞子。

月亮整个儿从厚厚的黑云中钻了出来,不甘寂寞地用它那圆溜溜的脑瓜蹭杨圈儿头上的"秃地皮儿",蹭得杨圈儿心里火烧火燎的,一抬手把军帽拉到眉毛上。

班长的理发推子犁地一般在杨圈儿头上拱了几圈儿就把他的"洋楼"推倒了。连同住在"洋楼"里的虱子一窝端掉。他悄悄掏出姐姐给他买的小镜子一照,活像刚刚割过庄稼的秃地皮。

"别心疼,杨圈儿。打完仗接着留,像城里人那样烫几个圈儿,砌座真正的'洋楼'。"班长安慰他。

也许不是安慰,是拿他耍戏。也许不是耍戏,是挖苦。也许不是挖苦,是试探。他的头皮倏地麻了一下。

"喉——呸——"

"咳!咳!咳——呸——"

"哼!"

"嗤!"

四面八方都是这种糟贬人的声音。

杨圈儿怔怔地原地转了个圈儿。突然四周归于寂静,幻听消失了。

杨圈儿又倒着转了回来,除了远处偶尔传来的隐隐约约的炮声,四周仍旧没有任何声息,没有任何人影,除了他这个站岗的。班里的同志们早睡着了吧?

他抬起头望去,达尼家的新竹楼在寨子的边边上,模模糊糊能看见。他们三班住在达尼家,一班、二班住在小学校里,为了给部队腾房子，学校提前放假了。邻近寨子里也住上了部队，人们都亲切地管解放军叫大军。

连日来炮声隆隆不断，听上去时远时近，杨圈儿估摸不出到底有多远。寨子里家家杀猪、宰牛，不知是慰劳大军还是准备过春节。没想到他们壮家也把春节当大的节日。杨圈儿更奇怪，他们脸上挂着笑，手里忙着活儿，好像听不见大炮响，闻不见火药味儿。

"喉——吓——"

"咳！咳！咳——吓——"

"哼！"

"嗤！"

杨圈儿猛一个回身，又向左、向右搜索，除了他，就是他的影子。

他使劲儿甩了甩头，似乎听到里面沙沙响。脑浆子能变成豆腐渣？柴火棒？散散的，空空的，想啥也集中不起来。你说空吧，又满满的，横七竖八蓬炸着，一堆事儿乱糟糟地搅混在一起，塞得脑瓜子疼，疼着疼着就发麻、发木，耳朵里像开留声机似的出现各种声音……

"姐姐……"

喃喃的，呓语一样的一声呼唤，不由自主地脱口而出，把他自己吓了一跳。两行泪慢慢从眼窝儿里爬出来，顺着腮帮往下滚。

那事是他干的？是吗？是自己吗？已经像上辈子的事了……

脱下了缀着红领章的新军衣，脱下了棉袄、绒裤，还有那双绿袜子。一点点儿也不心慌，一件一件用心地叠整齐，努力叠得像半个月前领取它们时的那个样子。叠好了把它们放在指导员的床上，最后摘下军帽，把一张纸条压在帽子下面——

推开昨天的半扇门

指导员：

　　我走了。我参军不是来打仗的。部队发的东西都在这儿，发的钱还有两块六毛零三分，在上衣口袋里。欠的五块三毛零七分还有十四天的饭钱，我回家以后就寄来。

　　对了，我没有鞋，这双解放鞋我穿走，跟钱一块寄回。

　　指导员，我生病你喂我饭，班长背我去看先生，我都记在心里……我回家把这些告诉姐姐，她也会感激你们。

　　见了班长，你跟他说一声，我走了。

　　此致

敬礼！

杨圈儿

一九七九年二月五日

　　乘火车来的，沿铁路线往回走。天上飘着雪花，不大，落地就化。不像他们太行十八盘，雪一下三尺多深。三尺多深的大雪天也没这么冷过。姐姐撮些玉蜀黍芯子在炕沿拢起火，全家围着它，暖烘烘的。

　　想起家里的火，身上一层鸡皮疙瘩，翻倍地冷起来。身上只有一层粗布衣裤，姐姐织的、染的，染料还是到集上买的，布染得不蓝，穿在身上蹭哪儿哪儿蓝。

　　为了驱赶寒冷他跑了起来，天快黑的时候他跑进沿途小站的候车室，浑身酸胀，饥肠辘辘。

　　一个说不上什么族的汉子在啃木薯糌粑，啃得杨圈儿连咽几口唾沫。他摸上摸下，口袋里只有一个钥匙链儿。上学的时候他就羡慕那些屁股后面挂着一串钥匙、小刀儿的同学，一跑起来哗啦啦响着，叫人眼馋。

他领到部队发给他的八块津贴费觉得自己成了大财主,偷偷塞在姐姐枕头下五块,又从属于自己的三块里抽出一张五角的,买下了这串梦寐以求的钥匙链。当时他笑自己没有马,先备鞍。不过他还是挺高兴,慢慢来吧,慢慢地什么小刀、指甲刀、钥匙,都会挂满的,一跑起来也哗啦啦地响。

现在,马没置下,却不得不打鞍的主意了。他琢磨,拿这钥匙链换一块木薯糌粑,那汉子也许会愿意。他鼓鼓劲儿,决心下了又下,迈开腿走到那汉子跟前却没张开口,于是悻悻地兜了个圈子,又红着脸朝汉子走了过来,又没说出口。他又悻悻地兜了一个圈子,弄得那汉子对他瞪大警惕的眼。眼瞅着木薯糌粑即将全部被那汉子消灭,他不顾一切地又站起来,却一下子钉在那里,傻了。

指导员和班长突然出现在候车室的门口。

……

泪,顺着面颊怯怯懦懦、委委屈屈地流进了嘴角儿,咸咸的。

月亮不屑一顾地闭上了眼,黑布又遮天盖地般的隐去了一切。杨圈儿觉得自己也被黑暗收去了,没有了,不存在了。心里一阵莫名其妙的轻松。

他变得不愿见人,怕听人说话,最怕别人小声说话,尤其怕别人啐唾沫。他总想躲开大家,真躲开了又心里慌慌的,站不定,坐不稳,老想洗手,洗了又洗,老觉得手上有兔子尿,黏黏的,臊臊的,总洗,总也洗不掉。

在家他养了二十多只兔子,安哥拉长毛兔,兔毛有两寸多长,在集镇上用卖羊毛的钱买的,当时只有一公一母,一年下来变成了一窝儿。他挖了兔井,天天给它们割兔草,姐姐说今年过年全靠它们了。离家的时候他跟它们告别,那只公兔子跟他亲热,尿了他一手。

现在他又闻到这种气味。今天班长通知他站岗,他连问班长两遍,相信自己没有听错,拿起肥皂盒儿就去洗手。没想到班长会让他单独站岗，站的还是夜岗，一路上他见谁对谁说："我今天晚上值班！"

天阴得沉了，四周一片漆黑。夜间站岗班长带过两次，单独一人站在这黑黝黝的深夜里，远方响着枪声、炮声，这在他是第一次。枪被两只手攥得湿淋淋、黏糊糊的，不知是汗还是兔子尿。

他顺着枪托向上摸着扳机、枪栓、标尺、枪膛……一怔，他仿佛突然明白，紧贴在他胸口的这个东西不是羊鞭，不是烧火棍，不是扁担，只要他手的任意一个指头轻轻一扣扳机，就能要人的命，杀人，或者被人杀！

他头皮"嗖嗖"地麻了两下，陡然松开了手。枪"叭"地落在地上……

想家！想姐姐，一种没法遏止的想！

他转过身，面向北，他又想跑……

黑乎乎的山影监视着他。他讨厌这里的山！东一座西一盘，像一只只虎视眈眈的怪兽，叫人心颤。他们太行的山，山连山几十里依偎着，像座大墙，叫人心里踏实。走，还得走，他不是打仗来的……

"杨圈儿，头回上岗，别怕。穿暖点儿。"上岗的时候班长给他扣好风纪扣儿，把枪交给他，送他到寨子口。

不能走，走了对不起班长。

走。不走对不起姐姐，还有爹……

走！

主意一定，周围倏地全长出了眼睛。

天、地、山、树林、竹丛……都瞪大眼睛盯着他。他一身冷汗，急忙闭上眼。再睁开，一切又恢复了原状，只有竹丛里还亮着一双眼。他屏住呼吸，望了过去，实实在在的一双眼！

"谁？！"

杨圈儿的汗毛旗杆似的竖了起来,"嗖"地拉开枪栓,朝着那双眼,猛地一扣扳机,哑枪。筛糠似的双手退下子弹,又猛地一扣,还是哑枪。

"汪!汪!汪!"

竹丛里窜出一条黑影,叫着跑了。

冷汗顺着鬓角从帽檐里滚下来一串儿。杨圈儿木木地望着那条跑远的狗,摆弄了一下枪栓,发现枪膛里的撞针被下掉了。

他愣了片刻,忽然想起上岗前班长检查过他的枪,翻来覆去捣鼓了半天。原来……

他的头"轰"的一下子大了,一阵眩晕,一切变得空幻不实,全是虚无缥缈的影子。脚下的地一丈丈上升,头上的天一丈丈下落,身子在天和地的挤压下打起旋儿,转啊,转啊。山和树跟他一起转,转得竹丛、甘蔗地的甘蔗全不见了,齐刷刷地站着荷枪的队伍,班长就站在排头……

"哈哈哈!呵呵呵!……"杨圈儿一阵狂笑,捡起枪扔了出去。

二

杨圈儿不吃、不喝、不说话,嘴再也不张了。

任指导员、连长、排长、班长谁说,谁讲,谁劝,他也不开口。最后指导员从别的连队叫来了他的老乡,也没有任何效果。

"你下的撞针?!"连长瞪着三班长。

"他脑子有点不对劲儿,我怕他误伤……"

连长更火了:"扯淡!那你还让他上岗?!还是夜岗!是嫌没事干怎么着?!"

紧张的战前训练把连长折腾得干巴黑瘦,连队半个月后就要拉到前线去,三分之二的新兵蛋子要拨拉得一个个像个兵,这是轻快

推开昨天的半扇门

事吗?！又找了这么个大麻烦！

连长挥着手，喷着唾沫星子对三班长吼叫："你不知道他逃跑过吗?！不知道是被抓回来的吗?！他是个逃兵，逃兵最怕什么？怕的就是再也没人信任他！你可好，明着让他单独站岗，暗地里下他枪上的撞针！你！这是耍的什么把戏你?！"

三班长蒲扇似的大手抠着裤子上磨破的大窟窿，心里感到委屈。天地良心，他哪里是耍把戏！他就是想让杨圈儿相信大伙没有另眼看待他，才派他单独站夜岗的。但是又怕杨圈儿心理素质不过关，一紧张误伤了人，于是动了个小脑筋，在枪上做了点儿文章。那班岗他一直远远地陪杨圈儿站着，他本来还为自己这种"心理学"的大胆试验得意呢，哪料到弄巧成拙，反倒伤害了杨圈儿……

排长瞅着暴怒的连长和沉默不语的指导员，内心感到自疚和不光彩。刚把杨圈儿接到他们排里来的时候，他还挺喜欢这个小新兵，栽绒帽几乎压住了两条慈慈的粗眉，三号军装长得压着屁股，走路两只胳膊不知怎么甩，整天不哼不哈，只知道笑。问他名字，他笑；教他叠被子，他笑；吃饭全班围成一圈儿，他也笑。一笑两个小酒窝儿。原以为是个好兵坯子呢，部队一拉到前线来成了这种熊包货！他恼火地埋怨："没见过这号熊蛋兵！"

"送医院吧。"指导员说。

"别！"三班长看了连长一眼，鼓起勇气说，"……明天大年初一，让杨圈儿在连队过个年再……"

竹楼上，杨圈儿瞪着楼顶，看着它忽上忽下，忽左忽右，摇摇晃晃，要倒不倒，要塌不塌地吓唬人，他轻蔑地翘了翘嘴角。

你塌呀，砸下来呀，不就是一个死嘛！现在，他才不怕呢。甚至，死对于他有一种神奇的新鲜感。活了十八岁，生的滋味儿他尝了许多，许多滋味儿是他连想都不愿再想的；死，也许没有那么多滋味儿，只是轻松吧。他没死过，不知为什么，他认定死是轻松的。

　　他挑战似的瞪着楼顶。种种念头乱石迸发似的歇斯底里，在脑海里冲撞。又像瞎眼的小鱼在黑洞洞的河底乱游，一个个飞快地冲来，交错混杂，推来挤去，你冲我撞，去而复来。

　　月亮从北边升起，一群星星围着它转，转，转得人头晕目眩。

　　他又想洗手。

　　得快点儿，抓紧！不能带着一手尿被砸死。竹床板嘎嘎吱吱响了一阵，他没能坐起来。

　　"圈儿哎，回家来喝汤！"

　　"来咧！姐姐！"

　　杨圈儿一个激灵坐了起来。

　　楼上空空的，班里的同志都不在。楼下达尼的两个嫂子在白色的蒸汽里跑来跑去，蒸汽顺着没合缝的楼板钻上来，香喷喷的。

　　这是座没有彻底完工的新楼，有七个开间，楼上还有望楼，站在望楼上，整个寨子、远远近近的山、清波粼粼的绵罗河，全都看得清清楚楚。

　　龙德老爹执意要他们三班的大军们住楼上，班长执意要求住楼下。新楼，底层潮湿是其一，更重要的原因是楼上的楼板没铺满，从上面望楼下一目了然。班长觉得不方便。老爹不肯，把他的达尼、达尼的两个哥哥、两个嫂子、一个刚刚百天的小孙子，赶到了楼下。夜里小娃子一哭老爹就吼："哭！哭！大军苦累了一天还不让安宁！"吓得媳妇抱起娃娃往牛栏里跑。

　　杨圈儿病倒之后，班长睡在他左边，老爹睡在他右边，连他半夜起来撒尿，老爹也跟着忙活。老爹烟管不离嘴，喉咙整天价猫似的呼呼噜噜，夜里痰上来了，蒙着被干咳，咳得被子和人卷成一团。杨圈儿恍恍惚惚觉得那就是爹。

　　"哞儿——哞儿——"

推开昨天的半扇门

"咩——咩——"

"呵呵呵……"

"嘻嘻嘻……"

"哈哈哈……"

杨圈儿从望楼循声望去,是一群挑水的壮家姑娘。她们身穿各种颜色的筒裙,无领斜襟衣,腰束绣花围腰,头缠绣花小方巾,脚穿玲珑绣花鞋,一个个花团锦簇。她们从绵罗河边走来,钻进一片碧绿的竹丛,又从绽满花朵的石榴树后一个一个闪出来,肩上的细软竹担颤颤悠悠,身上的白银首饰叮叮咚咚,一闪一闪发着光……

杨圈儿用拳头砸了一下木腾腾的头,直到发现人群中的达尼,才相信不是梦幻。达尼穿着青色蜡染的筒裙,荷色绣花小褂儿,头缠玉白色小方巾,窄窄的筒裙使得她的脚步又碎又急,远远看去像在草上飞,那肩上的水担像没有重量似的飘呀飘着。

姑娘们一路飞一路学着牛羊的吼叫,喊着笑,笑着喊,祝福来年六畜兴旺。这边刚落音,那边又起来,全寨的姑娘媳妇似乎都出动了,绵罗河变得红红绿绿,花花点点。她们争着汲新水回家,加上红糖、竹叶、葱花、生姜,煮沸后全家和客人都要喝,喝了这象征着吉祥幸福的新水,来年人人更加聪明伶俐。

过年了。壮家人过年也这么热闹。杨圈儿慢慢地躺了下来。

楼顶又开始晃悠,吊在横梁上的一个蜘蛛网也随着荡悠起来。蜘蛛网越荡越大,越荡越大,渐渐荡成一个大秋千,红袄绿裤的大闺女小媳妇把穿着绣花鞋的脚争先恐后地踩在踏板上,两腿一曲,用手拉住绳子往外一撑,秋千像兜满了风,呼地悠起了老高,越来越高,越来越高,红袄、绿裤、大辫子、短剪发,随着那秋千上下,下上地飞起来,飘起来!拴在秋千顶端的铁环随着上下起伏,喝彩般地欢闹起来——哗啦啦!哗啦啦!哗啦啦!……

打秋千花样最多的是屯西头的豆花,打得最高的是姐姐。姐姐踩上秋千双手一撑,像驾了云,呼地一起三丈高,渐渐和秋千横梁荡平。观看的老老少少还来不及赞叹,哗啦啦一声翻梁而过,又哗啦啦从天上飘落下来,哗啦啦飞上天去……

杨圈儿兴奋、自豪、紧张。七岁那年的他紧张得尿了一裤,还咬破了舌头。一年里唯有屯里架起秋千这几天姐姐年轻、好看,细长的眉毛,高高的鼻梁,连同鼻梁上的荞麦皮儿斑点都有精神。也唯有这几天,杨圈儿才觉得姐姐是姐姐。

打从记事起娘就不在了,爹崩石头伤了腰,啥重活儿也不能干,哥长得挺高,高出姐姐一头,但双眼自出生就失明,别的活干不了,谁家推磨就把他叫去,推一响磨管一顿饭。

在杨圈儿的印象里,年长他八岁的姐姐,就跟娘一样。长到十岁,姐姐走哪儿,他还扯着姐姐的衣角儿依偎着呢。山里人有自己娇养孩子的办法,像城里人给体弱的宝贝定期注射丙种球蛋白、胎盘球蛋白一样。姐姐每隔十天半月就从地里抓两只田鼠,用泥巴一糊,扔到灶膛里,饭做好了,田鼠也烧熟了,连同泥巴和毛皮一撕,枣红的筋肉,喷鼻子香味,每次都馋得小杨圈儿流着口水叫:"姐姐好吃!姐姐好吃!"

姐姐说田鼠肉能抓百病,十冬腊月姐姐也能从冻土地里找到田鼠洞。

娘说杨圈儿头发硬,克命,在他后脑勺上留了一个尾巴辫儿。娘去世后,姐姐天天给他梳,她手上一有油就喊:"圈儿吔——,圈儿——!"把油抹在他的尾巴辫儿上,姐姐说越抹头发越黑、越亮、越柔软。

离家的时候,杨圈儿还想,到了驻地一定进照相馆照一张穿军装的照片给姐姐寄去。谁想参军到了这里,照相馆没有,连头发也剃光了……

"哎,醒醒,醒醒啊。"

杨圈儿睁开眼,姐姐跪坐在他身边。

"石榴,吃啵?"

一个大石榴,跟小西瓜差不多,杨圈儿从来没见过。"咔嚓"一声石榴裂开了,露出玻璃扣子似的红颗粒,捧着石榴的手腕上晃动着两只雕着花纹的银手镯。

杨圈儿感到目光慢慢往一块聚拢,渐渐聚在一起……看清了那青色筒裙、荷色小褂、玉色方巾,看清了那晃动在脸颊两边的豆绿色的耳坠儿。

是达尼?……

达尼拉过他的手,把晶莹的石榴籽儿从黄色的皮里剥出,放在他的手上,眼睛一眨不眨,两团期待的光望着他。

他胃里一阵揉搓似的疼。

达尼又往他手里放了些石榴籽儿,他不吃,她固执地往上放,红色的籽儿在他手心里堆起一座小山。

"你……"达尼突然停了手,眼睛盯住了他那少了一截儿的小指头,"刀伤的?"

他摇摇头。

"爬树伤的?"

他摇摇头。

达尼笑了,红红的嘴唇像花儿似的舒展开来:"打架伤的,是啵?"

他又摇了摇头。

"打仗、打仗伤的?"

杨圈儿把脸扭向一边,闭上眼。

谁能想到,他的小手指少的那一截儿是娘咬掉的。他的上面,连死了两个哥哥,一个姐姐,都没出满月。娘怕他也不成人,刚落生就咬掉他一截儿手指,用红布包着,让姐姐埋在屋后面的夹道里，做了替死鬼。替死鬼替他到阴曹地府报了到，留下他在尘世间哇哇叫。

那正是"大炼钢铁、放卫星"后的大荒年，屯里有一半人外出逃难，他家把树皮、树叶、菜根、玉米芯子都糊了口，还是吃了上顿愁下顿。

为了月子里的娘，爹和瞎哥哥、姐姐，都饿得全身浮肿，有口吃的就端给娘，娘哪里忍心，不肯把那菜叶子汤往自己嘴里送。产后的人本来就虚弱，出满月几天就全身肿得透明，临死把那没有奶水的奶头塞在杨圈儿嘴里，紧紧搂着娃儿不肯撒手。

爹把杨圈儿从娘僵硬的手臂里抠出来，他已经浑身发紫。

娘死后，乡亲四邻、瘦怜怜的婶子大娘可怜他，怀里有奶娃的都分出几口给他吃。姐姐抱着他，像小猫抱个大老鼠，东家西门地串。不知是那半截儿手指真的显了神灵，还是爹给他起的名字吉利，圈住了他的魂儿，饥一顿、饱一顿，病病歪歪的他竟跟别的娃儿一样，一点一点往大处长。

爹、瞎哥哥、姐姐都把他当星星。瞎哥哥给人家推磨，转一天磨道，人家给点儿好吃的，揣在怀里，勒勒腰带就往家里摸，人一进门就喊："圈儿吧，来吃香馍馍！"全家指望他们的圈儿出息成个像模像样的人。

社教的时候，屯里来了个女工作员住在杨圈儿家，她包包里有个话匣子，会说会唱，杨圈儿稀罕得了不得，整天整天跟着她，一个月过去，竟然学会了好几首歌，还学会了用京腔儿说几句官话。临走的时候，那女工作员对杨圈儿爹说："好好培养，这娃儿聪明。"

爹开始培养他。夏天夜长，傍晚吃罢了稀饭汤，爹教他识数。爹坐在磨盘上，杨圈儿坐在捶布石上，爹数一，他数一；爹数二，他数二，教了三天还弄不清啥是一，啥是二。

爹也懂形象教学，就是没有教具，想了半天，来了个就地取材。爹让杨圈儿劈开腿,指着他的小鸡鸡问:"数数,娃有几个鸡鸡。"

"一个。"

爹满意地点点头,又指着他小鸡鸡下面的狗蛋儿问:"数数,我娃有几个狗蛋?"

"两个。"

"小鸡加小蛋儿,一共几个?"

"三个。"

爹高兴地一拍大腿:"中!俺娃中!"

杨圈儿没有辜负爹的启蒙教育,小学毕业考上了公社中学,这在全屯也是数得着的光彩事。

公社离他们山沟沟二十多里路,公鸡叫头遍全家都起了身。姐姐擀好了面条,盛好碗,却找不到杨圈儿。已经瘫痪了的爹躺在炕上,急得用拐棍砸炕沿。姐姐拿着他的新书包新衣裳屯头屯尾地喊:"圈儿呔——!圈儿——!"瞎哥哥摸摸索索,在柴火棚里摸到了他。

杨圈儿扑在瞎哥哥的怀里哭了:"我走了,家里打柴的人也没有,……姐姐她一个人……"

哥哥瘪瘪的瞎眼里滚出混浊的泪:"都怪哥不中用,……圈儿呔……"说着,哥哥打起自己的脸,"我这不中用的!我这废物!"

杨圈儿抓住哥哥的手:"哥!哥!哥你别打了……我去上学。等明年我姐出嫁了,我再回、回家来照顾爹和你……"

站在柴棚口的姐姐嘴唇灰白,哆嗦着,没有一滴泪:"回屋去,吃饭!"

出了山,到了公社中学,杨圈儿最不习惯的是那天空,比他们屯沟沟里大了许多许多。他心里嘀咕,这么大,阴满了得多少天?

记忆的齿轮一个咬着一个,一切又近又远,又清晰又模糊。

石榴籽堆成的小山仍在手上，达尼依旧跪坐在他的身边。她那蜡染的筒裙叫人感到亲切，它和家乡自染的花布很像，姐姐身上常穿着这种图案的衣裳。也许是这种亲切，也许是达尼的恬静和恳切，杨圈儿把石榴籽放进嘴里。一口汁液咽下，饥饿的胃壁仿佛吐出许多利齿，残忍地互相撕咬着，杨圈儿痛苦地皱起了眉头。

"酸？"

杨圈儿摇摇头。

达尼张张嘴又想说什么，停了片刻还是说了出来："你，不想当大军？是啵？"

像是长满了黄锈的钝钉子一下子被锤头砸进心口，杨圈儿浑身一阵战栗，石榴籽落了一地。

他又想洗手。

刚坐起，眼前飞起一群金黄色的马蜂，没头没脸地朝他袭来，他双手拍打着，喊叫着，往一边推着达尼。

达尼惊慌地望着他："你怎么了？！"

"马蜂！马蜂！"

"马蜂在哪儿？哪儿有马蜂？！"

马蜂成倍地增加，滚作一团扑向他。他叫喊着，"嘭"地倒在竹床上，用被子蒙住头……

他听到达尼喊着什么跑下楼去，他在黑洞洞的被窝里蜷缩着，黑暗用压倒一切的力量挤压着他，又庇护着他，他看到自己在熄灭，飞速下落，就像秋夜里的一颗可怜的小陨星……

三

雨夹雪嘭嘭沙沙地砸在玻璃钢简易病房的房顶上，断断续续响了一夜，天亮时晴了天。橘黄色的曦光透进窗来，不偏不斜正好照在杨圈儿左边伤员的眼睛上。

"妈的!闹了一晚上,天亮了还不叫人睡一会儿,王八蛋!"他猛地往上一拉被子,碰着了伤口,"哎哟!"叫了一声,又是一串脏话。这个人右臂被炸掉了,病房里的人叫他"左撇子",他脾气最大,爱骂人,杨圈儿尽量不让自己的眼睛看他。

杨圈儿把身子翻了过去。

"过来!"

杨圈儿一个激灵。

"你!聋啦?!……狗屎抹不上墙头!"

杨圈儿迅速把身子翻过来。

"给我!"

杨圈儿不知道他要什么,紧张得不知所措地双手揪着被子。

"卧倒!……笨蛋!把冲锋枪给我!"

原来他在说梦话。

杨圈儿嘘了口气,又把身子翻了过去。

右边床上的人头上缠着绷带,他的右耳朵被弹片削去了,鼓膜也被震裂,他姓贺,大伙儿叫他贺聋。

贺聋裹绷带的头部露着一只左耳,挺大的一只耳朵,像兔子耳朵一样支棱着。

杨圈儿见贺聋从被子下面伸出手,把一个棉球塞在那只大耳朵里,怕丢了梦似的赶紧闭上了眼。

左撇子的邻床是个和杨圈儿年龄相仿的新兵,他蜷曲在被筒里,哼哼咻咻、哼哼咻咻地使着劲儿,大概又做梦穿裤子。他总做梦穿裤子,不是穿不进,就是两条腿伸进一个裤管,整晚上地穿。听说他的病和杨圈儿差不多。

杨圈儿不承认,自己哪儿像他,一天到晚说个不停,嘴角挂着叫人恶心的白沫子,也不知哪来的那么多话,不管别人烦不烦,只管说、说，扯着沙哑的喉咙。左撇子叫他"破话匣子"。

躺在墙角的那个是伤了腰椎骨的，病房的人叫他"竞折腰"。医生查房在他的床前站的时间最长。挺英俊的长方脸上常常凸着一棱一棱的肌肉，都是咬牙咬的。

他一定很痛，杨圈儿估摸着。听说他是个侦察排长，能蹿房越脊，飞檐走壁，杨圈儿觉得他最了不起，喜欢躺在床上偷偷看他。

杨圈儿不知道为啥把他安排在这个病房，反正这是个伤病员转运站，大家都要到后方去，管他呢。他的头不太晕了，就是不敢睡觉，一闭眼身子就往下沉，心吊得又紧又疼，直想吐。

一只长尾巴鸟儿落在窗框上，叽叽喳喳地叫了一阵子，扑腾一声飞走了。它是不管人有多少痛苦的。

"早晨好！"左撇子醒了，大声吆喝着，"今天是一九七九年二月二十一日，星期四，哇啦哇啦广播电台现在开始广播。"

他大概是伤口太疼，疼得他大声喊着说话，去发泄那无法排解的痛苦："本台今天没有重要新闻，谁做了什么梦，请报告。"

这是每天早晨的节目。

男子汉大丈夫要去当兵，
再不能一天天谈论爱情，
……

破话匣子唱完他的每日一歌，用手比划着抢先报告说："我又穿了一夜裤子，这回是条布袋裤，裤腿那么长……"

左撇子连看也不看他。

"没啥新内容。又打了一夜的仗。"竞折腰整个身子打着石膏，动弹不得，直挺挺地躺在床上。

"战果如何？"

"别提了，不是枪卡壳就是手榴弹甩不出去。"

"唏。"左撇子表示遗憾，"我他妈的也够倒霉的，找了一晚上胳膊。跟狗一样趴在草地里到处闻、摸，明明看到了，一拿到手上就成了干树枝子。老子不甘心，再找，沟里、树丛里、庄稼地里……"

"河里找了没有？"竞折腰提醒。

"找了，摸出来的全是藕。奶奶的，那个混账卫生员，怎么单把我的胳膊给落下啦？！等我能动弹了，一定去把它找回来，用胶水我也能把它粘上！"

杨圈儿惊奇地看了他一眼。

"小哑巴，要不要我捎带着把你那截手指头一块儿找回来？"左撇子朝他揶揄地笑笑。

杨圈儿脸唰地红了，把目光移开。他恨这个左撇子。

破话匣子来劲了，他就敢对杨圈儿来劲："摆摆嘛，摆摆你断指的战斗经历。"他乜斜着眼，冲着杨圈儿嬉皮笑脸，一副居高临下的神气。

你也配神气？神经病！杨圈儿在肚里狠狠地骂着破话匣子，真想给他两拳，掐住他的脖子，看他还敢犯贱！

"贺聋！你小子今天怎么也哑巴啦？"

左撇子朝着贺聋扔过去一支烟，左手没准儿，烟落在杨圈儿的床上。

"妈的，这鸟胳膊！日后回连队咋扔手榴弹？！"左撇子骂了一句，冲杨圈儿挥挥手。

杨圈儿闭着眼，装着啥也没看见。

"还挺有种。哈哈哈……老子自己练！"左撇子笑着把香烟一支支扔向贺聋，终于扔准了。香烟落在贺聋的大耳朵旁边，贺聋却毫无反应。

"聋子,你死啦?!"

贺聋仰脸躺在床上,眼睛直直的,好似看着另一个世界。

"洗了一夜澡,在河里,水好清,还有女娃儿……"他慢吞吞地说。

"呵呵!"左撇子振奋地叫了一声。

"伙计,真有你的!说下去!"

整个病房的人都把眼睛盯住贺聋。

"在河里那叫游泳,在澡盆里才叫洗澡……"

"去,一边待着去!"左撇子对着破话匣子吼了一声,"贺聋,你他妈说呀!"

"我们村儿边上有一条涧河,一到天热,村儿里的年轻汉子、闺女媳妇儿都在涧河里洗澡,那水,又清又凉……"

"嘿!男女同浴,赶上日本人了。日本人……"破话匣子又忍不住了。

"滚你妈的日本人!不许你再开口。老贺,说你的。"

贺聋仍慢悠悠地说:"男女隔着二三十米,男爷们只穿裤衩,女人们红红绿绿的咱瞅不清。她们厉害着呢,按规矩我们洗上游,她们洗下游水,哪天要是我们人少,她们就想抢上游。开始用石头子儿甩我们,甩着甩着胆儿也大了,脸皮儿也厚了,靠近我们用水泼,没头没脸地泼,泼得我们睁不开眼,只好乖乖地夹着尾巴到她们的下游去洗。……"

"说你的梦!扯到你姥姥家后院了,你这个混蛋。"左撇子说着瞪了一眼破话匣子,怕他又插嘴。

"昨晚上我又梦见我们的涧河啦,我咚一声跳了进去,咕咚咕咚先喝了几口解解馋,那水清得见底,小鱼儿从我腿弯儿、胳肢窝里钻来钻去,又凉又滑。螃蟹老大的个儿,躲在石子缝里,一会儿露露它的大钳子。我扎了几个猛子,正撒欢儿,听到一声尖叫,离我不远有个女娃儿喊:'妈吔,螃蟹!螃蟹夹住我的……'我急忙朝她游去。她又喊:'哎呀!你别!别靠近我!……哎呀,妈吔!螃蟹!哎哟!哎哟!'"

破话匣子急得拍腿,杨圈儿蜷曲在他的被筒里,竟折腰入神地望着贺聋,左撇子像被螃蟹咬住似的咧着嘴。

"冲上去啊!你他妈真窝囊。结果呢?"

"我朝前游游,她喊叫,不要我靠近她,我朝后退退,她又哎哟哎哟喊疼死啦!我一急……"

"冲上去了?"

"醒了。是你他妈左撇子在叫。"

"窝囊!废物!草包一大个!"左撇子生气地骂着。

破话匣子泄气地说:"到底没把螃蟹给人家弄下来。"

杨圈儿也遗憾地叹了口气。

"哎,我说老贺,看清那姑娘长什么模样儿啦?"竟折腰不愧是侦察排长,对任何问题都推究得很细。

贺聋脸蓦地红了,讷讷地说:"还、还用看嘛,从小一个井里吃水,一块田里割草,小时候手上扎了刺,都是她给我拨……爹上月来信说村里实行承包责任制,盼我回家,我要是回不去,给他们娶个媳妇也行……他们老了。想抱孙子了……"

"我说伙计,打完仗回去就娶她,那个挨螃蟹夹的,勇敢点儿,别再那么窝囊!"竟折腰出主意。

贺聋摇摇头,像霜打的庄稼,蔫了,连那只大耳朵也有点耷拉:"人家不会看上咱啦,兔子还有两只耳朵哩……"

"你们知道兔子耳朵为什么特别长吗?"破话匣子又开始打岔了。

他总爱打岔,不管别人说什么,他总能插进去,再岔开来,一岔岔出十万八千里。似乎他脑袋里多了一根神经,就跟他两眉之间长的那个大黑痦子一样,远远看去像多长了一只眼睛的二郎神。

"兔子耳朵除了听外界的声音,还有调节体温的作用。所以它们在世界上分布的范围很广,既能生活在北极严寒地区,也可以居住在炎热和干旱的副热带高气压带控制下的草原和沙漠地区……"

没人听他说些什么。各人以各种姿势,躺着,默默不语。

杨圈儿觉得心里挺难受,他爬起来,把左撇子摺在他床上的香烟送到贺聋跟前。

贺聋笑了笑,对着他动了动他那唯一的耳朵。他的耳朵会动,真像兔子,平时杨圈儿觉得挺好玩,现在他把头扭了过去。

左撇子对着他的小圆镜刮胡子。他的胡子跟旺韭菜似的,两天不刮就黑漆漆蹿出一片。笨拙的左手不听使唤,时不时地割破了皮,每割一道血口子,他便愤愤地骂上几句。

  西边的太阳快要落山了,
  微山湖上静悄悄,
  弹起我心爱的土琵琶,
  唱起那动人的歌谣。
  ……

竞折腰轻轻地哼起歌。他的家在铁道游击队曾经出没的微山湖上。

杨圈儿把眼光落在他那苍白的脸上。

不知他有个什么样的家,爹和妈也都年老了吗?他一定也有自己的心事。

杨圈儿把眼光移开,挨个儿在每个人的脸上扫过,他看到每个人的眼睛里闪出的光都不一样。谁都有自己的心事。他不自然地咳嗽了一声,忽然想说什么,咽了口唾沫什么也没有说,他不知道该说些什么。

"老贺。"竞折腰喊了一声。

贺聋大概听不太清楚，往前探着身子。

"老贺，五年后的今天，你跟你媳妇准备上好酒、好菜，我到你家做客。"

贺聋苦笑了一下："媳妇……"

竞折腰闭了一下眼，把声音提高了些："讲好了，五年后的今天。"说得很认真，没有丝毫开玩笑的样子。

"好吧。只要还活着……"

"当然活着。"竞折腰咬了一下牙，腮上又凸出一道肉棱子。他嘘了口气，又说，"弹片只要了你一只耳朵，剩下的都是你的，当然活着。我受伤以后醒过来，战斗已经结束，睁开眼看到的是一棵被炮弹削了头的小草儿。草叶儿在我脸上摩擦着，大概离眼睛太近了，它显得那么大，大得我看不清它，只有一片晃动颤抖的绿色。我透过它看天，一切都显得庞大、开阔，富于生命力。

"我突然十分强烈地希望再碰上一伙敌人，再打它一仗。血在我身子下面流满了，又朝草棵里流去。我一点儿也不觉得虚弱，仿佛受伤的是另外一个人。不知为什么，一下子我浑身充满了激情，我甚至想为那棵受伤的草去战斗。我强烈地意识到活着是这么好，我必须活着。人生中还有很多很多事情我不理解，我以前活得太粗心，太毛糙，太……"他长长嘘了口气，"大概跟死亡见过面的人，都会有我这种体会吧。"

贺聋支棱耳朵静静地躺着。破话匣子不知什么时候蹭到了竞折腰的床边。杨圈儿盯着竞折腰那双手，它隔一会儿就急促地抽搐一阵。左撇子用他那只左手笨拙地点着一支烟，放在竞折腰的嘴上。

"试试，吸一口，能止疼。"

竞折腰吸了一口，呛得咳了起来，顿时一串汗珠从那又黑又密的头发里滚下来，脸色苍白。

左撇子后悔地骂起自己："我他妈真该死！"

竞折腰笑了，喘息着："老弟，咱们谁也不该死，……能生到这个世上来，就证明你战胜了亿万个同类，你是个强者，你就要活得像个人，活得精精神神，雄心勃勃，微笑着迎接人生中的一切，包括恋爱、结婚。……就冲这些，我对自己说：不能死！你得活！你连一个姑娘的吻还没得到过，对人生的体味，还差得远呢！……"

不知石杏护士什么时候进来的，杨圈儿一回头，只见她托着一个白瓷盘子倚在门口，细长的眼睛望着竞折腰，眼睛周围有一圈淡淡的青晕，看上去很疲惫的样子。

"伙计们，不扯了……"竞折腰也看见了门口的人，闸住了他的话。

石杏护士走到贺聋床边，夺下了他嘴上的香烟，扔进痰盂里。

贺聋根本没发现石杏护士，她一系列突然袭击弄得他傻愣了一刻，等他反应过来，她已经到了左撇子床前，他只有冲着她赔笑的份儿了。

左撇子笑容可掬，彬彬有礼："护士同志大慈大悲，救了我们这些被尼古丁污染了的灾民，贺聋这家伙屡教不改，该打该罚。"

石杏护士不动声色地掀起他的枕头，把藏在枕下的烟盒装进她白大褂的口袋里。转过身放了句狠话："抽烟抽不出胳膊来！"

破话匣子嘻嘻一笑。

"你笑个屁！"左撇子用手按按嘴唇上刮胡子刮出的血口子。

杨圈儿真担心左撇子在火头上会给石护士来一撇子，不料左撇子却"嘘"地吹了一声口哨儿，左手一摊，做了个无可奈何的动作。

这个护士真怪，专往人家疼的地方碰。

杨圈儿刚来那天，她递给他一块香皂，一个玻璃瓶儿，说：

推开昨天的半扇门

"总想洗手是吧？洗吧，这是香皂，想打几遍打几遍，还嫌不干净，这是酒精棉球儿。这些一天用完也行，用完找我要。"

说也怪，顿时他对自己的手放心了。她不叫他杨圈儿，不管有人没人，都喊他"羊羔"，让他和破话匣子一块帮她干活，做棉签，洗针管，叠绷带。

破话匣子干得特别带劲儿，干着，说着，找机会对杨圈儿挑衅着，指挥着，每天换着挑衅的方法。

杨圈儿以不变应万变，任他兴风作浪，只是沉默不语。

石杏护士像看两只公鸡斗架，只是看，不管不拉，对他们干的活儿，她有评语：杨圈儿做的棉签光圆，大小适中，裹得紧，棉头和竹签不易脱落。

石杏护士表扬了杨圈儿，破话匣子不乐意了，说："他那双手，根本就不配做棉签！"

杨圈儿斜了破话匣子一眼，破话匣子不示弱地说："本来嘛，他自己都嫌脏，整天洗、洗，洗不完地洗……"杨圈儿当着破话匣子的面把香皂和酒精棉球还给了石杏护士。

给伤员换绷带，石杏护士有时候也让他们俩做帮手。有一个伤员半边脸都没有了，一只眼从绷带缝隙里露出来。破话匣子吓得连退了几步，杨圈儿紧张得上下牙捉对儿磕碰。她把那血殷殷的绷带从伤员脸上一层层剥下来，他和他同时看到那伤残战士的上唇上长着和他们一样还称不上胡子的茸毛。他不会比他们大。他俩人不约而同地相互对视了一下，又很快把目光错开。

杨圈儿觉得破话匣子就像一面镜子，让他看到了自己的脸。那虽然完整无缺，却远远不及那半张脸好看的脸。

破话匣子大概也有此感，那天他的话比平时少了许多、许多，对杨圈儿，干脆一天不理。

有时候，杨圈儿也会发些小脾气，自己对自己发。莫名其妙的，这也不顺心，那也不对劲儿，坐着不稳，躺着不安，走出去又不愿见人，百爪挠心。他揪头发、咬嘴唇，用指甲掐自己的肉，发了一圈儿狠，忽然明白是自己健全的胳膊腿儿惹的，他竟然觉得它们不是给他提供方便，而是碍事，惹他讨厌！

病房里开始测体温、量血压。

破话匣子在扫地，实事求是说他真是个勤快人。嘴勤、手勤，脑子跟着舌头、指头跑。

石杏护士给竞折腰量血压，一个血压计摆弄了半天，不是缠不紧，就是听不清。

左撇子对着贺聋眨眨眼，贺聋会意地动了动耳朵。两个人老老实实地躺着试自己的体温。

破话匣子扫完了地，开始整理他的卡片。他在自修英语，每天缠着竞折腰给他纠正发音，学得挺带劲。左撇子揶揄他，说他放了咸（闲）屁放酸屁。他嘻嘻地笑着，并不回嘴，除了杨圈儿，谁说他轻了重了他都不介意，嘻嘻笑着，宽宏大量。

他整理好了卡片，从中抽出几张，踱到杨圈儿床前。

"喂。洋（杨）大人，General、Chief，懂吗？不懂。那么Doctor、Nurse、The Wounded，明白吗？"一副先生对学生，智者对愚人的神气。

杨圈儿忍不住了。

"将军、酋长、医生、护士、伤员。"

破话匣子大吃一惊。他太小瞧杨圈儿了。他不知道，杨圈儿上学的时候吃的是姐姐汗珠摔八瓣种出来的米，瞎哥哥拖着磨棍牲口似的转磨道磨出来的面，懂得怎么用功。

杨圈儿攒够了炮弹，开始出击了："请教一下，Trouble Some-radio 是什么意思？"

破话匣子被问住了，不甘心地嘟囔着："哪、哪有这么个词？"

推开昨天的半扇门

杨圈儿不示弱地看着他,等他回答。

破话匣子不那么神气了,回过头求援地看了看竞折腰:"他说的是哪国话?"

"英语。Trouble Someradio,可以翻译成令人烦恼的收音机,或者破话匣子。"

左撇子、贺聋,包括石杏护士,都忍不住大笑起来。

破话匣子歪了歪脖子,张了半天嘴,"嘭"一声倒在床上唱起来:

　　男子汉大丈夫要去当兵,
　　再不能一天天谈论爱情,
　　……

杨圈儿心里一阵痛快。痛快了一会儿,又觉得破话匣子挺可怜。其实破话匣子也有谦虚的时候,石杏护士带着他俩到山上挖草药,破话匣子就请教过杨圈儿。

杨圈儿特别喜欢去采草药,出门就是山,这个伤病员转运站就在山坳里,翻过一个山坡有一条公路,日夜不停地跑着战车。一边来采药,一边看战车,特别带劲儿。杨圈儿决定明天采草药的时候跟破话匣子和解。

"昨晚上你们这个病房最差,直到今天早上。"石杏护士一边收拾血压计一边说。

左撇子不服气地咧咧嘴,吹了声口哨。

"左撇子,表现最差的就是你!其次是贺聋,昨晚上你又偷偷溜到公路上看战车,别以为我不知道,我可比竞折腰这个侦察排长还厉害!还有你……"

她刚抬起手指破话匣子,被身后的声音打断了。

"石护士,你来一下。"

是二科的张主任。还不到查房的时间，看样子是路过，但脸色不好看，愠怒的眼光从眼镜后面射出来，瞪着石杏护士。

石杏护士跟着张主任走出门去。

"小哑巴，装着上厕所，去听听！"

左撇子下命令。

杨圈儿跳下床，追了出去。张主任和石杏护士站在离病房不远的地方。

"……你怎么叫病人的外号？！咳？谁起的那种外号？"

"我。"

"你？！你想干什么？胡闹！"

"想让他们尽快地适应自己。"

"用病人的缺陷刺伤他们，还让病人适应？！"

"那不是缺陷。他们也不是一般的病人，他们是战士，是英雄，他们不需要怜悯。……"

张主任还要说什么，发现了呆呆地站在一旁的杨圈儿。

杨圈儿忙解着裤扣儿走开去，转了个弯，回到病房。

他汇报完了侦察到的全部内容，等着左撇子幸灾乐祸、得意。不料那只幸存的左手"啪"地一拍床沿："我们他妈的就高兴听这种外号，他管得着吗？！我就烦那些护士小姐像哄小孩儿似的咿咿呀呀，好像我们就剩下叫人同情的份儿，好像我们是等外品、可怜虫！我他妈一只手今后不会比两只手干得差，没这气魄在战场上早尿裤子了。我尊重石杏护士就是因为她信任我们，把我们当男子汉！你们说是不是？"

"那是！"贺聋坐了起来，"贺聋有什么不好？挺有气魄！不是吗？说不定我复员以后就改叫这个名字了。"

"好得很！我表示声援！我觉得，石杏护士赐给咱这么多雅号，最雅的要数'竞折腰'了，不但形象，而且富有诗意。"破话匣子跳下床，连朗诵带表演的，"江山如此多娇，引无数英雄竞折腰！……这是对咱们侦察排长最高的评价。我分析，说不定这里面还包含了石杏护士更多的……情感呢！"

"哈哈哈……破话匣子，你小子放了这么多天的咸（闲）屁，今天才算有了点儿'正经味儿'了！"左撇子大笑起来。

破话匣子难得受表扬，十分得意："我这只是说了问题的一个方面，还有另一个方面呢！我得去问问张主任，辣椒辣不辣？为什么人还要吃？苦瓜苦不苦？为什么人还花钱去买苦吃？"

大家又被他岔到十万八千里之外的话弄愣了。

"刺激！懂吗？人需要刺激，各种各样的刺激。没有刺激就没有亢奋，没有亢奋就没有进取，没有进取人类就停止不前，在某种意义上说，没有刺激就没有人类！"

左撇子用手拍着腿鼓起掌来。

竞折腰笑着叫好。

贺聋冲着破话匣子竖起大拇指。

破话匣子越发地起劲："动物、植物都需要刺激！蚯蚓，知道吗？一种拱在泥土里的环节动物，它的繁衍就靠强烈的刺激——斩断自身。墨菊，举世罕见的名贵花卉，它名贵就名贵在它的墨上，世上有多少黑的花？但是要使它墨黑，你们猜得怎么着？打针。用针管往花枝上打药水，强刺激！所以说，刺激是必须的，伟大的，无处不在无处不有的，不应该害怕，不应该躲避的……"

破话匣子的脑子跟着舌头飞速地跑着，比赛着。

杨圈儿不想听了，他惦记着石杏护士，他想出去再看看，又不敢，他盼着石杏护士快些到病房来。

石杏护士在她下班之后也常到病房来，手里总拿着一件鹅黄色的细绒线，边织边和他们聊聊天。杨圈儿觉得，那鹅黄色的毛衣将来织好了，穿在她身上一定很好看……

贺聋大概被破话匣子的舌头鼓动得兴奋了，扯着嗓子唱了起来——

　　哎吔——
　　九道梁子到五坪，
　　妹送郎哥去当兵。
　　竹叶子那个青，
　　共产党更比爹娘亲，
　　光荣花那个红，
　　杀敌立功为人民。
　　美丽的祖国你保卫，
　　莫把妹妹呀挂吔挂心中。
　　……

竞折腰也唱，他的嗓子非常好，唱得深沉、委婉、动听——

　　花儿为什么这样红，
　　为什么这样红，
　　哎——
　　红得好像，
　　红得好像燃烧的火，
　　它象征着，
　　纯洁的友谊和爱情。
　　……

以往，每当竞折腰放声高唱时，石杏护士就会不知不觉地飘进病房，随着他轻轻哼唱，像山间的泉涌合着流淌的清溪。这时候，整个病房便静极了。杨圈儿看看石杏护士，看看竞折腰，觉得心里一阵幸福，不知为他，还是为她，他觉得他俩好像很久很久就相识，以后很久很久都会在一起。……

这一天，病房的空气很不愉快。左撇子还找碴儿跟张主任吵了一架。石杏护士一天也没来。

第二天早晨，和往日一样，疼痛和骂声伴着左撇子一块儿醒来，他亮着大嗓门，让大家报告做梦的情况。病友们一个个百无聊赖地回忆着颠三倒四、重重复复的梦，只有竞折腰一声不吭。

开始以为他伤口疼，不愿说话，卫生员打来热水，走到竞折腰床前帮他洗脸，却一下子把水洒了一床。

"五床！……"卫生员大喊着跑了出去。

病房里所有的人一齐扑到五床跟前，竞折腰静静地躺在那儿，已经停止了呼吸。

这是杨圈儿第一次看到死人，一个已经无法忘记的死者。

医生、护士来了一群，已经没有用了。医生沉痛地说："给他换上新军装吧。"

医生脚步沉重地走了出去。值班护士和卫生员给竞折腰换上了新军装。

"让我给他洗洗脸。"石杏从角落走过来。

她掏出一条橘红色的毛巾手绢，沾上水，轻轻地，轻轻地擦着他的额、眉、眼、鼻、腮、嘴、下巴，……又一点一点揩干……而后慢慢伏下身，在他那没有血色的嘴唇上深深地吻了一下……

石杏走出去了。

左撇子在她背后举起左手，端端正正地敬了个礼……

贺聋浑身战栗，抱住穿着崭新军装的竞折腰："你怎么走了呢？！五年以后，我等着你来喝喜酒呢……咱不是说好了吗？！……"

破话匣子失声痛哭。

杨圈儿一阵头晕栽倒在地上。

……

四

清冷的月光透进窗来,给病房铺上一层霜。

呻吟、咒骂、叹息,混合着浓浓的福尔马林和重重的烟草味,在房间里游荡。大家躺下得很早,往常这个时候正是破话匣子跟竞折腰学英语的时间。

破话匣子直挺挺地躺在床上,像倒着的一段木头,从早晨至晚上他一句话没说,叫人不习惯。

竞折腰的床上躺着一个双目失明的伤员,一直昏迷不醒,断断续续地喊:"开灯!开灯!"

病房门口又增设了一张病床,伤员大概是个炮兵,一直喊:"开炮!开炮!"他们都是下午从前线运下来的。

从伤员增多和炮声越来越密集的情况来看,前面的战斗越来越激烈了。不知道自己的连队上前线了没有,杨圈儿翻烧饼似的在床上翻过来,调过去,铁床"咯吱咯吱"痛苦地呻吟着。

"你他妈的还嫌不热闹?!"左撇子骂了他一句,又抓起牙刷砰砰啪啪地乱敲起牙缸,值班护士慌忙跑进来。

"安眠药!给我拿安眠药!"

……

杨圈儿从来没有觉得夜这么长,这么难熬,眼睁睁地看着月亮从窗口爬到树梢儿,又从树梢儿爬上山顶。

夜越深、越静,山下那条公路上越热闹,急促的车笛,有嘶哑的,有尖细的,有长有短,隆隆的发动机,时而突突突,时而咔咔咔，时响时闷。猜不出都是什么样的车，炮车？坦克？运送弹药食品的大卡车？在车辆过往的间隙里，似乎有队伍在行进……也许，什么都没有，只是杨圈儿的一种幻觉。

他突然产生一种欲望。去看战车！

有了这个念头，他更加如卧针毡，又不敢随意翻身，一会儿便憋出一身汗。

病房里的呼噜、磨牙声，还有左撇子那不卫生的梦语交织在一起。破话匣子也许又在穿裤子。

走！

杨圈儿再也躺不住，掂着裤子出了门。

手术室、急救室灯光辉煌，医生护士看着他掂着裤，匆匆忙忙，都没予理会。

杨圈儿蹲了阵子厕所还真打扫出一些五谷轮回之物，人一紧张，"后门"常常不紧。他又蹲着琢磨了一阵子：要想走出这铁丝网围起来的转运站，总共有三个门，但是从门里出去，半夜三更的，理由是看战车，显然行不通。没准还会惹出麻烦来，把事闹糟。看来只有从南面那个铁丝网的空隙里钻出去。

采草药为了抄近路，石杏护士带着他和破话匣子从南面钻过。尽管从那里上公路会远些，而且还要穿过大半个医院，碰到医生护士什么的也许麻烦不少，但相比之下还是那里较为稳妥。

杨圈儿掂起了裤子。

月亮很圆，大概是十五的月亮。水一般的浮云飘在月亮上，看不出云走还是月行。月光把杨圈儿的影子拉得很长，老像后面尾随了一个人。

杨圈儿一路蹑手蹑脚，穿过了一座一座积木似的玻璃钢病房，在一顶帐篷前他停了一会儿，绕着帐篷转了一圈儿，然后走了过去。那里住着石杏护士。

连杨圈儿自己也没想到竟那么容易地出了医院,钻出了铁丝网,跑上了一个小山坡儿。他放心地紧了紧裤带,加快了步子,朝公路奔去。

"谁?!"

杨圈儿头嗡的一下,赶忙蹲到一棵树旁。完了!他心里一阵乱跳,谁会相信我是去看战车?!

对面的一棵小树也在晃动,一个人迅速趴在树后的草丛里。

他为什么趴倒?杨圈儿定了定神,狐疑地又细看了一下,没错,是趴在草丛里。

"你是干什么的?"杨圈儿大着胆子喊了一声。

"杨圈儿?是你?!"

"破话匣子?!"

杨圈儿嗖地从树后站了起来。破话匣子一下跳了起来,两个人像久别重逢的朋友互相打了一拳。

"我看见你出来了,可跟着跟着又找不着了,没想到我倒走在你的前头了。"破话匣子说。

"你跟我干啥?"

"你干什么去?"

"看战车。"

"咱俩的目标果然一致!一看你冲这边走,我就明白了。你怎么不叫上我?"

"你也想看?"

"当然,可又说不清为什么。你会游泳吗?叫水呛过没有?我今天一整天都跟呛了水差不多,从嗓子眼儿到脚后跟儿浑身皱皱巴巴的。"

"我也是。"杨圈儿说。

"一整天我都不愿看竟折腰睡过的病床。"

"我也是。"

"怎么一天没见石杏护士呢？我总想看到她。"

"我也是。"

"我也是，我也是，你他妈还会说别的话吗？！"破话匣子生气地迈大了步子，把杨圈儿甩在身后。

杨圈儿并不跟上，默默地走他的。

树枝子，草棵子扯着他俩的衣服，绊着他俩的脚，走了没多远，破话匣子终于忍不住了。

"你想过逃吗？逃回家。"

杨圈儿惊警地看了他一眼。

破话匣子低着头走着，说着："我想过。一把我分到炊事班我就想走，后来连队又拉到这里，我更想走。"

杨圈儿紧走了几步，跟上了破话匣子："家里有人指望你？"

"没什么指望不指望的，我是老小，爸爸妈妈都工作。不是这个，怎么说呢？你有女朋友吗？"

杨圈儿摇摇头。

"我爸爸有个朋友，1957年被打了右派，一开始在盐场劳改，"文革"又押到大兴安岭林场拉大锯做苦工。他爱人自杀了，留下一个女儿。爸爸妈妈听说那个孩子在东北失学了，那深山老林里根本就没有学校，就把她接来了，住在我们家。她比我姐姐小两岁，比我大两岁，和我同一个班，一个课桌。那时候我都烦死她啦，挺大不小的整天哭哭咧咧，别人一叫她外号，她就揉着泪眼看我。我存心不看她，故意早吃饭，晚回家，不跟她一块上下学。有时候为了讨好我的伙伴们，我还和他们一起在她的课椅上钉钉子，捉弄她。

"她从来不向爸爸妈妈告我的状，也不记恨我。我忘在学校的钢笔、本子什么的，她还帮我收好，带回家，悄悄地还给我。早晨我最讨厌叠被子，总是她替我干。姐姐骂我懒，我说她乐意，她笑笑，也不还嘴。

"初中我们还在一个学校，到了高中，她爸爸从东北回城了，她搬回家去，也转学到离她家近的一所学校上学。她走的第二天我就发觉自己突然变了，竟然那么想她。

"吃饭前，我老站在窗边望门口的那条路，从前她总是和楼上的女孩子一块从那条路回家。站得次数多了，妈妈骂我懒，懒得吃饭前不和姐姐一块摆桌子。姐姐偷偷笑，她知道我望什么，但是她既不支持我，又不同情我，说我不配。

"我气死了，又忍不住不见她，就常常到她家去玩儿。她每次都留我，做她最拿手的沙拉给我吃，我去得就更勤了。

"爸爸妈妈知道我去她家，吃饭的时候不回来他们也不管我。有一次我又去找她，那时候我们都毕业了，在家里等高考消息。一进门，一个小伙子穿着军装坐在沙发上，她坐在他的对面，那两只眼从来没那么羞涩过。

"见是我，她赶忙站起来向我介绍：'我同班的同学。去年参军走的，现在是坦克手！'那表情又自豪又神气。我头也没回冲出门去，当天就到学校征兵处报了名。……

"谁知我太不走运，分到警卫连当炊事员，更没想到闷罐儿车一响，拉到这儿来打仗。……我不怕死，但我不能这么就死，我想穿着军装再看看她，哪怕得到她一句赞许的话也行，死也闭眼了。"

"你给她写信啦？"

"写了。每天三封，连写了半个月，也不见个回信。"

公路近了，车笛声、发动机声更响，确实有部队往前面开，还能听到喊口令的声音。

"我一封信没写……"杨圈儿声音有些喑哑，"我妈死得早，我不知道她长什么样，生下我，她就死了。

推开昨天的半扇门

"爹在床上瘫了六年,哥哥是个……瞎子,姐姐二十六了不能出嫁,她婆家已经退了亲。

"姐姐指望我,还有爹和哥哥。山沟里的人出路不多,除了种地,参军是热眼的差事。今年村里征兵名额只有一个,大队长的儿子和我争。明明争不过人家,姐姐不肯罢休,把家里值钱一点儿的东西全部卖了,买了礼品托人、求情,还是不顶用。姐姐拉起我跑到公社找管事的主任,主任说:'这事儿不好办,不过我可以想想办法,你晚上再来吧,我现在正开会,晚上吧……'

"……姐姐天亮才回家,把一张入伍登记表放在桌上,啥也没说,跑进里间屋闩上门,哭了一整天……"

"畜生!"破话匣子大骂了一声,两眉间的黑痦子一跳老高。

"……原以为我参军大队长一定会闹,不会轻易让我走,结果他一家一声没吭,他还代表大队送给我一条白毛巾,一个喝水的瓷缸子。到了这里,听说来打仗,我才明白为什么……"

"王八蛋!都是这些龟孙子把共产党的威信折腾得差不多了。告他!他妈的,现在不是他们成精的年代了,告他!"

杨圈儿抹着眼睛,叹了口气。

"告谁呀?咱告得动谁!我只是想回家,照顾爹和哥哥,让姐姐出嫁……"

"你想过逃吗?"

"我逃过。"

"真的?!"

"当时我没觉得是逃,也没想很多,我还给指导员留下了信,后来……后来我就病了。"

"现在还想吗?"

"不,我后悔了。"

"我也是,真后悔!"

破话匣子的嗓子越发沙哑。杨圈儿抬头看了看他，他的眼眶里汪着泪，在月光下一闪一闪的。
　　"你后悔啥？"
　　"后悔自己没出息。竞折腰、左撇子、贺聋他们才称得上男子汉……"
　　他举起手用力地一挥，好像要赶走什么，然后，低声地唱起来——

　　　　男子汉大丈夫要去当兵，
　　　　再不能一天天谈论爱情。
　　　　……

　　杨圈儿没说话，他不知道该怎样才能把心里想的说清楚，似乎他自己也还没有理清楚，他只是觉得这十八年活得窝囊、憋气，像井里的蛤蟆。他想往外跳，又怕井太深，跳不出去。
　　"你现在还想家吗？"
　　"想。"
　　"我也想她。但是我现在当兵，已经不是仅仅为了她了。你呢？如果给你机会，你还想回家吗？"
　　"回。回去再回来。看看姐姐、哥哥，在爹的床边坐一会儿就回来。"
　　"我不回去，我已经给指导员写了信，让他们来接我。不知道我们连上去了没有，……我真后悔……"
　　公路上的兵站灯火通明，越走近，月光越显得暗淡。
　　月光、灯光里，各种车辆像在水中、梦中行驶，蒙着伪装的炮车一辆接着一辆，隔着百米的距离看它们，昂扬的姿态像在水光岚气中吹着冲锋号的士兵。炮车后边是油车，一路长蛇似的蜿蜒而来，跑得太快了，也许是梦幻似的光线造成的错觉，它们轰轰隆隆、冲冲撞撞，一派拼命三郎满不在乎的样子。

部队过来了，千百双脚摩擦着脚下的土地，发出"刷刷刷"的震撼声。

太行十八盘的人管脚叫"量地尺"，还有什么比这种称呼更准确、更形象？到了这时杨圈儿才发现他的父老乡亲原来那么聪明、深刻，竟给脚下了如此确切的定义。

看着队伍中那些年轻精神的胸脯，富有弹力的臂膀和长腿，听着他们腿下的量地尺刷刷地一步一步丈量着大地，从各自的家门村口一尺一尺量到祖国的边陲，杨圈儿那男儿的血在血管里左右东西地奔突起来……

他为自己身上也穿着同样的绿色自豪了，胸脯不自觉地挺了起来。他一下子那么想他的连队，想同志们，想班长、指导员……想他的枪。即便是没有撞针的枪。他的眼睛忙碌地在队伍中寻找着，明明知道不会有他的连队，他的连队在前面的壮家寨子里，他们离前线很近、很近。他再站不住了，拉住破话匣子的手：

"走！"

他们俩跑下山坡，一个飞步跨过山坡和公路间的沟堑，挤到人和车的洪流里。

兵站是没有白天和黑夜的。紧张、忙碌、喧闹、激奋。加油站、茶水站、食品部，挤着加油的车，补充能量的人。人群中有士兵，有后勤工作人员，更多的是支前的担架队、民兵、送行的老百姓。各种色彩、各种样式、各种民族的服装，杨圈儿认出了那头上的方巾和腰下的筒裙，激动地用肩膀撞撞破话匣子："壮族！"

破话匣子溜了一眼，又忙着去望别的。

杨圈儿却没有动，一直盯着了几分钟，心里是那么亲切。等他收回目光，找不见破话匣子了。他东张西望，在人群中寻找，突然发现远处开来一队坦克。他明白了,破话匣子一准是被坦克吸引走的。

杨圈儿兴致勃勃地伸长脖子瞪着它们,顾了看它们的头,顾不上看它们的腿——咔咔咬齿滚动的履带。真带劲儿!路两旁的人都被它们吸引了,喊着、叫着、挤着涌向它们。难怪破话匣子的女朋友神气,难怪破话匣子冲着它来当兵,嘿!这玩意儿。

"咔——咔——"

一辆坦克陡然刹了车,它后面的一串坦克跟着刹了车。

"咔、咔、咔——吱——"

"……"

"轧着人啦!"一声嗓音失真的喊叫。

人群呼地朝第一辆坦克涌去。

杨圈儿挤不进去,站在圈外,听着里圈乱糟糟地还有女人在哭。

"大军!大军同志!……"

"快!快往伤员转运站送!"

"这就是伤员转运站的伤员,看里面这病号衣……"

杨圈儿心里一惊,不顾一切往里挤去。

"大军同志!大军……"女人哭得更响。

"要不是大军同志,你早压成肉饼了!挤、挤,现在不挤了?!"一个人冲着那女人吼。

"让开,让开,车来啦……"

几个民工抬着一个血淋淋的人走了出来。

杨圈儿一下子看到那人两眉之间的黑痦子……

……

破话匣子的病床前一边围着医生、护士,一边围着杨圈儿、左撇子、贺聋。

张主任,那个曾经不许石杏护士给他们起外号的张主任,那个破话匣子曾经想跟他谈"刺激论"的张主任，收起抢救的器械，抬起身子，沉重地摇摇头："失血过多，无法挽救了……"

左撇子用唯一的手攥住破话匣子的手，攥得很紧……

贺聋抚摸着破话匣子眉间的黑痦子，一下一下抚摸……

兄长向弟弟，老兵对新兵，做着最后的道别……

"我……我……"

突然，回光返照似的，破话匣子蠕动着蜡黄的嘴唇。

大家静静地望着他，祈望他能说些什么。

"……真后悔……"

很微弱，很清楚，在场的每个人都听到了，但大家的脸上都没有反应，像是没听见，又似不想听，或者盼望的不是这句话，他们仍静静地望着他，期待着，直到他闭上了眼……

只有一个人，杨圈儿，听懂了那句话。

……

天快亮的时候，杨圈儿又出现在公路上，他站在行进队列的外围，向南走，像是一个编外的预备队员。

天又黑下来的时候，他走近壮家的坝子，像归来的游子，他穿过蔗田、竹丛，老远就举目眺望坝上的麻栏、楼居……

楼居，达尼家的新楼居，在寨子边上，应该能看到了。他跑了起来，跑着跑着忽然拉不动步子了……

那漂亮的、尚未全部竣工的新楼居然塌卧在一片炸焦的黑土地上。

四野顿时失去了斑斓的色彩，杨圈儿的眼前只有黑色、黑色……

五

枪声逐渐远去，四野一片沉寂。

杨圈儿好似躺在家乡十八盘的一道山谷里,身子下面是蓬蓬的茅草。在家放羊放得累了,他常常这样仰天躺着歇歇劲儿。

　　疲劳像涨潮的海水,铺天盖地冲撞着他即将断裂的神经,他强迫自己睁开眼,强迫混混沌沌的神志不要再下沉。他用手掐胳膊、腿,然而就像掐在与他身体无关的木头上。伤口的疼痛麻木了全身一切部位的神经,却单单遗落了胃。饥饿像吐着信儿的毒蛇,紧紧地缠绕着他,他已经无法摆脱,也无力对抗,只好随它折磨去。

　　已经九天了,日出日落……他像只孤雁、饿兽、伤口长了蛆的野狗……

　　迷迷糊糊,他又看见了班长。他跟在班长身后,像只蜥蜴,爬断壁、攀悬崖、趟荆棘、钻丛林,脸上、手上划出的血口一道一道,红豆似的血珠儿滚落在草叶上、石头上……还有泪,兴奋的泪。因为找到了连队。

　　头一仗虽然随着冲锋号冲上去了,一抬头看到的却尽是生人脸,原来昏头晕脑地冲到了别的连队,他赶忙折了回来。

　　班长狠狠训斥了他:"往后打起仗来跟着我!听到没有?跟着我!"他点点头,心里很兴奋,因为他毕竟在冲锋中看到了敌人,活的敌人,真正的战火,泼水刮风般的子弹……

　　攻打四〇三高地,班长接受了到敌方前沿为大炮观测目标的任务,天刚黎明就带着他出发了。他像匹小马驹跟在班长的身后,一直摸到敌人的头顶上。

　　碉堡、工事、交通壕……目标一个个地标出,班长的神目令杨圈儿叹服。杨圈儿心里怦怦跳着,一面帮班长计算数字,一面观察。突然他发现一片竹子颜色绿得不对,他告诉了班长,班长用力拍了他肩膀一下,夸奖道:"好样的!那一定是敌人的伪装,隐蔽目标。标上,目标六!"

　　"咚!咚!咚……"左山梁上传来伐木声,只见一棵高大的松

推开昨天的半扇门

树颤抖着,不一会儿就倒了下来。

"班长!会不会是敌人在加固工事?!"

"不像。加固工事不会用那么高大不便搬运的树。我看那很像敌人的炮群,由于大树挡住了弹道,影响发射才砍掉。"

"怎么办?!离我们炮轰时间只有 20 分钟了。"

"吸引他们暴露目标!"班长果断地说,"你到右边山坳里去,我负责吸引他们。"

"我不!你不是让我紧跟着你吗?!"

班长在杨圈儿的鼻子上刮了一下,笑了。

"好吧。遇到危险,我说撤,你马上转移!"

"是!"

班长带着杨圈儿绕上山梁,把步话机天线伸向天空,向敌人暴露自己。山梁背后"轰隆"响了几声,冒起团团白烟,一排炮弹"丝丝儿"地怪叫着从他们头顶飞过,在身后爆炸了,弹片像蝗虫四处飞溅,树叶散落在他们的头上。

"呸!"班长吐了一口溅到嘴里的泥土,"是一二〇炮阵地,险些让龟孙子漏掉!杨圈儿,撤!"

他们迅速朝山下滚去,刚转移到山腰,一排炮弹就落在他们刚才的观察地点,炸得石块火星乱窜,尘飞土扬。杨圈儿望望班长,班长在憨笑,他也跟着笑了。如果把这个目标遗漏了,将会给我们即将开始的战斗带来多大牺牲!

班长打开步话机,举起话筒:"七号目标,标尺八〇,方位——向左08°,开炮!……"话没落音,一串子弹尖叫着飞来,雨点儿似的钻进班长的后背和背后的步话机。没等杨圈儿反应过来,班长的大手已把他狠狠地往下一推,他像块石头滚下去,沉下去,又听到"轰"的一声,就没有知觉了……

醒来的时候已经天黑,杨圈儿费了很长时间才找回了记忆。想起白天发生的事，他的泪刷刷地滚出眼角，"噗嗒、噗嗒"滴在地上。

"班长——"杨圈儿哽咽着，使劲抓着地上的草。四野静静的，没有枪声、炮声，没有飞沙走石，战争一下子离他那么远，好像几百年前的事，然而又是那么近，近得也许下一秒就会开始。

他突然意识到一个极其严重的问题，急促慌乱地向身子四周摸去，左、右、前、后，没有。他的枪？！没有了！往山下滚的时候甩掉的？还是什么时候？他全身战栗，孤独和恐惧以更强的震慑力包围了他。

杨圈儿翻了个身，一阵剧痛从左腿向全身袭来，受伤了？！他用手摸去，湿漉漉、黏糊糊，他一下子清醒了许多，整个身体似乎全都热灼灼、火辣辣地燃烧起来。他全身上下摸着，衣服被岩石的棱角撕得到处开花，少毛没皮的……

他向前爬去，大脑告诉他，必须赶快回去，趁天黑回到连队。

他不知自己怎么昏沉得那么久，不知道白天的战斗情况怎么样，也不知道连队在哪儿。往北爬、往北爬，他提醒着时而清醒，时而混沌的头脑。

等到天快亮的时候，天晴了，星星出来了，他爬得太累了，躺下来，看着星星。他在找，终于找到了最亮的七颗，像一把勺子似的连缀在一起的七颗——北斗星座。找到了，心里却哆嗦起来，他竟是背对着它，也就是说，这一夜他一直往南爬了。

他突然想起五岁那年跟姐姐去盘镇上卖猪娃儿走丢了，找不到姐姐，找不到回家的路，他大声地哭、喊、坐在地上撒泼……现在他真想哭，大声地哭。

他浑身瘫软，但是没躺多久。哭喊和撒泼打滚的年纪过去了。他调过头，往回爬，嘴里咬着一把草。爬到星星落了，天麻麻地发亮时，他缩进一个小山坳里，堆了些树枝、茅草把自己盖了起来。

推开昨天的半扇门

......

他又在爬，九天里他不知自己爬了多少路，有多少是冤枉路。衣服已经成了布条条儿，两只手掌皮开肉绽，血肉模糊。他只觉得周围是一片茫茫无边的大海，他的身子正在波峰浪谷间猛地往下沉去，边挣扎边沉，越挣扎沉得越深、越深……

突然，他眼睛一亮，一只蚯蚓从土里拱出来，他猛地一抓，急不可待地塞进嘴里，大嚼起来。眼睛还在四下里望，闪着饥饿的光。饥饿使他长了见识，原来那么多东西可以吃。

他又往前爬，爬到一个小水坑边上，把嘴伸到水里，喝了几口泥水，用手捞了些灰黑的蝌蚪，一边吃一边喝。脑子渐渐清醒了。

他解开当作绷带的军裤布带，用草秆把里面的蛆虫一条一条拨拉出来，把布带翻了个儿，重新包扎好。膝盖和脚也都血肉模糊，但不觉得怎么疼了。他又从身上随手撕下一段布条，扎了扎，心里轻松了一些。

忽然眼睛又一亮，他迅速地爬去，爬到前面看清了，是一段枯木头。他以为是一条胳膊。他老出现幻觉，爬着爬着就会突然看到一只胳膊，有时候是一只耳朵。他迷迷糊糊，相信能把左撇子和贺聋留在这里的胳膊、耳朵找到。

他听到身后有一种悲凄的呜呜声，像哭泣又像喘息，喘息中还夹着哀号。他并不紧张，他太寂寞了，甚至希望碰到一个生命，哪怕是敌人。九天了，他还什么都没碰见过。

他慢慢回过头，由近而远地探索，极度的疲劳和饥饿使他的视觉总产生重影。

在离他十米左右的两块岩石后面，也许是一块岩石，那后面似乎有两个黄色的东西。他强摇头，闭了一下眼。等再睁开，那黄色的东西变成一个，金黄金黄，上面有褐色的斑点，头很大，两只眼睛微眯着，一副痛苦的、悲哀的样子。是只豹子，金钱豹。

他依然不那么紧张，卧在湿漉漉的苔藓地上看着它，它也看着他，时而眯眯眼，胸脯上的毛急促地颤抖几下。

他调过头，仍爬他的路。爬了五十多米，停下听了听，那说不清是喘息还是哀号的呜呜声仍在身后。他回过头，豹子也卧了下来，豹子的身后留着清晰的血痕。原来它也受伤了。同类咬的？还是人类发明的炮火炸的？他同情地望着它。

它伸出粉红色的舌头，他看到那舌头上有一层厚厚的灰黄色舌苔。它在生病，也许它一下子还没有食欲吃他，又不舍得放掉，就这么慢慢悠悠地跟随着他，像押送它的猎物。连拖都不需要它拖的半死的猎物。他有些愤怒了，竟然就这样让它玩够了吃？！

他又调过头，和豹子面对面，相隔十几米。他想扑上去和它厮打，拼个死活，早些结束这种令他恼怒的局面，然而他却没有那个力量。

他学狼叫，它无动于衷。

学狗叫，它眯起眼。

学驴叫，它又睁开眼。

他灰心了。想了一阵子，他还会学公鸡打鸣。

他一捏鼻子："喔喔喔——"

豹子倏地立了起来。

"喔喔喔——"他又高声叫了起来。

豹子甩了几下尾巴，调转头，慢悠悠地走了。

他笑了，笑豹子，它一定闹不清他是个什么怪物。

等他再次爬到一个小水洼眼前，压制住疯狂的饥渴，趁水还不太混的时候看了看自己映在水里的脸，尽管他有思想准备，仍然触电一般猛地向后仰去……

这天晚上他终于梦到了姐姐、爹爹和瞎哥哥，天快亮的时候，还在梦中断断续续地看到了达尼。她和她的嫂子，边有一个侄子被

推开昨天的半扇门

炮弹砸在楼居里,死了,他总想梦见她。

尽管白天在他被折磨得恨不能撞石而死的时候,常常出现幻觉,看见达尼的手镯、耳坠,还有那甜甜的笑,但是总梦不到她。常说日有所思夜有所梦,看来也不见得。今天终于梦见她了,尽管断断续续,她也没认出他,他已经变得那么丑陋,人类恐怕不会再承认这种丑陋是人的同类。但他仍然满足了,好像偿还了沉重的心愿。醒来时,他竟高兴得脱口唱道:"男子汉大丈夫,要去当兵……"

那喘息和哀号又在耳边响起,他以为又是幻觉,恼怒地抬起头。果然是它!

它不紧不慢用舌头舔着它又脏又美的毛,眼睛眯缝着,好像在微笑。

它是那样威严又恬静,粗犷又富有涵养。

"也许它马上就会用它那肮脏的舌头开始舔我的胸脯了。"

他突然一阵心跳。他的心已经很久没这样跳了,也许是刚刚做过的梦给他注入了新的生命力,他听到那心脏咚咚的起搏声。他忽然又有些感激这家伙,它让他感到了他的生命力,内在的生命力。他不会马上就死。而在这以前,每次闭眼,他都留恋地看看天,抓一把草,他不知道眼睛是否就此永远不再睁开。

他又看了那豹子一眼,它的后腿还在滴血。他甚至想去给它包扎一下。

他又爬他的路,朝着北方,朝着想一下心就发热的祖国。

豹子仍不远不近,不紧不慢地跟着他,他已经习惯了,不时回过头来望望它,生怕它丢掉了似的。

爬着爬着,他高兴地眼睛一眯,又一个蚂蚁窝!记不清端了多少蚂蚁窝了,他手拢着蚂蚁窝,像拢着一个肉盘子,整个脸凑上去,连土带蚂蚁一块儿往嘴里塞,后来又一个一个用指头捏着往嘴里送,像拣芝麻。

芝麻没拣完,他猛地一滚身,滚到了一个灌木丛里,差点儿撞在金钱豹身上。

豹子发出呜呜的洪亮的吼叫。

两个敌对方的女民兵猫着腰走了过来,借着一块岩石,高声喊:"嘎姆龙!"

豹子大概受到喊声的刺激,又呜呜地叫起来,那两个女的相对一视,瞄着豹子"砰砰"开了两枪,转身跑了。她们一定看花了眼,谁能想到人和豹子会躲在一起。

那两枪分别打在豹子的颈上、耳朵上,血并没有很快流出来,但它显然是更加痛苦,放开嗓子吼了一声,震天动地。

杨圈儿迅速向远处打了几个滚儿,又迅速爬了几步。等他回过头时,只见那豹子浑身的毛炸圆了,在阳光下闪着熠熠的金光。它大概想抬起前腿向他跃来,发泄它的痛苦和仇恨,不料受伤的后腿无力支撑,竟使它重重摔了一跤,很滑稽,但杨圈儿没有笑。那豹子摔倒后没有再起来,耳朵上的血流了一脸,颈上的血泉水似的向外喷溅。它仍睁着眼看他。

圆睁的豹眼伴着杨圈儿又爬了一天,草丛里、岩石后面,到处是那双眼。他辗转不停地爬,甩着那双甩不掉的眼。

在第十二天的黎明,他爬进一片玉米地,穿过玉米地又往前爬,爬着爬着突然头一晕,像是强烈的光线刺着了眼睛,他甚至不敢再抬起头。

血液全部凝固,心脏不再搏动,他那刺猬一样的头发直竖着,又用力抬头望了一眼——界碑!千真万确,界碑!

他伸出双臂、五指,整个身子向界碑扑去,晃了几晃,重重地摔在地上……

推开昨天的半扇门

指导员拧开了笔帽，缓缓地在一张表格上写上了杨圈儿三个字。之后又皱起眉心。

这是一张立功受奖的申报表，在攻打四〇三高地的战斗中全连打得很出色，有四分之三的人立了功，三班长的名字写在烈士栏的排首。

战斗结束后打扫战场发现了三班长的遗体，却寻找不到杨圈儿。几天来指导员、连长、排长一次次站在松枝搭成的凯旋门下，望了又望，踮起脚在归国的队伍中寻找，一次比一次失望。

这是限期上交立功受奖名单的最后一天了，指导员在一长列光彩的名字下面，那个备注栏里缓滞地写着——

杨圈儿，十八岁，河南省太行山人，一九七九年一月入伍。

该同志在二月十五日攻打四〇三高地战斗前夕，随我连二排三班班长执行侦查观测任务，至今未归。

据炮连介绍，该班班长提供了十分重要的攻击目标，为减少战斗伤亡和赢得这场战斗的胜利起到了重要作用。

杨圈儿战斗情况不清楚，炮连只和三班长通话，不了解他们的具体情况，而三班长在战斗中壮烈牺牲。

杨圈儿入伍后曾一度思想沉闷，不安心服役，并于二月五日逃跑过一次，被追回，回连队后，脑子受刺激，患轻度精神分裂症……

鉴于以上情况，本连支部对杨圈儿未归做出以下分析：

一、在战斗中牺牲，而遗体却没有被发现；

二、……

同在溶溶月光下

一

将军风尘仆仆从演习阵地归来,发现卧室的保险柜被撬了。

这是一幢有着琉璃瓦屋顶的小楼,式样不中不洋,有种穿马褂留分头的味道。

不知这楼的原主人姓字名谁,只听传说这里曾住过一位大人物的姨太太,自从某年深秋,姨太太暴死,小楼便时常闹鬼,因而无人敢住,被闲置了多年。

将军不信邪,一进城就携同夫人,带着三个虎犊般的儿子住了进来。日月转替,一晃三十年过去了,倒也相安无事,而且又添了三儿一女。

如今,老伴已经谢世,七个孩子全都长大成人,小楼仍保持着旧时的模样。楼前面有一个不太大的花园,园中有棵茂盛的紫藤,时值盛夏,那一嘟噜一串地垂吊着的紫花,远远看去绿冉冉,紫腾腾,像一缕缕紫雾缭绕着绿烟。烟雾里喷吐着浓郁的馨香,把那看不见摸不着的空气熏成了流动的香波,溢满了花园,又漫入了小楼。

连日来,这墨绿色铁门里的温馨恬静被搅乱了。保卫部门的人来车往;小楼上下的猜疑混乱;案情的一层层明朗,事实的一步步无情。

今天,当将军听完保卫部长的报告之后,木然地坐在藤沙发上,两道如漆似墨的龙须眉在抖动着⋯⋯

二

月光下,琉璃瓦泛着蓝光,一闪一闪的。小楼里,每个窗口都亮着灯,由于窗帘颜色的折射,色彩各不相同,淡蓝的,鹅黄的,银灰的,玫瑰红的,苹果绿的⋯⋯

将军坐在池塘边的一块太湖石上,望着这一个个彩色的窗口,审视着他的孩子们。

贼,就在他们之中。

孩子偷老子。可怕的,令人心碎的,又是不容置疑的事实。

三

银灰色的窗口里。

五勇——

纸条、纸条、纸条⋯⋯

——灰色的幽灵,白色的尸布,枯井,坟墓。

——生活,你戏弄我,抛弃我⋯⋯

——葬礼,每天睁开眼,我首先看到你……

书本、抽屉、柜橱,随手打开一个,里面就有这压抑人、刺激人、窒息人的纸条,像一条条抬着头的小蛇。

一发脾气就写纸条,她怎么有这种毛病?

我真受不了,宁肯她摔东西。其实东西也摔了,床头柜上的花瓶、保温杯、药水瓶都摔了,还没发泄痛快,手边又找不出什么东西,于是抓下脸上的眼镜来摔。如果孩子在床上的话,她也会拎起来摔的。摔吧,把房子里的东西都摔光,只要不写那可憎的纸条。

真不明白,她家的条件怎么造就出这样抑郁型的人。一张脸不分春夏秋冬,挺开阔的天庭总是苦苦地紧蹙着,一双微微外凸的近视眼很少对人正视,显得十分傲慢。在医院也是这样打量她的病员吗?鬼晓得她是个医生,还是真正的病人。

发脾气,写纸条,摔东西,随着这三部曲而来的就是那猫叫般的哮喘大发作,脸色苍白,就像那白纸条。嗓子眼里发出一种急促的、淤憋的呼吸,时不时又冒出几声尖厉的哨音,像那纸条上的内容一样使人感到灰暗、低沉、郁闷,堵得人想喊、想叫,想一拳把房顶捣个窟窿。

唉,也许这一步我又走错了。为什么闹着转业?现在想起来当个雷达参谋也不全然索味。至少可以躲开这种窒息人的呼吸和那可恨的纸条。

怎么打发这无聊呢?妈的,烟也不许抽!如果她老子再升两级,我恐怕就得背着脚走路,捏着嗓子说话了。

嘭!嘭!嘭!

她用拳头捶着席梦思床发怒。捶吧,喘着发怒,怒着发喘吧,这回我既没勇气也没言词劝慰你,你就在心里、在纸上狠狠地咒吧,骂吧,这个家出了贼,我也不想为它粉饰什么了。

推开昨天的半扇门

和平——

庸俗，庸俗，庸俗！庸俗充斥着这个家的每个角落。

吵、闹、明争、暗斗，竟发展到盗窃！我，竟然也被那个保卫部的什么人物找去谈了话。侮辱！这种人格的侮辱我受不了！呵，憋死了，该死的病也来折磨我……妈妈，爸爸，你们的老战友少吗？怎么独独把女儿送进了高家门楼？这是个什么家啊！

一天到晚，找不到安静。半夜刚闭上眼又被乒乒乓乓的摔打声惊醒。老二两口子常打架，双双扭在一起从三楼滚打到楼下。那二勇在他们弟兄中算是最有气派的，也有学识和学历，中文系毕业后又在戏剧学院进修了一年，比大学生还多一点，可称为太学生了吧。可是偏偏找的老婆是个"坑坑诺娃"。

这绰号是姑奶奶六婕送的，倒挺形象。鼻凹里的小麻子——坑坑；外语学院毕业——诺娃，加一块儿"坑坑诺娃"。有什么了不起，不过是外贸的一个推销员，假洋商人而已。一身的铜臭味儿，一脑子的钱眼子，偏偏东施效颦，爱卖弄个洋做派。瞧那酸样儿，说完一句话总要点一下头，耸一下肩，或垂一下眼睑，鼻子里时不时地还来一声"嗯哼"。

令人作呕！

姑奶奶六婕也不是省油的灯，泼、野、辣，有名的"吉普赛女郎"。去年像甩件旧衣服似的把丈夫甩了，带着儿子住回她爸爸这儿。自己占了一层楼，四个大喇叭的收录机震得玻璃窗"咔咔"响。只要老头子下部队、开会一出发，四楼又成了大舞厅。笑、闹、音乐、杂乱的舞步、地板的颤动，通宵达旦。

她是舞蹈演员（虽然胡扯个什么病，现在长期"休息"），不仅有腰腿功夫，穿着打扮上也显示出受过专业训练的优越性。"坑坑诺娃"妒忌，有什么用？你有那底板儿吗？打扮你也打扮不出个样儿来。

我们彼此从不啰唆。那天,"吉普赛女郎"穿着一件款式独特的开胸衣裙到饭厅打饭,老头子斜她一眼,筷子用力敲打了一下盘子。

"坑坑诺娃"趁机对我说:"比利时装束!哼,准又换了个追逐目标。"那样子,一分鄙视,二分羡慕,七分炫耀,潜台词是:"这算什么,我见过的多啦!"

其实那"吉普赛女郎"一心寻找华侨配偶又不是秘密。她有什么秘密?那张嘴就像广播喇叭,把心里的事全当新闻大喊大叫。这种感情外露的人,很值得我们医学界研究。世界在这种头脑简单的人眼里大概也是简单的,就像幼儿园教的算术:1+1=2。

她有过这样的传闻:舞蹈队一个姑娘为找不着理想的爱人苦恼,她听说了,拉着那个姑娘上了街:"瞧,这个够帅的吧?我让他五分钟后服服帖帖听我指挥。"说着一个箭步堵了过去,骑车的小伙子连人带车翻在地上,她也摔了个仰八叉。

没容小伙子反应过来,她跳了起来,赔礼、道歉、扶车子,弄得小伙子晕头转向,直对她说:"对不起,谢谢;谢谢,对不起……"尔后竟拍着车子后座儿,侠义地说:"上哪儿?我送你!"直看得那个女演员目瞪口呆……

啊,闷死了……窗子关着,看不清,眼镜……可憎的五勇!他像谁?没有气度,缺少主见,涣散,懒惰。他在干什么?看手相?用扑克牌算命?修指甲?……唉,我宁肯他像七勇那么野……

七勇,两个胳膊一甩一甩,两条腿一窜一窜,长长的脖子一梗一梗,像是急着去打群架,一股"拼命三郎"的狠劲。

他从来不跟我(当然,也包括那个"坑坑诺娃")说话,我也没用正眼瞅过他。谁知他哪一天蹲班房?看他结交的那伙狐朋狗友吧,全像亡命之徒,到一起就争、吵、拍桌子,大概是聚在一起赌博。从农村回来也不工作,老头子对他偏爱,托了人,省科研所给

推开昨天的半扇门

留了一个名额,他不去,真弄不懂。

七勇出出进进背着一个破挎包,里面鼓鼓囊囊的,也不知装的什么玩意儿。老太婆去世后,他和老头子吵翻了,干脆扛着铺盖卷儿走了,一年后却领回来个"皮小姐"。哼!

这位"皮小姐"的父亲是个皮鞋匠,自个儿是个摆书摊儿的个体小商贩儿。七勇找她可真是物以类聚,人以群分,王八看绿豆——对眼儿。

从贫民大杂院跃进将军楼这是本事;能驾驭这匹"野马"也得有铁腕。岂止铁腕,没准还是扒手。如今这种漂亮的市民小姐儿可不能低估,她们比我们开放、勇敢得多。她们在乎什么?人格、贞操、自尊,只要需要,她们毫不犹豫,可怜,可悲。

进门第一天,就把那庸俗的、虚伪的、市民味儿的家风带了进来。

"爸爸,这是我和七勇的伙食费。"

当着我们的面,在饭桌上把钱双手托着递给老头子。什么意思?谁知你那钱来路明不明,干净不干净?!

老头子似乎忘记了他对这门"婚事"的反对,见钱眼开,借题发挥,召开家庭会议,名曰"自食其力"。社会给人铸刻的阶级烙印就像那顽固的肝炎病菌,一有机会就活动。

这种令人讨嫌的场合我自然不去。五勇说会上热闹极了。首先响应的是"坑坑诺娃"。

"吃饭掏钱合理合法,这个问题我早就想提出来,只是怕……呵呵呵,现在七弟妹带了头,我们还有什么好说的。只是……数目还应该加大一些,电费、水费、房租费也不应该让爸爸一个人负担……"

六婕从沙发上蹦起来:"多少?交多少?"

"不多,按人口交,每人三十元。嗯哼?"

"放屁！我一分也不交！"六婕动了姑奶奶的脾气，一摔门走了，上到四楼还在骂。

按人口交只有她不下蛋的公鸡"坑坑诺娃"能做到。六婕孩子加保姆，我们保姆加孩子，当然不干。五勇也提前退场了。这个"自食其力"的家庭会议实际由"坑坑诺娃"做了导演，六婕、五勇扮了小丑儿，七勇、"皮小姐"露"怯"，老头子白白生了一场气。

活该！谁让他一分钢镚儿看得磨盘大？还是个将军呢，土得耳朵眼儿长草，打个喷嚏能蹦出个蚂蚱。这下好了，明着交你伙食费，暗地偷你的大本营，清醒了吧？昏庸古板，目光短浅。

唉……这个家，这个污染区，叫人透不过气来呀……

嘭，嘭，嘭——

五勇——

她又捶床垫，喘了两天一夜，还有这么大的精神。

何必这样折磨自己？这个家不好，我们到你家去，你又不肯。搬出去住，你说："那更吃亏。"也不肯。

这样白吃、白喝，比着吃、比着喝，而且比着闹、比着骂，还不痛快，还觉得吃亏，那要怎么样呢？

有一天，我无意中发现爸爸一支香烟分两次抽。爸爸烟瘾大是出了名的，作一个报告抽一盒烟。妈妈在世时劝他少抽些，他总是玩笑地说："烟比你好，打仗离得开你，离不开烟。"妈妈骂爸爸"老烟囱"。骂归骂，抗美援朝爸爸出国的时候，妈妈给爸爸装备了五箱子"大中华"。

如今怎么啦？年纪大了？气管炎？还是妈妈临终的遗言起了作用？一支香烟分两次抽，一年四季穿着那双部队发的黑皮鞋。看见那晾在外面的补丁衬衣我就心酸……爸爸，将军，月薪三百多元，

养活十几口的人家

我是一个无能的、没有出息的人。三十多岁了，不能为爸爸分忧，反而添愁。转业回来时，爸爸动气了，不跟我说话。他伤心。六个儿子全冠之以"勇"，他有期望啊！望子成龙，龙不成反出了贼。爸爸这几天不在饭厅吃饭了，每顿饭都由警卫员端到他房间里。

爸爸，您不愿再看到我们，是吗？

四

月光下。

将军——

我真是一个土丘八，老婆每次生儿子我都忍不住喊上一句："哈，又是一个兵！"四勇、五勇双双出世，我一下子得了两个兵，真把我喜欢坏了。两岁我就教会他们走正步，三岁他们就会模仿各种枪炮的声音。

这一棵藤上的两个瓜长得一模一样，我哪有时间去辨认？干脆带他们出去，一个理了分头，一个剃了光头。分头叫光头"蒋光秃"，光头叫分头"洋鬼子"，只要有一个挑头叫，两只斗羊就头顶头、脸贴脸，一场"世界大战"就爆发了，逗得我直笑，气得老婆直骂。

十五岁送走一双穿着四号军装的小兵，几年后只回来一个五勇。四勇被叫了那么多年"蒋光秃"，死得却是那么壮烈。遗体埋在冰天雪地的黑龙江边，当地老百姓给他立了碑。我和他妈妈都没有流泪，在儿子的遗照前脱了帽，默默地致哀。父母对儿子的哀悼，老兵对小兵的敬意……我们为国家尽了义务。

但在五勇身上，我是失职的。

我恢复职务，走上岗位不久，就收到五勇的来信，地址已由高山雷达站改为机关雷达兵处。地位也变了，荣升了参谋。

变化最大的是他结婚之后，连连地来信，先是要求调回我身边（什么我身边，还不是想老婆。哼！），后来又要求我出面打招呼，送他上"军大"，好像这军队是他爸爸自家的，想怎么就怎么。

他的耳根子太软，和平这孩子私心又太重，一天一个主意，什么当兵吃亏呀，这年头要混文凭呀……吃亏、吃香、划得来、划不来，一个年轻人怎么净打这种算盘！我们这辈人个子没枪高就参了军，好年华都在战火中过去了，哪儿听谁喊过吃亏、上当呢？典型的奇谈怪论，气得我骂娘。

他娘不高兴了，说道："骂什么？你就没有特权思想？"

是啊，饭桌上的交易，是一回吗？满桌菜，满杯酒，老战友们边吃边喝，喷着烟雾叙旧。谈到了当年一个被窝啃脚丫子睡，谈到了打游击的年月没有碗，捡了个大棒槌沾米粥，棒槌一拔出锅，几张嘴对着"吱溜，吱溜"地又是吸又是舔，吃得那个热闹，满脸都是粥……笑啊，说啊，喝啊。

那岁月真苦，不知为什么却总叫人怀念……

酒足了，饭饱了，老战友拉过他身边一个乖乖巧巧的小丫头，说："去，找你高爷爷，光会磨我……"

小丫头偎到我身边，摸着我的军装，半撒娇半哀求地说："高爷爷，我要当兵……不当卫生兵，我怕血……当通信兵，或者气象兵。不要……不要离开这个城……"

我能把她从身边推开吗？

儿子、儿媳、女儿、孙子、孙女、外孙，他们都在，都看着我。他们一次次明白了，爸爸是有权的，权力还不小。这权力他们也有份儿，就像国家分配给我的住房，理所当然他们能住；就像人民发给我的工资，天然合法他们能花。

于是，他们就开始琢磨了，打这权力的主意了……趁老子这块令牌还没上交，要用个够。

我不是也曾意识到这是犯罪，对祖国，对人民，对他们都是犯罪吗？我不是紧紧地护着这块令牌吗？可是不管用，他们会偷。

偷？是啊，偷。二勇不是扛着我的牌子捞着了进修的名额吗？和平不是给我的老部下写了信，就把五勇从高山连队调入了城市机关吗？还有那个疯子六婕，不工作，请长假，仰仗的什么？盗窃金钱这是第一次发生，盗窃权力不是早就开始了吗？我怎么就没察觉，不正视，没当回事呢？是工作忙，没有闲空考虑这些家庭小事吗？不，不要给自己开脱了，好将领不怕仗败，就怕护短。承认吧，不是没有觉察，而是常做自我安慰："这不能算走后门，就算是吧，后门也不是我开的嘛！""进修也不是坏事嘛，去就去吧！""孩子背着我们的黑锅吃了不少苦，就让他们乐几天吧！"昏庸！

姑息养奸。高铁汉呐，今天出了贼，明天也许出个高衙内！

真累……

五

笃，笃，笃！

朦胧的月光中出现一个袅娜的身影。将军厌恶地扭过脸。

嚓，嚓，嚓……

又一个高大的身影从小楼里走出。

"六婕，又出去？天都这么晚了。见爸爸了吗？"

"大哥，爸爸不会在紫藤架下乘凉，嫌臭。"

"臭？"

"呵呵……傻大哥呃，咱家老爷子怪毛病多啦。"

"六婕,别出去了,没看到爸爸这几天心情不好吗?安慰安慰爸爸……"

"你以为他那马屁好拍吗?人家亲亲热热吻吻他的脑门儿,呵,他那神色像发生了核大战。呵呵呵……老封建,嘻嘻嘻……"

"家里出了这样的事,你好像很高兴。"

"从某种意义上看,可以这么说吧。"

"冲这口气,就该怀疑你三分。"

"呵呵呵……那你就审吧!"

"小妹,不要出去了,在紫藤下坐坐。明天大哥就该归队了。"

"明天?想大嫂啦?嘿,还不敢承认呢,傻老飞。"

"你这个疯丫头,本来就一个星期的假嘛!"

"嘻!大哥,执行这样的任务才给七天假?要我呀,没三个月才不干呢,哼!"

将军——

这混蛋!除了吃喝玩乐还懂什么!嘿,这天真闷,气都透不过来……

"呵,这紫藤真香!"

"这点你可不像爸爸的儿子。"

"嗯?"

"你没看见那花圃吗?认识那花吧?恐怕建这楼的封建遗朽在九泉之下也伤心呢。没办法,谁让咱们的老祖宗是土地爷呢?爸爸那满脑袋的高粱花子永远也抖落不干净。好好的月季,他拔了,带着警卫员翻地、浇粪,种上了棉花,啧啧啧……"

将军——

推开昨天的半扇门

棉花好。黄黄的心儿，蝶翅儿似的花瓣，粉红的、淡黄的、紫红的，花瓣儿一落出个绿桃儿，等那绿桃儿咧开嘴儿，又吐出雪白的棉絮，又看花，又得棉，不比那些个花花绿绿的月季强？那月季就像好吃懒做的婆娘，任啥用场派不上，就长着个骗人的模样儿。

"你跳那种摇摇摆摆的舞爸爸不是也'啧啧啧'吗？你也别啧啧啧了，各人有各人的道理。"

"爸爸反对跳舞不足为怪，那个'四眼儿'装什么正经？等我憋足了劲儿，非跟她干一仗不可。"

"谁？"

"五哥屋里那个病奶奶呗。没有倾国倾城貌，倒有多愁多病身。那副娇滴滴的小样儿，一天到晚板着个瓦刀脸，凹鼻子上架一副玻璃窗，看谁都不用正眼儿。自我感觉女皇似的，一边待着去吧。算她运气还不赖，摊着了个软五哥，要是撞在我手里，一撇子砸碎她两个玻璃窗！"

"你在楼上一蹦跶一夜，谁吃得消？"

"这叫以其人之道还治其人之身。知道我从外面来得晚，早晨一起床就开收音机，音量放得大大的，成心不让我睡，我能饶了她？这个'四只眼儿'，别看文绉绉地自命高雅，没准还是个'四只手'呢！大哥，你看呢？"

"你呀，一会儿咬这个，一会儿指那个，我要是法官，首先怀疑你。"

"别说，我还真想偷他一回，尝尝这种刺激的滋味儿。美国有一本小说，女主人公在受到丈夫的冷遇之后，就用这种办法解除痛苦。"

"你还有痛苦？"

"没有痛苦也就无所谓幸福。"

"呵,还挺辩证。跟小雪学的?"

"跟她?学扒手还差不多。"

"奇怪,你们怎么都怀疑七勇他俩?"

"告诉你,爸爸房间只有他们有钥匙。当然,这也不足为证,一般来说有偷窃条件的恰恰不是作案者。你别笑,我虽然比不上英国女作家阿加莎·克丽斯蒂,但也不是一个愚者。"

"我知道,你是个'吉普赛女郎'。"

啪!大勇挥手朝腿上拍了一下。

"呵呵呵……活该挨蚊子叮,看你还敢叫我外号。呃,咱家都有'爱称',就差你了,要不要送你一个?"

"早送来了嘛,'傻老飞',挺合适。"

"大哥,你可真傻,竟接受穿越蘑菇云的任务,不知道那核武器的威力?我听着就害怕。你说说,可怕吗?"

"你这个中国的克丽斯蒂,刚开头就跑题了。"

"我那是胡扯,你先告诉我蘑菇云里面是个什么样?"

"就像,就像进了一个童话世界……"

"有火海?狼烟?挺吓人的吧?"

"不,好像一下子闯进了玫瑰园,白的,粉的,黄的,胭脂红的,一片一团颤动着,怒放着,把我的飞机簇拥起来。瑰丽的光彩映入座舱,仪表盘像是镀了一层彩霞,好漂亮!"

"真的?听你这么一说还挺馋人的。"

"是吗?那我再告诉你,核辐射线一米厚的铅板才能阻挡80%。"

"妈呀!那你还去钻?活腻啦!"

"哈哈哈……不馋啦?说真的,当时我还真想到了你。"

"想到我?"

"想到你曾经跳过的那个舞——《玫瑰仙子》。真是一种美的享受。你不知道,我激动地跑到后台向你祝贺,只见你靠着一个化妆

推开昨天的半扇门

台站着,闭着眼,气喘吁吁,汗水淋淋,嘴角噙着微笑……当时我突然想起一句话——'当他成为一切人幸福的匠人时,他就会成为自身幸福的匠人了'。

"当我进入那童话的世界,我真想高呼:'开放吧,玫瑰花,尽情地开放吧!'如果这无情的辐射线能够织成祖国安全的盾,射向敌人的箭,我愿它具有穿透十米铅板的威力。"

"嘿!好个军人坯子。"

"你少油嘴。说实在的,回家一看你这副样子,我真伤心。为你这样的人,别说钻蘑菇云,我连飞机座舱都不该进。"

"呵呵呵……飞行服也早该脱啦,傻大哥。八十年代了,还没睡醒?也难怪,山沟里一蹲十八、九年,能长进什么?我听说这么一个笑话:山沟里出来卖柿子的父子俩,儿子说:'爹,天这么大,云彩铺满了得两年吧?'父亲笑这个傻儿子,说:'咋用两年?俩月就成。'嘻嘻嘻,大哥,你别,呵呵呵,别瞪眼儿嘛……也许夸张了点儿,山里人,嘿嘿嘿……"

将军——

山里人,白痴。这就是我的女儿……她忘了,她父亲,她父亲的父亲,她的老祖先,包括猴子都是从山里走出来的。不,她没忘。老祖先就不能骂吗?她刚才不是还骂我老封建?大概敢于骂长辈、蔑视长辈也是现代派的标志之一。据说西方国家的青年,家庭观念都很淡薄哩,卡特的儿子就参加失业大军向父亲示威。好哇,要学你都学去呀,人家还把依靠父母生活看作耻辱呢,你怎么不学这一点?伸手要钱的时候我就不封建了,变成一个可爱的老头啦。假洋鬼子!

"六婕,你见过山里人没有?"

"没有,但我从你身上可以看到他们的影子。"

"过奖了。我们机场那个山梁子里有一个妇女,年龄和你差不多,她的孩子是你大嫂接生的。有一天,你大嫂出诊路过她家,看见那孩子躲在柴垛里喊爹,你大嫂问他:'小狗丢,你爹回来啦?''冇。''那你喊什么?''俺爹打信来啦!'他爹在广西一个通讯团维护连当连长,他妈找你大嫂代笔写过信,所以你大嫂一听说有信来,就进去了。小狗丢他奶奶正在屋里纺棉花,一见你大嫂忙从衣襟里掏出一张纸:'俺狗丢他爹打信来啦,一家子睁眼瞎,您先生给念念吧。'你大嫂接过那张纸愣住了。哪是信?是一张作废的记工表。这时候,狗丢他娘回来了,一见你大嫂手里拿着那张纸,脸唰地白了,慌乱了一阵子才结结巴巴地说:'刘先生,外面有人找您哩……'等她拉着你大嫂走出家一里地才放声哭起来。她男人一年前冒着大雨抢修前沿线路不幸牺牲了;她婆婆从小受苦,是人贩子卖进山的,脑子一受刺激就犯病,经不起这种打击。她在荒山坡上哭了一天,硬是装出笑脸把这事儿瞒下了,一直瞒了一年多。白天笑着哭,黑夜哭着睡,好在山坳里人烟稀少,三五里才有个邻居,老奶奶一直没得到什么风声,只是总盼儿子的信。这样,媳妇就捡来个记工本,隔上一两个月扯一张,说是狗丢爹的信,找别人念过了,再把那信上的话学给婆婆听,婆婆宝贝似的把那张记工表用粗糙的手抹平拉整,乐呵呵地叠好,揣在怀里……

"这样一个瘦瘦弱弱的女人,心里藏着那么大的痛苦,肩上还勒着拉车的套。大队分给她十二亩地,她自己又开了六亩荒,去年光上缴国家的麦子就有二千三百斤……六婕,你吃的白馒头也许还是她种出的麦子呢!嘲笑这样的人是有罪的,难道你不觉得吗?按说你受过教育,见识又广,理应比她胸怀更宽广,情操更高尚……"

"目标更宏伟,理想更远大……得了吧,大哥。今晚我做了这么大的牺牲可不是为了听你讲《千字文》，谈《山海经》。"

"这怎么是《山海经》！你……"

"好了，好了。就算真有其事，又怎么样？三从四德、忠孝节义的道德观早就发霉了；她并不是什么学习的楷模。说白了吧，这种人还在人类进化的初级阶段，人生的真谛到底是什么玩意儿，她是不会懂的……"

"六婕！"

"别火儿。光许你对我负责？妹妹也有提高哥哥认识水平的责任嘛。你仔细想想，同是动物，人为什么称其为人呢？那是他思维意识进入了高级阶段，他已经懂得，把牛养壮些，借它的力，把猪喂肥些，食它的肉。人已经不像猪牛似的给一点好处就任宰任割。人生的真谛集中到一点就是对自由的追求；社会进步的标志就是人性的觉醒。"

"什么是人性觉醒呢？人人都高呼'自私万岁'，那和弱肉强食的畜生又有什么区别呢？可怕。六婕，你脑袋里哪儿来的那么多乌七八糟的东西啊！还记得你小时候吗？妈妈说：'六婕，给哥哥送苹果去。'你自己留下个最小的，把大的递给哥哥；夏天，爸爸生病躺在床上，你兜着小裙子走进去：'爸爸，风！'说着，把小裙子往病床上一甩一甩……六八年，爸爸妈妈被关押，家也查封了，你带着七勇刨垃圾堆，捡来菜帮子、霉馍头，在车棚里用砖头支起破锅……"

将军——

大年初一拉着七勇去"牛棚"看望爸爸，从贴身的衣袋里掏出一块水果糖，都化了，不知揣了多久，糖纸都揭不下来……爸爸正是因为它，原谅你，再原谅你……

"正是那个时候,生活的井绳一下子把我从明媚的地面沉入黑黑的井底,我挣扎、呼叫,除了自己恐惧的回音什么也听不到……渐渐地,我的眼睛适应了黑暗,看到了脏水、污泥、蛇和蝎子。

"世界,原来是这样……我清醒了,也解脱了。既然世界对我不负责任,我又何必美化它呢?人,应该是自由的,人到世上来为的什么?难道为了吃苦、遭罪、受折磨?鸟还知道冬天往南飞呢。

"大哥,你别跟我争了。我知道,你们都是好人,善良、刻板的好人。我已经做不到了,因为我常常觉得你们可怜、迟钝,好像苦行僧,有吃苦的瘾。"

"有意思,你倒可怜我们,真有意思。那么,你就准备这样懒散下去?"

"懒散?谁说的?我忙得很!昨天徐伯伯家的毛毛告诉我有一种高效口服珍珠粉,害得我跑了一个下午,结果也没有买着,明天还得转悠去。这土鳖地方,真讨厌。"

"还有呢,忙着找华侨?"

"对,找华侨。有合适的外国人也行。"

"我的妹妹,你怎么连点爱国之心也没有了?!"

"简直和爸爸一个腔调。请问,居里夫人是波兰人,皮埃尔·居里是法国人,他们俩的结合算个什么主义?"

"这个问题《居里夫人传》可以回答你,希望你再好好读读,看看居里夫人的那句名言:'我们波兰人,当国家遭到奴役的时候,是无权离开自己的祖国的。'不要总弄些似是而非的东西糊弄别人,也糊弄自己。"

踢踏,踢踏,踢踏……

又一个短胖型的女人趿拉着拖鞋从小楼里走出。

"嗯哼,真是天外有天,楼外有楼,我还以为六妹是天字第一号铁嘴儿呢,原来还不是大哥的对手。遗憾。"

推开昨天的半扇门

啪！六婕使劲朝胳膊上拍了一下，愤愤地骂着。
"讨厌的蚊子！找没趣也不看时候。"
"哦，是乔侨，我和六婕闲扯着玩儿，你坐。"
"不打搅，不打搅。天太热，我随便走走……"
踢踏，踢踏……
"六婕，你太过分了。"
"是吗？我倒不觉得……"
"不尊重别人，等于不尊重自己。"
"月球上真的连草都不长吗？"
"六婕！"
"到！呵呵呵……耍起飞行团长的威风了。告诉你，比起七勇，我逊色多了。那'野马'，逮谁踢谁，像吃了疯狗肉，'坑坑诺娃'独独怕他。有一天，'坑坑诺娃'在饭厅嘟囔了一句：'天天吃什么玩意儿，倒胃口！'叫七勇听到了，把筷子往饭桌上一摔：'想吃好的掏钱上起士林，摆什么少奶奶样子！'噎得那'坑坑诺娃'愣是没敢吱声。其实这小子穷横什么？不就是打结了婚才交个伙食费嘛，好像都是吃他的似的。谁看不出来，丢了粒芝麻，骗走个西瓜，还不是算计老爷子。这点子都是那'皮小姐'的，瞧那小妞儿嘴一咧小溪流水似的哗啦啦招人喜欢，心野着呐。她明白自己的身份，自然不像'四眼儿''坑坑诺娃'那样刺儿，她有她的处世哲学。当然，也跑不出世俗的那一套把戏，什么织件绒线衫呀，钩双毛袜子呀……哎呀，反正是那些个无聊透顶的玩意儿。爸爸呢，还真喜欢她，他太不了解小市民。我们团里这种人物不少，三分钱小菜儿，两分钱清汤就是一顿饭，牙缝里挤出油水武装身体。看外表还像那么回事儿，衣服一脱背心上还打着补丁，就那还要躲在厕所里一上午换三次假领子。"
"嘿嘿，你观察力很强，可以成为一个不错的女作家。"

"庸俗之极，简直不可想象。就说这个'皮小姐'吧，为了钞票在火车站摆书摊儿，够寒碜了！她还要把七勇也拉上，一会儿去码头扛大包，一会儿去货场拉板车，一会儿又去当临时工盖房子。上个月我去车站送朋友，突然看到七勇坐在水泥台阶上，面前摆着乱七八糟的什么东西，一个纸牌子上写着：修鞋、修包、配钥匙……立等可取。我差点儿晕过去……"

"哈哈哈，这小子，真有意思。"

"这对小葛朗台，钻钱眼子的事多啦。年初不知怎么想起去旅游，赶时髦又舍不得钱，一人蹬着一辆破自行车上路了，一走就是两个月，等回来一看，没把我笑死，简直跟两个西西里岛上的苦役犯差不多。你猜人家去哪儿旅游了——敦煌！哈哈哈……呵呵呵……两个小土鳖，真把人给逗死了。这一趟大概折腾空了，闹不好还欠下点债，回来后没命地干，正好爸爸下部队，把房间的钥匙交给了他们，于是就如此这般，出现了这样的事……实在没钱，向爸爸要嘛，偏充硬汉子，什么'自力'呀，'自强'呀，喊得漂亮！实在没法子跟我借个一百两百的，我还是肯帮忙的。"

"我不相信他俩会干这种事。"

"世界上就是常常会发生出人意料的事。"

"即使这钱真和他们有关，也许是一时急用拿去了，想周转过来再放回去，没料到爸爸突然提前回来了……"

"这是你的设想。试问：有把保险柜撬开的'拿'吗？就算有吧，爸爸回来该主动说嘛，为什么现在还不承认？！"

"这分析倒也是……可话又说回来……"

"大哥，你别再为他们开脱了，他们的目标远不是这点钱。'坑坑诺娃'在这方面还是挺有眼力的，她早就说了：'皮小姐住进高门楼是第一步，第二步就是私吞爸爸的遗产，不信走着瞧。'还真是这趋势，爸爸从反对这门亲事到承认这个媳妇儿，承认之后又是偏爱和信任，谁知道哪一天老爷子一高兴不会把全部储蓄移入他们名下呢？……亏了发生这件事，所以从这个意义上来说，难道不是件好事吗？嗯？大哥，遗产可也有你的份儿。"

"我不要。"

"妈妈的你不要，爸爸的你还不要？哎呀，我的'傻老飞'同志，八十年代还这样故作姿态，真叫人佩服之至。好吧，算我今天晚上运气好，做了一笔无本生意。你实在不需要可以让给我，我是多多益善，来者不拒。大哥，讲定了。"

"六婕，说这些你不感到害羞吗？"

"呵呵呵，心疼了吧？后悔可以把你那话收回去。大哥呀，开开窍吧，什么害羞、自尊、人格，统统是自我束缚的绳索。它一根根地把人正常的欲望都捆绑起来，把人的感性存在模式化，仿佛七情六欲如果不罩上一层光环，就没有存在的价值和实现的权力。多虚伪，多愚昧！

"爸爸、你、在上海的三哥、死去的四哥，都中了这个邪。咱们家最超脱的男子汉是二哥，瞧他那痛快劲儿，白头盔白衣裤，神箭似的小'铃木'一发动，就像自由天国的王子。我真羡慕他充沛的精力，敏锐的脑瓜儿，洒脱的举止，广泛的交际，触角那么长，胆子又那么大，活得多痛快！"

将军——

痛快得很呢！吃饱了没地方消食，去逛风景、打兔子，猎枪、猎服、摩托车，排场得很哩！洋气得很哩！一根兔毛没打着，倒误伤了老百姓的一只眼……王八蛋！混账东西！

眼，一只眼，就让他一枪给伤了……扎心呐！

人家骂"高干的儿子"，我是该骂，可骂的只是我吗？"高干"，党的高级干部，给党脸上抹黑，伤害了党群感情……孽种！

"别皱眉头，嘻嘻，别看你是咱们家的美男子，魅力可比不上二哥。那回我去电视台玩，二哥正在摄影棚导戏。呵，瞧那些女孩子，一口一个'高导演'，叫得那样甜，甜得眉毛眼睛满脸上乱跑，'坑坑诺娃'要是在场啊，醋坛子准得又打破。真逗。呃，昨晚上他们打架，你听到了吧？这还不算热闹的，有一回把彩电砸了，黄胄亲笔画的驴也撕了，大有分道扬镳的气势。可没等战斗的硝烟散尽，'坑坑诺娃'又抱着个更高级的彩电回来了，见面拥抱接吻的礼仪也恢复了，真滑稽，也真没治。这个女人呐，肚子里的点子比脸上的还多。我就怀疑过她，屋里那些摆设来路明吗？外销员耍把戏的机会还是很多的，况且她又会钻营……呔！你睡着啦？"

"我体会到噪音也是一种刑罚的道理。"

"得，你别受刑，我也说累了。拜拜——"

"呃，你还出去？几点了知道不？"

"北京时间，九点零三分，正是玩的时候，嘿嘿嘿……"

"六妹，人生短促，你已经二十九岁了。"

"是这个道理。所以嘛，趁着爸爸健在，趁着我人未老、珠未黄……"

"你……寄生虫！"

"骂的对。俗话说'靠山吃山，靠水吃水'，我吃社会主义……嘻嘻嘻……"

笃，笃，笃……

"滚，给我从这个家滚出去！咳，咳，咳……"

坐在池塘边的将军吼了起来。

"噢！可怕——"

六婕头也不回地走了。

推开昨天的半扇门

"爸爸？爸爸……您在这儿……"

大勇闻声向池塘奔来。

"坐吧，大勇……坐会儿吧……咳，咳，咳……"

"爸爸，您别太伤心。"

"……这些天，我常想起你们小时候，那时候的家庭气氛多欢快……"

"记得有一天吃鸡，我和弟弟妹妹都抢着找鸡屁股，爸爸噙着一咬一兜油的鸡屁股，指着嘴说：'别抢了，屁股在这儿哪！'逗得全家哈哈大笑……"

"一天的疲劳不知不觉都消除了……可现在，唉，当年播下的是葵籽，如今收获的却是蒺藜！"

"爸爸，这事会是七勇他们干的？"

"这个狂妄分子，早晚有一天也要犯罪！"

"那会是……"

"保卫部已经查清，是二勇他们……"

"二勇他们？他们缺钱？"

"是啊，而且盗窃的数目还不足两百。"

"更不可理解！"

"你看，她坐不住了。"

踢踏，踢踏，踢踏……

乔侨又套着款式别致的"水晶"拖鞋从楼里走了出来。

乔侨——

好烦闷的夜。咦？姑奶奶和大伯子嚼兴够了？这个搅屎棍，不知叨咕了些什么……哼，管她呢，少心没肺的，在乎她个什么！呃，那儿好像有人……

踢踏，踢踏，踢踏……

"大哥，哟，爸爸，您还没休息呐？这鬼天，真热，要冷饮吗？我去拿……"

"不。谢谢你。我和爸爸一会儿就去休息。"

"那好，晚安。嗯哼。"

踢踏，踢踏，踢踏……

"看她的修养，这真难以想象。"

"是嘛。这是咱们家的文化人，有知识，见识也多……因为从小没上过学，我向来是看中有学问的人，包括儿子、儿媳。二勇上大学的时候赶上'文革'，没学什么，去年他要去进修，虽然走的算后门，我还是原谅他了，学知识嘛，总归是好事情，哪知他眼睛盯的不是学问。混牌子，捞资本，抬高自己的身价。

"六婕这点还是说对了。他们胆子大，触角长，大得吓人，长得惊人，一开口'电影局如何如何'，好像是他私人手下的一个办事机构。他不就是个一部电视剧也没导出来的挂名导演吗？这个乔侨，一个普通外销员，能结识那么多名画家、收藏家，一个七十多岁的老画家在送给她的一幅画上居然写的是：'乔侨小妹正之'……她屋子里古玩也不少，不知她是通过什么手段弄来的。更叫人担心的是，他们要那些玩意儿干什么，纯粹欣赏吗？我看他们未必那么高雅。一想到她的职业经常和外商打交道，我就担心，每星期都给他们敲敲警钟，看来，这还不够……"

"是的，爸爸，既然他们连自己的父亲都敢下手偷。"

"也许六婕说得对，这倒是件好事……"

六

鹅黄色的窗口里。

乔侨抓起一只软缎沙发靠垫揉搓着、揉搓着，狠狠地朝墨绿色的地毯上掷去。

乔侨——

愚蠢！天字号大傻瓜！真沉不住气，老梆子明天就会死吗？……怪谁呢？是我逼着二勇……

神经脆弱。有什么迹象？天热嘛，他们聊他们的，怕什么。老梆子对谁都爱答不理的，又不是光冲我。真是天下本无事，庸人自扰之。

乔侨像驱赶烦恼似的在空中挥了一下手，弯腰捡起被自己摔在地上的靠垫，放好，然后两手往衣袋里一插，两个大拇指露在外面，像常见的外国人插兜儿法。她在屋子里转了几个圈儿，又无所事事地"叭"地打开了彩电。

老掉牙的故事片——《一江春水向东流》，荧光屏上正出现张忠良之妻为生活奔波的镜头。画面儿一转，西服革履的张忠良凭窗而立，妖冶放荡的王丽珍含情脉脉地站在他身旁……化出——蒙太奇，张忠良的革履压着王丽珍的绣花拖鞋。意味深长……

二勇怎么现在还不回来？这个浪子、色鬼，又让谁勾住魂儿了？装着一副大导演的样子，美其名曰选演员，有他那个选法吗？到游泳池去选，干脆到女澡堂去岂不更痛快！他老子作战用的高倍望远镜也被他赋以新的使用价值，躲在屋里瞭望那围墙外面的民女窗口……呸！金玉其表败絮其中的东西。

我真可怜，就像那张忠良之妻。为了这个"窝"，我上敢"窜"，下敢"跳"，不择手段，不遗余力，出卖着廉价的笑容，牺牲了做人的尊严，甚至……他对于这些到手的东西、温暖的"小窝"只是享受，难道把他和我拴在一起的纽带只有物质？感情呢？有？没有？有没有？！……不要欺骗自己了，他什么时候那样看过我？神气的眼角向上挑着，黑白分明的眼球湿润润的，两朵火苗扑撩扑撩地在那黑漆漆的眸子里燃着……啊，再抑郁的感情只要看一眼，也会被它燃烧起来的……没有。他没有这样看过我，我只是一个可怜的观望者，观望他对别人的倾慕。

从什么时候起，他开始用这种目光看那个七弟媳——"皮小姐"了？他在紫藤下和她聊天，津津有味，连我走到身边都不曾觉察。这个骚狐子，简直把上帝恩赐她的这副好脸蛋儿当成驴打滚儿的高利贷了，没完没了，奴役了七勇还要征服二伯子，好个不要脸的婊子！你欺负到我的头上，哼，二奶奶可不是好惹的！

七

月光下，池塘边。

"爸爸，这件事虽然不是七勇他们干的，但似乎和他们有关。"

"嗯？"

"我在家住这几天，虽然看到一些皮毛，但感到现在这个家里的门第等级观念很严重，和平就不用说了，连自封最'开放'的六婕也一句一个'皮小姐''小市民''俗不可耐'，……乔侨见了小雪干脆连话都不讲。我看小雪这姑娘涵养真不错，要是换了我就要质问上几句：难道你们生在'高干'家中，血统就先天的高贵？你们就有权力傲视、嘲讽工人家庭出身的女儿？你们的老祖先是干什么的？难道你们的父辈不是因为受到阶级压迫和剥削才揭竿而起的吗？他们火里血里滚爬就是为了使自己的后代重新高高在上鄙视劳动人民吗？真叫人看不下去！我在考虑，明年回家探亲是不是带嘉惠一道来，如果我这个'傻老飞'再带回个'土老鳖'，恐怕他们更觉得寒碜了。而且，听说爸爸当初也反对七勇他们的婚事？"

"对，我是反对的。爸爸身上也出现了不少毛病，但门第观念好像还没有。到部队去我尤其喜欢那些山沟里出来的兵，总要和他们拉拉呱，扯扯家常，甚至掰个手腕、摔个跤。对小雪，我也很喜欢，当然这是在他们结婚之后。

"我当初反对这门婚事主要是怕惹来新的麻烦。目前的状况已经够我维持的了，如果小雪家自以为靠上了一棵大树，都来乘凉，也许还要扯上七大姑、八大姨，换工作、调房子，我可怎么受得了？"

"事实呢？他们找麻烦了没有？"

"看来我是多虑了。到目前我只见过小雪父母两次面，一次是女儿婚后的礼节性拜访，一次是我生病住院，他们来看望。这两次倒都是让他们破费了。"

"是啊，爸爸。为什么和老战友联姻你没有顾虑，而和皮匠结亲家就怕找麻烦呢？实际上谁找的麻烦多呢？我看倒是您那些个老战友。而且，碍着多年的感情、关系、面子，他们说出口，您还真不好驳回，对吧？爸爸。您也许意识不到，其实等级观念已经在许多事上作祟了。您说您喜欢山沟里的兵，我相信。作为一个飞行团的团长，我虽然职务不如爸爸高，但大小总是个官吧，我也曾对农村出来的飞行员有偏爱。我喜欢他们的朴实、肯干，更喜欢他们的听话、顺从。那些城市兵就不同了，三斤半的鸭子两斤半的嘴，事儿真多，还总爱动个脑子提个意见，有时候弄得我真下不了台。其实细想一下，还不是触犯了自己的尊严？有了错误领导批得，下级指不得,这是什么?还是等级观念。爸爸,也许我说重了。"

"不,不。你说,说。"

"封建社会离开我们不算太近了,但它潜藏在每个人身上的痕迹还不曾磨去,它的惰力经常把人往后拉……"

将军——

它的惰力经常把人往后拉……是这样的。这次 X 军的合成演习本应年初搞,为什么推迟了半年?原因就在我的"指示"。

"……搞实战条件下的合成训练有把握吗?"一句话把一场具有战略意义的训练改革推迟了六个月,一百八十天呐。

我指的把握是什么呢?部队在作战中暴露出来的问题不就是训练的目标吗?我还等什么?战争是无情的,落后保守就要挨打。这我懂,但仍是不放心,就因为以前没有过"先例"。

"没有先例就不能搞吗?"年轻的军长憋红了脸硬是没敢把这句反问的话喊出来,但他用了另一种"反抗"的办法——打起背包下了教导队,亲手搞了个试点。

三个月后他又请示,声音洪亮地回答:"有把握!"合成演习终于搞了。那闪电般的火焰,排山倒海的炸响,炒豆般密集的枪声,震天动地的喊杀声……激动得我流了泪,它使我想起那一次次的、遥远的、然而又是记忆犹新的战斗……

演习结束了,年轻的军长兴奋地报告:"演习结束,无一伤亡事故。"我紧紧握住他的手,却没有话。说什么呢?让下级打着保票进行训练,这样的将军……

大勇说得有道理呀!我喜欢顺从,习惯按部就班,反感那些动不动就想出格的做法。军人嘛,以服从命令为天职,我喊冲,你就上,我喊打,你敢拼刺刀,这就是一个标准的军人。这在一般意义上讲,应该说是对的,但如果仅只这样就不会有这次具有战略意义的合成演习，因为我们没有这样的指示，训练"大纲"上也没有这种规定，应该说这是一次出格的演习，但它又是战争的需要。看来"大纲"也不是神圣的，尤其在某些不适应飞速发展变化的现代战争情况下，它应该随着时间、形势而不断的改进、更正、完善。我们的指挥亦应如此。……七勇骂过我"僵化"，我跟他动了气，也许他还是有几分道理的。

为什么事吵起来的呢？哦，对了，他和小雪去什么"敦煌"回来，感慨万千之后对我说："爸爸，我们路经了大哥出生的地方。您和妈妈讲过的，哥哥在那里出生，三天后妈妈就追赶队伍去了，是那里的一个寡妇收养了哥哥，对吧？那位老妈妈早去世了，我看到了那里的乡亲。"

"看来你们这趟倒不是胡闹，受教育了吧？"我问。

他斜了我一眼，脖子的青筋暴了起来："我羞得无地自容！"

"什么！"

"当我们的祖先创造敦煌那样灿烂艺术的时候，美国还是一片荒岛，而现在人家已经用电脑控制机器，用飞机在天空播种，我们呢？帝王将相、封建腐朽阻碍了生产力的发展，作为历史原因不可否认。但解放三十多年了，在那里看到的仍然是老牛、木犁、辘轳井和笨重的石碾……"

我气愤了，同时提高了声音："你懂个屁！当年你哥哥出生的时候，那个地方连石碾都没有，老百姓吃了上顿没下顿，一升半升的稗谷放在石臼里舂几下就和着野菜下锅，你知道不知道？有了石碾就说明农民有了成斗成囤的粮食，这就是提高，懂吗？年少气盛，世上的事是想怎么就怎么的吗？一步一步慢慢来嘛！"

七勇不服气地吼着："亲爱的爸爸，为什么偏偏是那样慢慢的，又是一步一步，进一步退半尺的呢？就因为我们是古老的国度吗？就因为我们的古装戏曲都是迈着那种进进退退的四方步吗？我们的民族是世界上公认的最吃苦耐劳、善良勇敢的民族。我们民族的潜力很大，我们不仅具有体力，还有智慧和创造力，我们不比任何一个人种低劣，为什么不能尽快地进入现代化，成为世界经济强国？这些难道不是您这样一位高级干部应该深思的吗？然而您，却满足于木犁和石碾这样的慢慢来，真叫人不可思议！"

"那要看你怎么思，怎么议：在你眼里好像一口气能吹倒泰山！"

"在您看来，只能是一锹一锹挖山不止，儿子死了有孙子，子子孙孙无穷匮也？……僵化！"

这小子，又夸祖宗，又骂祖宗，思想混乱！

八

鹅黄色的窗口里。

乔侨"叭"地关了电视机，又把风扇的转速由三档拧到二档，心里的火苗"卟卟"地冒。

乔侨——

气死我了！一个二伯子，一个弟媳妇，说什么在一块探讨人生，屁！跟她探讨"花"人的功夫倒是差不多。还想在我眼皮子底下耍花枪，恐怕是眼没长对地方。

唉，老实说丈夫她是偷不走的，最叫人可恨的是她处处想取悦于那个老梆壳儿，陪老头子吃饭，陪老头子散步，给老头子买好酒，弄高级烟，小两口每个星期六都在老头子房间里待很久……老头子本来就偏爱七勇，加上他俩又都是"流氓无产者"——连个像样的工作都没有，所以一旦老头子被溜须高兴了，找个理由把全部遗产移到他俩的名下，这是完全有可能的。

二勇也不得不重视我的意见，他不敢小瞧这个媚人的小妞儿了。要晓得，葛朗台式的老爹是有钱的，除了吸点烟，别无嗜好，那笔遗产可是万万丢不得……唯一的办法，就是把他俩从高门楼里挤出去。

……

九

月光下，池塘边。

"爸爸，您为什么生七勇的气？我看只有他俩懂得照顾您。"

"生活上，那倒是。你也都看到了，虽然是一个大家庭，其实早四分五裂了。只不过我这个旅店吃饭、住宿免费，条件也还不错，所以还吸引着他们。如果我是个无职无权又无钱的老农民，恐怕他们个个躲我不及呢。当然，七勇他们也许例外。

"现在，只有他俩陪我在饭厅吃饭，别的是打了饭菜就上楼了。人家嫌营养不够，煤气炉一打开，起码再加上两三个菜……他们还以为我不知道，哼！有七勇和小雪陪着，我的食欲是比以前好多了。人一上年纪，倒像是还了童心，总怕寂寞。唉，只是他们俩在政治上叫我总担着个心。细想想他们讲的那些话不是全无道理，但是太偏激。嫩呐。

"常言说'初生牛犊不怕虎'，按说他们都是被虎咬过的，但他们还是不怕，无论你怎么训斥，他们听不进去。说实在的，你们都为爸爸妈妈背过黑锅，但也借着我们这个大伞享过几年福。七勇可是一懂事就遭了难，我总觉着对不起他，想给他爱，把心里的爱多给他些。我昧着一个老共产党员的良心，为他回城的事说了话，可他不回。整整插了八年队。好歹回来了，仍是那么不懂事，托人为他安排的工作他又不去干。

"人是生活在实实在在的社会里，不是靠幻想就能够生存的，可他像个幽灵似的戏弄人生，幼稚得可笑，又固执得可恨。我要是有法术，一定得把他变回七岁、八岁，让他的一切从头开始。晚了，好像一棵畸形的树，定形了，再砍再扳用处不大，但又不忍心看着不管。于是，我们到一起就争，就吵，闹得大家都不愉快，但谁又说不服谁。"

"也许，他们有自己的道理。"

"是这样，难办的也就在这里。"

"这么晚了，他们还在干什么呢？"

"他们那个窗口每天如此，最后一个熄灯。"

十

苹果绿的窗口里。

这是一个十二平方米大小的房间，两个单人床，两个书桌，书架靠墙一溜摆了四个，是那种不太漂亮、工艺也不精细的竹子制成的。靠左边的书桌上有一个精致的影夹，里面嵌着同一姑娘的两张照片，一张朝气勃勃，使人想起那无垠的碧野，欢跃的春溪；一张老气横秋，像一池吹不皱的铅水。靠右的书桌上乱摊着薄厚不一的书籍，哲学、数学、文学、中文、外文版的都有。书桌上方的墙上有一方三尺左右的草书，上写"自强不息"四个大字。

还剩下不大的空间也凌乱不堪。一个军用伞包鼓鼓囊囊地在地板上放着，两双手还不停地往里塞着，两双脚忙碌地奔来奔去，不时地被躺在地板上的自行车、打气筒、轮胎、扳手、钳子磕磕绊绊。

"嘻嘻，我们现在真像两个狼狈的在逃犯。"

"逃向森林，逃向大海，寻找那能够理解我们的地方！哈哈

推开昨天的半扇门

哈……"

"七勇，这时候外出，是不是……"

"现在登泰山看日出是最好的季节。"

"我是说……家里刚发生那样的事……还是再等几天。"

"等？地球在转动，我们却停留？胆怯了？怕误解？"七勇做了一个滑稽的嘴脸，小雪被逗得大笑起来，两只手加快了启程的准备工作。

小雪——

是啊，误解，不理解，甚至非议，已经是我们的老相识了。

第一次走进这个家的大门，除了那绽开的花，青青的草，映入我眼帘的不就是闪动在每扇玻璃窗后面的斜眼和撇嘴吗？她们一定很鄙视我，像鄙视一个寒酸的"灰姑娘"。

我主动去拜访他们，这使他们大吃一惊。在他们看来我应该躲在房子里，并且拉上窗帘，战战兢兢，手足无措，像一条可怜的夹着尾巴的小狗。

是的，刚跨进大门的时候我是有些心跳。多幽静的花园，多气派的小楼，不像我的家，出门就是大街，两棵种在盆子里的月季只好摆在房顶上晒太阳。要说房子还算宽敞，哥哥姐姐成了家都搬出去了，两间十平方米的房子，爸爸妈妈住一间，我和奶奶住一间，但和这里一比，那自然没有话说。

如若把这里改做军营，至少可以住上一个连。那一刹那，我好像投入了一个贵妇人的怀抱，虽然优雅美丽，但不亲切。

我甚至觉得身边的七勇也陌生起来。当我的目光和小楼玻璃窗后面的目光相遇之后，陌生感又变成了压迫感，那鄙视、傲慢的目光好像不是从四层小楼里射出，而是站在九天祥云之上的神男仙女冷冷地审视着尘埃中的村姑……但是理智使我很快恢复了正常的心跳，他们可以对我这个皮鞋匠的女儿嗤之以鼻，我没有道理瞧不起自己。

我的父母和他们的父母同样是中国大地上的人，只不过分工不同而已；说透了，我和他们的祖先一样，都是猴子。我的人格并不比他们低贱，应该受到同等的尊重。

当然，这种门第观念也不是他们的专利，就连爸爸妈妈哥哥姐姐都反对我和七勇的结合，他们怕我受委屈。还有一些要好的朋友、亲戚和邻居，他们的反响也很大，有的干脆不再理我。

我明白，除了好心的忧虑，也有可怜的妒忌。天知道，我并不是冲着"高干"牌子爱七勇的呀！我虽谈不上超俗，但也绝没有庸俗到出卖感情的地步……

"小雪，冲个澡去，看你的脸，像颗熟透了的小红果。"七勇只穿了一条运动短裤，裸露着胸脯，被冷水激过的皮肤滑溜溜的，在灯光下一闪一闪，像古铜色的缎子，浑身隆起的肌肉像一块块铁疙瘩，使人想起意大利米开朗琪罗的雕塑《大卫》。头发刚擦去水，一簇一簇向上竖着，给人一种桀骜不驯的感觉。

小雪扬起脸，冲他笑了笑，说："哪点儿像个高干子弟。"

"怎么，尊贵的'皮小姐'，后悔吗？"七勇说着"啧"地在她额头上吻了一下。

"野马！"

七勇——

野马，我大概真是一匹桀骜不驯的野马，像"眼镜"五嫂骂的那样——还没完成动物向人类进化的全过程。

唉，除了一起"撒野"的"老插们"，没人理解我。然而，不理解、不喜欢是一回事，追着、缠着想和我谈"恋爱"的却大有人在，这恐怕又是一回事。郎"财"女貌嘛。有个迷人的父亲、迷人的住房平方数，那还是挺吸引人的。何况我不瞎不聋不哑，只不过野一些。于伯伯家那个傻老六，嘴角涎着口水，十个数儿数不清，还找了个挺不错的"爱人"呢。

这使我很伤心。

小时候人们看我，当我知道那是因为我穿着一双漂亮的小马靴的时候，我也是这样伤心的。

拔地而起、飓风暴雨般的"文革"改变了我的处境和地位，最要好的朋友也拒绝我加入他们的战斗行列，甚至悄悄尾随在造反队伍的后面也要遭到"红色"同学的石块和唾沫水。他们骂道："狗崽子！滚出去！"我声嘶力竭地表白："我是革命的！我，我……"可是孤独的喊声被革命的狂飙淹没了。

我并不灰心，咬破了手指写血书，头也不回地登上了北去的列车，到最边远的地方，到最贫困的村子，我要找到我存在的意义，自我的价值！

一年之后，我被提升为公社"知青"点的第二点长。我没有偷过懒，在零下四十度的冬天凿冰捕鱼，我脱得只剩下一件破绒衣，我也不怕死，常常一个人在密林深处巡逻……但这"第二点长"的十九品官不是靠这些赢得的，它的全称应该是"推门第二点长"……

那天听说公社刘主任来看望"知青"，我非常激动，揣着厚厚的"改造日记"向大队部的客房跑去。听说刘主任原先只是一个大队记工员，造反有功当上了公社干部。我听过他的讲话，"火药味"很浓，我很佩服他。对于不为命运左右的人我都很佩服。

我一路上急急忙忙，跌跌撞撞，冒冒失失，竟一下子把上着插销的客房门给撞开了。我蓦地蒙了，下意识地脚跟一磨，毫无方向和目的地跑了。

跑了很久，直到气喘吁吁，汗水淋淋。

我站住了，问自己，看到了什么？脑子像浸泡在显影液里的相纸，意识渐渐清晰了。

那是亵渎贞洁的罪恶场面，是叫毛头小伙子细胞战栗的惨景……

虽然时值盛夏，我感到四肢冰冷，身上起满鸡皮疙瘩，嗓子里发堵，真想呕吐。我感到自己和她都被奸污了。她被蹂躏的是身体，我被蹂躏的是灵魂。我像一只受伤的狼，对着茫茫无际的大森林嚎叫着，直到筋疲力尽。

第二天，刘主任就宣布我被提升为"第二点长"。这种奇特的污辱把我的肺轰炸了，我"呼"地站起来，正要开口，一个苗条的身影倏地跑了出去，我一下子清醒了：不能，不能！她还要在这里生活，她还要在人前走动，我不能射虎伤羊……我就这样默认了这位主任的"恩赐"，接受了"推门点长"的晋封……

生活就是这样无情地嘲弄了我的追求。我清醒了。我学会了喝酒，喝得酩酊大醉，尔后又哭又笑、恶作剧、偷老乡的鸡，用刮胡刀开了膛，埋在土里烧着吃；学会了赌博，输干输净干脆拿脑袋做赌注；我弄到了外国的什么《自杀指南》，研究着各种自杀的优势，我佩服那些勇于与生命诀别的自杀者……就在这种情况下，我却接到选调回城的通知。

我又一次惊愕，为什么独独是我被选调？他、她、他们不是都比我干得好吗？不是刘主任的再次恩赐，他已经调离公社。原来，我的上帝是爸爸。他已经恢复了党籍、军籍，重新工作了。我为爸爸高兴，但并不想让他来拯救我，我的上帝只能是我自己。

我的追求又复燃了，其实它从来没有熄灭过。喝酒、赌博、自杀，只不过是变作消极的挣扎，是在"自我价值"遭受到彻底践踏时的一种反抗。于是，我在一场激烈的思想斗争之后，把这个名额

推开昨天的半扇门

让给了受过创伤的她。

我又开始抡起十磅开山斧伐树,扯起高昂的喉咙喊着:"顺山倒啰——啰——啰……"我跑了五十多里路买来纸和笔,写了"自强不息"四个大字,贴在床头,我要用自己的汗水浇出生命的果实。我这"推门点长"自从让出上调名额开始,威信与日俱增,"老插子"们拍着我的肩,竖起大拇指:"刀架在脖上方显得英雄本色,哈哈哈……"

我们的关系越来越亲密。我们围着篝火谈苦、说甜,互相鼓励着从自轻自贱中解放自己……屯里的老乡本来是可怜我们这些"城市娃娃"的,后来我们的行动又使他们由可怜变为敬重、喜爱,逢年过节,红白喜事,都把我们拉到热炕头上,当上宾待。

当然,灰暗的事情身边仍存在,但我在这光明与黑暗并存的现实里学会了用两个眼睛看事物,就像在黑暗中伸手不见五指一样,在纯光明中也会什么都看不见。

我开始考察社会,分析各种各样的人,但考察分析的结果是越来越多的问号。我看到了自己的可怜,我们被历史性地抛落到知识阶梯的最底层。我恐慌了,好像是时代的小老头儿。但我不想上大学,我研究的是社会,应该深植在生活中。我决心自学。

又过了两年,我上调回城了。没有凭借任何外力。老插子们全都回城了,屯里只剩下我一个,是老乡们把我拖上犁耙送回城的,我靠的是自己的两只手。

回城,目标没有放弃。不需要"后门"捞来的好工作,拒绝了"高干子弟"招来的彩蝶蜜蜂,我要走自己的路。

爸爸伤心、训斥、叹气……

哥哥姐姐不解、侧目、轻蔑……

"疯子!""狂人!""败类!"……

我好像一个"怪胎",成了众人注目的对象,议论的话题。

八十年代了,一个人生的探索者尚遭如此菲薄,可见二百年前贾宝玉敢于在贾府中藐视功名、超尘脱俗是何等不易。

我没有被这些非议淹没,因为这本身就很值得研究。它坚定了我探讨社会和人生的信念,同时我也坚信,茫茫的大千世界决不会觅不到知音。

就在这时,我遇见了她——我的小雪。

那是个偶然的机会,天也像今天这么闷热,中午,正是长日中最令人困倦的时候。我从一个现在已经是研究生的同学那里请教问题出来,匆匆在街上走着,脑神经还处于非常兴奋的状态,无意中眼前闪过些花花绿绿的东西,我停下脚,扭过头,原来是一个杂志车。

粗粗浏览了一下,还挺全。我捡了一本《新文学史料》,一本《人物》,伸手付钱,发现营业员低头坐在一个小凳子上,膝头放着一块长不盈尺、宽约七寸的木板,一只手稳着板子,另一只手握着笔像小鸡啄米似的在纸上挠持着。那紧紧并拢的双膝,那微微侧着的脑袋,那写字的动作,像一个认真的二年级女学生,我不由得笑出了声。

她蓦地仰起脸,挂在睫毛和嘴角上的纯真、恬美、神往的微笑还没来得及消退,我好像看到了一个刚从童话世界遨游归来的姑娘。她的长睫毛闪了一下,脸上出现了歉意的笑容,找了我钱,顺手理了理车上的杂志,又在那张小凳上坐下,把木板放上了膝头……

我有意绕个圈,从她身后走过,眼光在那小木板的纸上溜过……《大榕树下的梦》……她在写小说?或者童话?我不好过多停留。但是,走了几步又忍不住回过头,由于角度,只看到她鬓角那一缕挂着汗珠的秀发。不知为什么,我忽然觉得闷热退去了,心头好像有一泓春天的山泉经过,甘冽清润。

推开昨天的半扇门

后来我又从那里路过几次，但都没有看到她。本来嘛，那种流动的杂志车是不会固定在一个地方的。慢慢地，"二年级女学生"的形象在我脑子里淡漠了。

回城之后，我们和插队的小屯并没有中断联系。春节期间，房东大娘的儿子小根背着鱼干、冻狍子肉，万里迢迢来看望我们这些"插子"。

小根像答记者提问似的忙不迭地说呀、说呀，几乎把我们熟悉的人都说到了。我们的"怀乡"之情满足了，又尽兴地陪着小根玩了个痛快。

住了十来天，小根开始想他的羊、他的狗、他的风、他的雪了，于是我们又把他送上北去的列车。确切地说，是把小根塞上列车的。春节刚过，旅行的人真多，凭着我们抡过八年板斧的力气，"一二三！"刚把小根推进车门，火车已经喘着气，"哐当、哐当"地开动了。

站台上还站着一些没有上去车的旅客，他们肩背手提着行李物品喊着，跟着列车跑着。列车跑远了，他们也停下了，喘着气，擦着汗，嘴里不干不净地骂着。

"时代列车的落伍者。"我们几个笑着，庆幸自己的胜利。

走到地道口，我忽然发现一个姑娘孤单单地面对铁路站着，那神色既没有"落伍者"的愤怒，也没有候车人的焦急，一弯新月似的眼睛里满是沉思。哦，是她，"二年级女学生"！我认出她来了，辞别了"插子"们，我向她走去。

"你在这儿看什么呢？"

她扭过脸，那神色就像半年前一样。我心里一阵欣喜，好像裹着露珠、花香、草鲜的春风迎面扑来。她露出了惊诧的样子，又回头看了看身后和左右，在确定了我问的就是她之后，轻声说："看铁轨、列车。"

这幼稚的话令人奇怪:"没见过?"

"不,我家就在附近住,小时候就常在这里玩。"她说着笑了,看我一眼,"你是不是认错人了?"

"没,没有!"我急忙回答,"我一直在寻找你,没想到今天在这儿遇上……"我赶忙刹住车,因为她的眼睛因惊讶已经由月牙儿变成了满月。

"是,是这样……半年前,你还记得吧?当然,你可能记不得,可我记得清清楚楚。我在你的杂志车上买了两本杂志……"

"钱找错了?"

"不,不是……哪儿能呢?"

"有缺页?"

"不,也不是……我是想、想……想再买几本。嗯,买几本《半月谈》。"

她笑了,笑得弯下了腰,肩上的绿围巾也滑落下来。

"你这个人真有趣,买《半月谈》何必非找我?书店、零售亭,到处都有呀。嘻嘻嘻……"

我当时的样子一定很狼狈,竟是如此笨拙、迟钝,像是一个当场被捉住的贼,不得不如实坦白。

"说实话,你生活的信心振奋了我,我很想读读你写的小说……就是那篇《大榕树下的梦》……"

她又笑了,但笑得很矜持。她说:"看看这生活的路吧,它给人的启迪更深刻。"她的目光又投向站台下,那是六道笔直的铁轨。

我望望铁轨,又看看她。她侧过脸说:"如果不影响你的工作,咱们往前走走?"

我迈开脚,说:"不会影响的,我没有工作。"

她也迈起步子,问:"做临时工?"

"不,无业游民。"

推开昨天的半扇门

"靠父母生活，对吗？"她的语气和眼神明显地露出了轻蔑，并且从上到下把我打量了一番，"可惜了你这'大卫'式的体魄。"

我没有解释，怕这神仙似的姑娘也不能理解，说出些我早已听腻了的高明话，那就太令人失望了。

到了站台的终点，我随她停住了脚步。

"你有何感想？"她问。

眼前几十条铁轨闪着幽蓝色的光斑从远方奔驰而来，势如万马奔腾，形似百舸争流，像飞流而下的瀑布，又像一泻无阻的江河……我激动地说道："磅礴的气势，无声的感召，令人振奋不已！"

她沉默了一会儿，说："我觉得这很像人生的路，相互交错，繁集如网，有时候我看着看着就花了眼，弄不清来龙去脉，分不出相对应的轨道。这正像我的生活，有时候我很自信，感到自己是个强者，有时候又觉得渺茫，不知所措，就像处在这交叉路口。我想，列车错了轨道就会颠覆，或误入歧途，人生的列车何尝不是这样？我常来，寻找人生的启迪……"

我觉得那个天真、稚气的"二年级女学生"不见了，身边无疑是一个深沉的人生探求者。这引起我更想了解她的兴趣。我问："插过队？"

"嗯。走之前我特意在这儿站了一会儿，照了一张留影，作为我告别学生时代，走向社会的纪念。照得朝气蓬勃，气宇轩昂，我很满意，因为它很能体现我当时的心情。我对照片说：'扬起风帆前进吧，条条道路都通向理想！'和妈妈告别的时候，我没流一滴泪……但残酷的生活现实把我弄得目瞪口呆，湍急的生活之河把我呛得两眼发白，我的热情开始降温，慢慢冷却。

"当我第一次回家探亲的时候，我又来到这里，想排解一下心中的迷惘和痛苦。我不敢掏出口袋里的近照，那已经是一个满脸愁容、老气横秋的青年老妪。我看着这一条条轨道,问:'路呢?我的路呢?'我哭了,哭得伤心极了。候车的人都用同情的目光看着我,他们理解亲人间生离的痛苦,却想象不出一个青年无路可走的愁楚。

"探亲期满,临行之前我又踱到这里,看到人们在摇头、叹息。我一打听,原来有个小伙子卧轨自杀了。当时我的头顶'轰'的一声,好像被猛击了一棒,一阵强烈的眩晕之后,继而是超常的清醒,我问自己:'步他的后尘吗?'

"铁轨在灯光的照射下一闪一闪发着光,既看不到头,也望不见尾,人们铺设它要花费多少劳动啊!为的是让它托起希望的列车飞驰,架起理想的桥梁。

"我没有权力亵渎人们的劳动结晶,在坎坷和阻碍面前,我应该像火车头那样高鸣一声汽笛继续前进,因为极目望去,那两条并排的铁轨无限延伸,端点处连在一起,分明写着的是'人'字。……于是,我在旅行袋里装上了爸爸的帆布手套,妈妈缝的铁板硬的垫肩,还塞进了自修数理化丛书和那两张不同面貌的照片……我选定了一条路——劳动、学习、奋进。"

"你是生活的强者。"我真诚地说,"攀登过人生高山的人最能理解攀登所需要的勇气和付出的代价。"

她又笑了,像一轮喷薄的朝阳。她说:"我胡扯了半天,像对一个老朋友。因为我们是同代人,心应该是相通的。"

于是,我也谈了自己走过的路,包括"推门点长"、偷鸡、酗酒,只是瞒下了优先上调这一段。我不想让她感到我和她不是一个阶层里的人。

她说:"恩格斯说过,'有所作为是生活的最高境界',我也在追求'自我的价值'。本来父母都有工作,哥哥姐姐也全自力了,家里完全可以养活我这张嘴,但我还是说服了妈妈。她在书店工作,在她的帮助下,我领了执照,推起了杂志车。

"挣钱养活自己是生活的手段,有所作为才是生活的目的。你看到了,我在写,一边劳动一边写。有人嘲笑,有人怜惜,但理解者甚少。也许,这正是我对一个陌路人滔滔不绝的原因吧。"

"我同样,也是那种被视为惊世骇俗的异物。"

"我理解你的追求,但对你的做法却不敢苟同。你要了解社会,研究社会,当然观察是很重要的,但我认为只有投身于社会的漩涡之内去体察,才能察到真谛。就像我们站在这里观察挤车的旅客,我们也许会感叹一声:'啊,真挤。'但和那些肩扛手提、气喘吁吁、油汗满脸的挤车人相比,这种感叹就太肤浅了。对吗?"

我不置可否地点了点头。

"还是要投身到生活的急流中去,个人只有在整个人类的奋斗中,才能得到彻底的解放。'我'的价值是由'我'对他人和社会的贡献而定的。这就如同演员的'价值'往往在观众兴奋的掌声中反映出来;服务员的'价值'往往在服务对象由衷的感谢中反映出来……"

"讲得真好!"我真想一把握住她的手。但是我还是把手尴尬地缩了回去。

"你要是愿意,我可以把你介绍到港口码头去当临时工,我二哥在那儿工作。咱们这些'插子'在农村熟悉了农民,再到工人中去感受一下,也许又有新的收获。"

我高兴地接受了她的提议,就这样我们开始了交往。一年之后我才弄清,她原来就是在青年中颇有影响的女作者'一凡'。乖乖,谁能想象出,那些见解独到、入木三分的作品都是于买卖的间隙,在膝盖上的一方木板上出世的呢?

……

"嘻嘻。"小雪理好了地上的东西,把伞包放在墙角,笑着说,"我突然大彻大悟了,就是被当作扒手、逃窜犯抓起来也值!"

"什么?!"七勇从回忆里醒来,愣头愣脑地问。

"这个家提供了多么生动的素材,至少可以结构一个中篇小说了!"

"同样给我提供了可研究的东西。这个家!"

小雪拿起洗澡用具向洗澡间走去……

小雪——

家里出了这样的事,我不感到震惊,生活也像戏一样,意料之外的事常常在情理之中。刚来的时候我还惊讶过,姑嫂之间转让一条裙子还讨价还价,为了两块钱吵个不休。彼此之间那么冷漠和陌生,谁也不到谁的房间走动,还不如街坊。

我习惯了自己的家,星期天兄嫂姐妹和孩子们聚在一起,侄女爬上姑姑的肩头,外甥吊在舅舅的胳膊上打秋千,外婆系着围裙忙乎饭菜,外公给大家讲笑话。然后大人小孩挤在一个小方桌上,哪是吃饭,简直跟打仗差不多。一会儿这个孩子哭了,一会儿那个孩子闹着大小便,有时候刚夹起一筷子菜还没送到嘴里,就被旁边的胳膊碰掉了,于是大家大笑一场……

这里的饭厅挺宽敞,只是太冷清,只有爸爸一个人在那里吃饭。人们只知将军指挥千军万马,有花园小楼,有专车警卫,却不大想到将军也需要家庭的温暖,儿女的情爱。这是个面冷心热的老人,不高兴了拍着桌子骂,但儿女们都不怕他,包括七勇。

那天吃着饭,爸爸高兴了,说:"小雪,你真没眼力,怎么看上了这个野小子。"

七勇冲我挤了一下眼说:"我野?和爸爸小时候比,我可逊色多了。"

推开昨天的半扇门

"鬼小子!"爸爸笑骂了一声,接道,"别说,还真是。我七岁那年和一伙穷小子们上山砍柴,一个大孩子说:'听说爬到那个悬崖顶上能摘月亮,谁敢?'我把砍刀往腰里一别,说:'看我的!'我还真上去了,吓得伙伴们不敢往上看。结果月亮没摘到,倒是重重地挨了你爷爷三鞋底子。不过从那儿起,我便成了小伙伴心里的英雄。哈哈哈……"

上了年纪的人都喜欢回忆。为了使爸爸感到温暖,我们晚上有时间就到他老人家卧室里去。他像传说中的月亮公公一样,每回都要讲上一段他的经历。他的记忆力是惊人的,那些三四十年前的事他连细节都记得一清二楚。

七勇接二连三地打呵欠,爸爸有所觉察便骂起来。

七勇不服气,说爸爸就爱抖落陈谷子烂芝麻,于是又引起更大的争吵。从七勇到社会上的一些年轻人,尔后又广义到我们这一代,他伤感地说这是吃狼奶长大的一代,精神世界垮掉了的一代。

七勇野劲儿一上来,也憋着红脸嚷嚷:"有生命就有抱怨和不满,抱怨、不满的目的是冲破凝固和僵硬!有什么可怕!天空不总是一碧如洗,大海也不永远是湛蓝的,再美好的社会也有黑暗的角落。

"爸爸,什么时候您像在战场上宣布我们只剩下最后三个战士,最后一颗子弹那样,敢于承认我们确实落后了几十年,我们的国家依然一穷二白,那您才真正具有将军的襟怀!"

从感情和道理上我都是赞成七勇的,我们毕竟是一代人。但看到爸爸那由于伤心变得佝偻的背,颤抖的手,我的心里难受了。爸爸,我们懂,中华人民共和国的诞生浸透着您的青春和热血,您爱,难道我们不珍惜、不爱吗?

当我们面对着人民英雄纪念碑的大型浮雕时,我们满腔的血沸腾了,我们为英雄而骄傲;当我们在长城看到了那坍塌的砖石的时候，我们哭了，我们为祖国而痛切！爸爸，今日的浪潮是你们昨天的浪潮推动起来的。然而时间在每分每秒地改变着地球的面貌、世界的面貌、生活的面貌，您，爸爸，也该随着时间前进，推动起明日更高的浪潮。欢呼世界上一切新的曙光吧，您会感到"生命之树常绿"！

哦，爸爸，亲爱的爸爸，谅解我们的某些幼稚和莽撞吧，因为我们毕竟还很年轻，但请相信，我们的心是热的，血是红的，因为我们是您的儿女。

十一

月光下，池塘边。

"爸爸，您说这些更使我了解了七勇他们，他们是对的。昨天小雪还让我看了她为您整理的回忆录，我看，他们并不是完全不尊重您的经验的。"

"回忆录？是吗？这丫头……"

"爸爸，根据这些情况看，偷钱并不是目的。"

"嗯，他们想嫁祸于七勇和小雪，把他们挤出去。"

"最根本的目的还是为了您那笔钱，爸爸。"

将军——

我真是老昏了头。为什么还要留着这笔钱？让儿孙们在我死后继续躺在我的余荫下过寄生虫的日子吗？老伴啊，错了，咱们错了。罢官十年，补发的钱当初就该……你都看到了吗？家里发生的这一切。看来我只好违背你的意愿了。也许你在骂我："老东西，早该如此了！"是吧？你会这样骂，会支持我的，会的，一定会的。

推开昨天的半扇门

……

踢踏，踢踏，踢踏……
乔侨又走出了小楼。

笃，笃，笃……
六婕回来了。

嘟——
一辆乳白色的小"铃木"，箭一般地驶进。

"二勇也回来了？"
"是的，爸爸，都回来了。"
"大勇！"
"到！"
"把全家人都给我集合起来！"
"干什么，爸爸？"
"我要开个家庭会议！"
皓月穿过云霭，在幽蓝的夜空里沉浮，把这琉璃瓦屋顶的小楼和种着棉花的花园照得忽明忽暗，圆月的周围有一圈淡淡的白光，那是风圈。有一句谚语——月晕而风。看来，明天要起风了。
好个闷热的夏夜。

紫金文库

梵 音

一

梅狄站在自己的棺木前犹豫着：从右边下去？还是左边？

她瘦弱，但身体一向不错。上个月突然病倒，一日重似一日。儿子从省城匆匆赶来，急惶惶找人准备寿木。梅狄躺在床上，听着哧——嚓、哧——嚓的刨木头声，突然坐了起来。病一日轻似一日，一个星期后儿子放心地回省城了。第二天，梅狄幽灵一般失踪了。过了三七二十一天，她又幽灵般转了回来，像每天睡觉前一样仔细地洗漱、梳理了一番，走到了那乌漆的棺木前。

她舒展展躺进了棺木，像是一抬脚上了婚床。

一个无声的亮音从极远极远的地方传来，颤抖着落入她的灵魂。灵魂似欢愉、似叹息，伸出蓝幽幽的手臂，无声的亮音滑开了，飘向永恒。

——过去和未来的门在哪里？她张开嘴无声地问。

推开昨天的半扇门

老屋沉默。

红霞围着棺木转着圈子，哀哀戚戚发着酷似人类的呜咽。它在失望和哀怜中感到孤独、寒冷，便把火红的身子依偎在棺木上，用棒子般硬的尾巴使劲敲打棺板。嘭、嘭、嘭。

梅狄外出二十一天，一回到小镇，老远就看见红霞蹲在它平时常立的苦楝树下。它朝她扑过来，似一团流火蹿起。她常为这狗的毛色惊讶，火红，泛着金晕，耀目、辉煌。她蹲下，把红霞揽进怀里，突然，她发现那火红中杂出了白色。梅狄的心猛地一揪。

——红霞，你敲开的是地狱之门？还是天堂之扉？

梅狄微微闭着眼，白净的脸上布满了老年斑，闪闪烁烁星星般的活泼。

婚床也是木板的。

只是多了黄的帐幔，绿的绸被。她也这般静静地仰面而卧，微闭双眼，等待着那个时刻。那时她是漂亮的，现在长老年斑的地方闪着少女的潮红，皮肤光亮洁白，长发乌黑光亮，像一个天使。这是下生说的。她笑问：天使什么样？他说：照镜子去，那里有一个。

她在婚床上等着下生。

黄的帐幔，绿的绸被，她微闭着眼，听着自己血液里的音乐：飓风在呼啸，海潮在涨落，大地在震颤，天穹在龟裂，陀螺在旋转，花蕾在怒绽，宇宙间到处飘舞着玫瑰花瓣……梅狄三岁习琴，十五岁举办个人专场音乐会，从不曾听过、拉过如此磅礴、宏伟、炽热、瑰丽的乐章。这是爱诞生的伟大乐章。爱涂改了她十五岁那年为自己设计的人生轨迹，把献身音乐的初衷移向了这个不速的闯入者。

她曾经深信她的生命服从自己的特殊法则，按照非常规的节拍走动。她失败了。

那是个明媚的秋日,全城遭受大轰炸的第二天。梅狄背着她的小提琴在弹坑瓦砾中走着,美丽的古城满目凄凉。她到她的伴奏者、一位白俄老太太家里去安排晚上的音乐会。这是一场酬军演出,专场为空军将士们演奏。自从1937年8月14日"飞将军"对日本空军迎战以来连续打了许多漂亮仗,此次酬军演奏梅狄是第一次,她要准备周全。

梅狄低头走着,绕着弹坑,躲着危房,忽听头顶一阵狂啸的冲击波,身边的行人高喊着:"飞机!"惊慌狂奔,街面上一片混乱。

她转身飞快地躲进一个酒肆的长檐下,抬头望去,只见阳光下一架闪着红色圆点的日本飞机在前,一架闪着蓝色徽志的中国飞机在后,双机携雷裹电,拨雾穿云,这一个刚刚翻滚扑来,那一个立刻旋飞迎上。

常跑防空警报的梅狄,观空战还是头一回,她紧紧搂抱提琴,浑身热血奔涌,惊心动魄,激动不已,身子渐渐从屋檐下移到大街上。那双机忽而潇潇洒洒如蜂蝶恋花,忽而恶狠狠似龙争虎斗,看得梅狄忘记了一切,跟着飞机往前跑。

这时高高低低的楼顶、房檐、城墙上站满了观战的人群,他们不再躲警报,也不怕炸弹了,高呼狂喊,忘情地注视着这场精彩的空战。一阵惊呼,屋脊上一个小伙子把鞋子抛上天。那蓝徽机陷入困境,敌机紧紧地咬住了它的尾巴,不断地射击,红绿的弧光四处迸洒,蓝徽机的高度一点点下降,下降,一直朝城门冲去,霓彩一般的曳光弹在蓝徽机身后横飞爆响,它蛇形般躲避,翅膀眼看就要擦到城楼了!机声一阵阵长啸,那种撕裂人心的嘶鸣揪着这座古城的神经,一种人寰顷刻毁灭的紧张弥漫了天地间……梅狄一把捂住了脸。

推开昨天的半扇门

就在这生死的一瞬间,蓝徽机一抬机头,倒扣过来,在空中划了道漂亮的"∞"字形白烟,那红膏药的日机一下子闪在了前面,反成了靶子。不待敌机恢复平飞,只听——咯咯咯咯,咔咔咔咔,"轰"的一声,一束浩烈火花冲天而起,日本飞机变成了怒放的墨菊,镀着金边,朝城门外坠去。

欢呼、鼓掌、叫好、抛衣服、丢帽子,小城的民众如醉如狂。梅狄双眼紧盯着蓝徽机,只见它机头一翘,上了高空,朝那轮高悬在寒冷大地上的太阳飞去。万把金针刺进梅狄的眼里,一阵酸疼使她热泪盈眶,双目仍穷追不舍,直到它溶进太阳的血红里。梅狄在心里喊了一声——太阳神!

傍晚,音乐堂的大门外水泄不通,男男女女老老少少都以目睹飞将军之神采为荣。

数千年来,中国老百姓对"天"的玄妙百思不得其解。他们称"天"为"上天""上苍""太清"……天是高于一切的,神圣不可侵犯的,因此对于翱翔在长空的飞将军,则是怀着极大的敬意、崇尚、神秘。尤其在饱尝了敌机轰炸之苦以后,他们发现飞将军不仅能飞天,还能补天;不但捍卫上天的安宁,而且保佑下界的平安。这使空军被誉为"天外天",百姓们对空军崇敬的热度陡然又升高了十分。

人是极会表露自己情感的动物,中国人也不例外。不知从哪天起,街上出现了一些烫着"飞机头"的妇女。男人们不甘落后,紧步后尘,于是影院、剧场、舞厅、商店、街头,到处可见时髦男女高翘在额前的油光水滑的大"飞机头"。

印染花布旗袍刚刚兴起,已属时尚,倍受女士青睐,更有别出心裁者在上面印上了蓝天、白云、飞机的图案。男人们则一窝蜂地去抢羊皮夹克,那是飞将军常穿的物件。二十多元的皮夹克顿时身价倍增,卖到了五六十元。买不到皮衣的人,就去抢茶色大框的仿飞行眼镜过过瘾。真可谓"空军热"了。

梅狄是个不太会赶时髦的女子。她穿着一件丁香色的绸袍，背着她的提琴挤进人群，欲进音乐堂。只听得群众一阵唏嘘，紧接着是咔、咔、咔，整齐的脚步声——一列四人一排的队伍开了过来。一色雪白的军服，蓝肩章，金流苏，腰佩成仁剑，脚踏黑皮靴，大盖帽上的军徽闪射着威严庄重的寒光。各种生动姿态的男女"飞机头"敬畏地退让着，闪出一条宽宽的通道，向飞将军们行着至虔至诚的注目礼。静静的，只有咔、咔的皮靴行进声。

——就是他！他就是卞生！

随着一声高喊，咔咔的行进节奏混乱了。人群中冲出几个汉子，闯进队伍里，抬起一个中等个头的军人往上抛。欢呼声、叫喊声，顿时响成一片，雪白的军装散入百姓的杂色服装里一时全乱了阵法。当梅狄听明白被众人抬举着的那个人就是上午空战的英雄时，她那双小鹿似的亮眼睛霎时睁大了。

就在那一瞬间，梅狄知道她的前十九年画上了句号。

她在婚床上微闭着眼，任思绪在欢愉的秋千上悠荡。

她的太阳神走来啦。闭着眼她也能感受到他的照耀，他的咄咄逼人的光芒。他一定是太阳神，要不如何解释他那双眼睛？亮得让人无法和他对视。

她颇费心思琢磨的是他那两撇小胡子，慷慨悲歌地翘在线条柔和的嘴唇上，与那张年轻、清秀、略有几分儒雅的脸南辕北辙。

她问过他，他回之一笑，不做回答。那时候她就在他身上发现了一些谜。比如，正在散步，面前飞过一只鸟，一只蝴蝶，甚至蚊蝇，只要是带翅膀的，他都会顿足而立，那样子极像行注目礼。比如，那只荷绿色的钻戒，他从不离手，也从不谈它的来历。比如，他给母亲的信，用的是一家药房的地址，每封信都由药房转给他。

推开昨天的半扇门

信的内容除了报平安问福康，便是大谈药房的生意……

梅狄不胜疑惑，却自尊地不肯启口探问。

有一天他在写信，梅狄走近了他。他顿下笔，音调低而沉。

"小时候，母亲是第一个告诉我不要说谎的人。但我长大了，第一个欺骗的是母亲。那年学校挂上了太阳旗，英语改成了日语，我对母亲说我被南京一所医科学校录取，要去就读。族里长辈劝阻我，说父亲新丧，你为长子，怎忍心离开寡母、幼弟远行？

"那时我的弟弟才十一岁。母亲说，让他去吧，他父亲留了话，希望孩子从医，普救众人。弟弟喊着，哥哥，不要忘了给我寄南京的画片！母亲拉着弟弟送我上了火车，一直到车开她都努力地笑。

"到了南京我就报考了空军。与妈妈通信借用一位医科大学老乡的地址，每封信都假造一套学校生活的谎话，就跟卖假药行骗的生意经一样。

"后来母亲要我的照片，说她跟弟弟想我。这使我为难了，因为入伍便剃了光头，收了便衣，我不知这相片该怎么照了。苦想了几天，灵机一动，到学校游泳池照了一张赤身游泳的小照片给母亲。母亲竟然很高兴，回信说：从照片看你的身体强壮多了，肌肉很发达，我很高兴，看来还是南方气候对你有好处。还说，你戴着泳帽，看不出头发有多长了，你从小不愿理发，现在不知改了没有？我只有苦笑。为了不使母亲受刺激，这个谎就一直延续了下来。"

梅狄说，嘿嘿，你怎么想出拍个泳照？

"大概是父亲的遗传。"卞生说，"父亲是当过师长的军人，其实他最合适的职业也许是诗人，他非常富有幻想。他高兴的时候就看地图，他画的地图根本不是人类居住的地球，完全是理想的。但是有山有水有地物地貌，真像可能存在的地方一样。在那个地方有蓝黑两军在打仗，他说得十分详细，最后是黑军胜了，为什么胜的，都讲得极有理由而且生动。如果有时间的话，他还会讲黑军胜利后将如何在这个地方搞建设。有意思吧?"

梅狄觉得有意思的是她的太阳神。

一代天马行空的飞将军,竟然站在婚床前,为左边上床,还是右边上床费着踌躇。

她忍不住笑出声来。

卞生也笑了。她喜欢他的笑,像月光下大提琴的和弦,极有感染力。他不常笑,于是更加让人珍惜。

她在他怀里低声问,两个生命就这样结合了?

——是的。爱的成败是偶然而不是必然,是机会而不是人的努力。

梅狄思索着他的话,又问,你没有为我们的今天努力过吗?

——是我先认识你的,知道吗?你只知道你的独奏音乐会海报一贴,门票就被一抢而空。你不会知道有个傻瓜半夜起床守在售票窗口,那动力绝不是单单为了你的琴声。但是我即使天天半夜守在售票窗口,每场音乐会结束后都给你献花,你就会接受我的爱吗?你拥有那么多忠实、热情的听众,你的追慕者在你身后排着长长的队,你会把爱单单抛给我吗?

是的,没有那次空战,也许,就没有这婚床……

婚床拉响了情感的颤音,在无穷的韵律里陶醉。一阵急促的电话铃,卞生跃身而起,一听有任务,脸也不洗,披了飞行衣,提着袜子,光脚穿上皮靴,一声再见,走了。

梅狄被闪在婚床上。

序幕明明给结尾做了暗示,梅狄没能理解。

二

一个东西跌进棺木,落在梅狄的胸口上。

是梅狄的一只鞋。

推开昨天的半扇门

红霞的爪子划拉着棺木板，又投进一只。
——红霞，不用了，我的路已经走完了。
黑夜拖着疲乏的脚步在窗外走着，苦楝树沙沙地抖着黄叶。梅狄的内心落满了雪，已经进入了冬季。
时间在萎缩。
梅狄伸出无血色的手握住鞋。

那双男式的棉拖鞋真漂亮。咖啡色的面黑色绒边。卞生举着它，像举着一面旗帜。他让她伸出脚，他要亲自给她穿上。呵，好暖，好软。她挺着个大肚子摇摇摆摆走给卞生看。妊娠反应，脚肿得没一双鞋能穿，她一直趿拉着卞生的一双单布鞋。

家庭气氛许久没这么好了，她想问卞生这要花多少钱，终于没启口。

梅狄现在布衣布裤，大肚子上系一条印花围裙，几乎完全变成一个家庭主妇。只是眉宇之间，举手投足还无法抹去艺术家的特有气质。她告别了舞台，告别了江城，随卞生的飞行大队驻进雾都，租住一间泥屋。那把紫亮的提琴就挂在小屋的泥墙上，和泥屋组成了不谐和的两重奏。

梅狄笑嘻嘻地从泥屋跳进跳出，尖声地叫着笑着，给大模大样的老鼠让路。她怀着极大的好奇在屋外播下菜籽，当黄绿的小苗拱出地面，她惊喜地抱起提琴对着那一抹黄绿狂拉了一通《生命交响曲》。

卞生在家的时间越来越多了。空军成了名副其实的"空"军，已经没有飞机可飞了。他们跟着老百姓一块跑警报，一起挤防空洞，头抬不起来，脸上尽是羞和惭。

卞生终日沉默着，两撇胡子乱蓬蓬的，不再有慷慨悲歌。他性格中的另一极端强烈地表现出来，固执、独断、冷酷。警报一响，任凭梅狄如何劝、求、哭，都是无用。他把梅狄往防空洞里一送，自己仍回那间泥屋。

大轰炸的前夜，全城警报齐鸣，那天恰逢月食，偶然的巧合使迷信的百姓惊恐万状。他们绝望地挥动锣槌，狠命敲打铜锣，驱赶天狗。整个茫茫黑夜中，凄厉的救月鸣锣声，灭顶的日机轰炸声，楼房的倒塌声，悲惨的号叫呻吟声，混杂一片。

梅狄双目呆滞地挤在防空洞的人群里，心如火焚，小泥屋一次次在她眼前倒塌，卞生消瘦的身影一次次被炸弹的气浪掀上半空。她在恐怖的油锅里沉浮熬煎，在酷刑里挨着每分每秒。精神在崩溃、变异，极度的担心变成愤恨。

当警报解除，梅狄跌跌撞撞往家奔，一头撞在一个男人的怀里。看清了是来接她的卞生后，她扬起手臂，狠狠地朝卞生的脸上甩了一个耳光。

卞生愣了愣，沉默着，挽起梅狄的手臂，慢慢绕过遍地的尸体，绕过原始文明的铜锣碎片，绕过现代文明的炸弹碎片，慢慢走着。

梅狄依偎着卞生，抽抽咽咽，嘤嘤地哭出声来。她后悔了，她应该理解她的卞生。他宁肯在泥屋里挨炸也不愿去跟老百姓争防空洞那方寸安全之地。这不正是她的卞生吗？

她依偎着他，希望他说句什么。他向她传导着自己的体温，其余的只有沉默了。于国不能报效，于家不能尽责，卞生的脸终日跟泥屋一样阴暗、潮湿，蒙着绿灰灰的一层菌。

梅狄挺着大肚子，拖着毛茸茸的男式大拖鞋，像个袋鼠似的跟着丈夫在小泥屋里转。卞生堵老鼠洞，卞生修断了的床腿，绷着嘴忙进忙出，都是自己制造的忙。梅狄故意表现出极大的兴趣，仿佛那是天经地义不可不干的重大事情。

梅狄肚子大得行动坐卧都很困难，家里却连个吃饭的桌凳也没

推开昨天的半扇门

有。卞生一元钱买了十几个飞机零件包装箱,拼拼凑凑组合成高矮适中的小方桌,还弄成两张小凳。梅狄带着几分夸张地拍着手,大叫卞生能干。

卞生一脚踹碎了拼凑了半天的桌凳,吼叫了一声:"我应该在天上!天上!"

捂住脸,他蹲在地上,双肩抽动着。

梅狄从不知道男人的哭声是那么令人心碎、心寒。

日子越来越艰难。一斤菠菜要二十元,肉和蛋,贵得不敢问津。值点儿钱的衣物全拿出去卖了,当了。卞生无名指上的荷绿色钻戒也早从他那细长的手指上消失了。

梅狄收起了镜子,不敢再看,黄黄的脸上只剩下两只大眼睛,轱辘轱辘转着。

一天卞生回家来,用手绢捧回来三个荷包蛋。

不可能是他们食堂的,梅狄听说他们食堂早不见腥荤禽蛋了。

如果是三只生鸡蛋也就罢了,这用手绢包着的已经成了荷包蛋的鸡蛋实在令梅狄纳闷。但是她不问。凡是卞生不主动谈的,她都不问,这已经成了她的习惯。

卞生用水热了荷包蛋,默默地看着梅狄一口口把它吃下去。

晚上,大队长的夫人来了。一手提着个包裹,里面是她小孩婴儿时的小衣服、小被褥,另一手拎着十个鸡蛋。

梅狄谢过队长夫人,笑道,今天交鸡蛋运了,下午刚吃进去三个荷包蛋,现在队长又派您送来十个。

队长夫人端庄贤淑,为人厚道。她说:"我这次来你不要告诉卞生。"

梅狄说:"为什么?"

队长夫人沉吟了一下,说:"男人们都有自尊,别再让卞生脸上挂不住。"

梅狄一脸狐疑地望着队长夫人。

队长夫人轻轻叹了口气,说:"今天卞生跟大队长一起去看望老教官。师母待他们一向很亲,一杯白开水过意不去,倒腾了半天,从厨房给他俩端出两碗荷包蛋。大队长几口三只荷包蛋便下肚了,卞生一口一口呷着汤,就是不动荷包蛋。师母生气了,说:'卞生啊,你要是跟我生分,就别再进这个家门。'卞生低了头,红着脸,说:'如果你们不笑话,就让我把这鸡蛋带走吧。梅狄快生了……'"

梅狄把脸移向灯影里。

队长夫人握住梅狄的手,说嫁了这样的好男人,不枉做一世女人。

送走了贤德的夫人,梅狄转过身来,发现小泥屋辉煌得像一座宫殿。她富有得像一个女皇,摘下久违的小提琴,抹去厚厚的灰尘,一曲《梦里情人》拉得她涕泪交融,魂灵呜咽。

卞生的爱不是那种直射的光线,它像叶隙里撒落的烁烁光斑,像云缝里蓦然炸出了光弧金闪,给人无限震撼,无限遐想,无限神秘,使情感上升到光明的巅峰。

梅狄想,假如她的生命就在那个瞬间结束,那她的生命色是属于那种亮亮的橙色。

她没有那么幸运。

难产虽然赐给她一丝希望,但终于没成全她。

不知卞生尝到了多少做父亲的喜悦,接她们母子出院那天梅狄在卞生嘴角发现两道不深的皱纹。那个地方的皱纹应该在中年才出现。

更使梅狄恐慌的是,他有时很晚才回家,打着酒嗝,衣袋里还有面值不算小的票子。

梅狄浑身哆嗦着，问："这钱是哪儿来的？！"

卞生躺倒便睡。

梅狄一把掀起他，瞪着惊鹿状的圆眼说，你下赌场啦？！

卞生酣然不醒。

女人月子里是不能流泪的。队长夫人劝梅狄，大队长劝梅狄。

大队长说："卞生那是苦闷。我也苦闷。国土漫大水一样一寸寸沦丧，看不到一点转机。政府腐败无能，高级军官争权夺利，互相倾轧，下级军官愤愤不平，纪律松懈，私自利用飞机倒腾买卖做生意。我能批评吗？上面的吃肉，下面的喝点汤，算什么错误？况且捎带着做些小买卖和那些大宗大宗的走私、贩毒案相比，又算得了什么？"

队长夫人给丈夫点着一支烟。大队长叹了口气接着说："咱们不敢想啊，有一架运输机走私，把金子铸成头盔，外面喷了漆。手枪、子弹，都是金子浇铸的。运的鸦片装在鞋盒子里，一次就是几百上千盒。嘿嘿，厉害吧？还有更厉害的，前些天"美龄号"专机言称有毛病，到香港翻修，飞去，飞回，去时装的什么？回来带的什么？有谁敢去查问？！飞机一落进机场，小车呜呜地直开到飞机底下，哪个敢放个屁？！"

大队长摇着头闭上眼，一脸绝望，沉默了半晌，才又启开口："卞生因为太明白，太清醒也就更痛苦。这世上的事不能看得太透，太透了就糊涂。梅狄你不要伤心，卞生他自己慢慢会从糊涂里钻出来。他这个人，糊涂是他，聪明也是他。"

大队长像个巫师，做了糊涂是他，聪明也是他的预言。

梅狄当时就一震，说不出是宽慰还是更沉重。远远的，远远的，一种无声的亮音飘过来，回旋在她的头顶。她用灵魂在感知它，听到的是辉煌、幽暗、短暂、悠长、圣洁、卑鄙、欢愉、悲凉……她随着它的感召朝一个遥远的终极走去，绕来绕去总是回到同一个地方。她在梦里寻找这种无声的亮音,梦牵着她的手走入荒凉大漠,一个人面狮身的大兽卧在无垠的平沙之上,谜一样的目光注视着荒凉的、没有尽头的远方。

人面狮身的斯芬克司没有吃掉卞生。一天,卞生兴奋地回到小泥屋,告诉梅狄他要到印度去接飞机,几十架崭新的美式 P-51,他们大队的飞将们全部去。小泥屋里阳光驱散了酒味儿,卞生的小胡子又开始慷慨悲歌,绿灰灰的晦色一扫而尽。

梅狄抱着儿子,脸上闪着少妇的妩媚,依在小泥屋的门框上,为卞生送行。

飞行员的夫人,是跟丈夫告别最多的女人。生与死的距离,对于升空作战者是分秒之短的。在他们一离开人类赖以生存的大地之后,一只脚已经迈向了天国之门。梅狄对卞生挥着手,奇怪心里竟如此踏实。明明是出远门,远得出了国界,又是去接飞机,一路经过炮火纷飞的中印缅战区,时间要一个月,也许更长。卞生给她做了足够烧两个月的煤饼,炉膛又翻修了一遍,两口缸,一缸装满了米,一缸挑满了水。梅狄说你别忙了,水井不远,我自己行。卞生仍把缸挑满了,把儿子的尿布也一片一片地洗了,用铁丝编了个网,罩在炉子上,说天不好的时候,烤尿布用。

卞生转了个弯,身影消失了。

梅狄依旧倚在门框上。

雨从那天就开始下,大街小巷泥泞不堪,高楼低屋青苔污秽四处弥漫。本来就懒懒散散的这座城,缠裹在稠嘟嘟的雨雾里,更懒于梳妆,疏于打扮。

两个月就这么湿淋淋地过去了,儿子已经会笑了。

灰蒙蒙的天空响起了轰鸣的马达声,百姓们本能地朝防空洞跑。没有防空的警报,没有呼啸的炸弹,抬起惊恐的目光,才发现是自己的飞机，足足几十架蓝徽标记的 P-51。

梅狄扫净了小泥屋的灰网，烧了水，洗了头，洗了澡，乌发间斜插了一朵淡黄的蜡梅。

白天卞生没有回来。

晚上卞生也没有回来。

第三天屋门响了，梅狄醉汉似的趔趄着脚步拉开门闩。

门外站着大队长。

梅狄的目光越过大队长的肩头，没有卞生，几只母鸡在泥泞里追逐。

梅狄的脸上一下子褪尽了颜色。

大队长的腮帮子上鼓起一棱一棱的肌肉，牙咬碎了，吐出几个字：梅狄你自己多保重，把儿子抚养成人……

脚下的地忽地裂开一道深壑，梅狄栽进了黑暗。

没有人再给她提起卞生。没有人给她讲事情的经过。飞行员和他们的夫人们送给她一道道怜惜的目光，小心翼翼地回避着她。

梅狄生命里的光明熄灭了，为丈夫穿上了丧服。

飞行大队接到命令参加柳州会战，几十架飞机银翼闪闪，振翅待飞。这时停机坪上出现了一身黑衣的梅狄。她怀里抱着紫亮的提琴，对着丈夫的长官和同僚深鞠了一躬。

"卞生不能随你们同去了，我来为你们送行……"

一语未尽，泪横满面，柔弱纤细的身躯托起提琴，像负起一座大山，一串颤音像呜咽的山泉从那大山中涓涓流出……

这群飞行壮士里有不少以前是梅狄忠实的听众，热烈的崇拜者。他们称她是音乐女神，有旋律的月亮。她在众多的倾慕者中选中了卞生，曾使整个大队的哥儿们感到荣幸。

他们以极大的热忱关切着他们的爱情，表现出少有的殷勤，只要听清是梅狄的电话，跑遍机场的角角落落也要把卞生找到。逢到他们约会，打着各种掩护把卞生送出营房，不让梅狄着急失望……

现在，他们目光复杂，粗大的喉结微微颤抖，凝视着这个黑衣女人。

当天晚上，一声凄厉的警报像鞭子把人们从梦中抽醒。绞刑架似的竖在全城制高点的柱子上，升起了一个巨大的灯笼。紧接着，又升起一个。当灯笼迅速落下，示意立即进防空洞的紧急信号划过之后，全城人已经塞满了防空洞。

敌机出动了轰炸以来的最大数目，四十五架的大编队遮天蔽日，压向山城。

防空洞像个大酱缸，挤得分不出个来。

没有人吵架，没有人大声说话，洞顶被炸得轰轰作响。飞机、炸弹的呼啸从洞口游蛇似的钻进来，在幽幽的洞内乱窜。

儿子在梅狄怀里不知忧愁地睡了，小嘴角不时地翘起，做着微笑状。梅狄木然地挤坐在人群里，她注意到洞内大多是女人和孩子。不知有多少是新丧，多少是寡居，她们低吟般地说着一句两句，语音杂乱含混，有吴语、川语、粤语，软语硬语杂交后的一种犹如猿啼的新语。

战火创造了惊世的民族大迁徙，天南地北的人告别了祖宅、祖坟、熟乡热土，关上窗、锁上门，向内地流亡。她看着这座山城在几个月里从纤细的少女一下子变成了体态臃肿的妇人。她看不出这座山城的出路何在，看不出她跟孩子的去处何在。卞生的一帧小照装在她贴身的衣袋里，她已经无法把疲惫痛苦的身子靠向他，在她最需要他的时候他从她身边消逝了。

她长长地喘了口气，像患了哮喘似的憋得难受。

爆炸声像除夕的爆竹，稀一阵，紧一阵。

闷罐似的防空洞里空气越来越稀薄，孩子被噎的哭声，短而闷。大人们眼里透着恐慌，伸长脖子，张大嘴，呼吸渐渐急促。

推开昨天的半扇门

一个老汉擦着了火柴,那黄黄的火苗由于缺氧,只燃得豆大一点儿,便噗地灭了。人们已经听到了死神的脚步,绝望地盯着洞顶,那青灰的岩石仍在爆炸的声浪中颤抖。

一个女人瘆人的尖叫声传进梅狄耳内,那么熟悉?

梅狄循声望去,竟是队长夫人。离得这么近,她没有发现她,队长夫人也没有招呼她,是没有看见吗?梅狄霍地站了起来,不顾一切朝那边迈去。

这时队长夫人像个疯了一般的母狮,头发一根根竖起来,变了调儿的噪音连连哭喊着她女儿的名字,两条腿已经软得站不起来,连跪带爬地向洞口冲去。人们惊惧地望着她,本能地为她闪着路。梅狄抱着孩子紧追其后。

洞口厚厚的铁门上挂着大大的铜锁,警方管治人员荷枪站在旁边。

——女儿!我的女儿憋死啦!行行好开个门吧!……队长夫人扑跪在管治人员的脚下。

队长夫人的呼喊使洞内一阵骚动,人头像浪头涌向洞门。飞机炸弹已经不那么可怕,反正是死,炸死更痛快些。

没有解除警报的命令,谁也没权力开那把大锁。警方人员朝洞顶放了一枪,表示他们的无可奈何与职责。

队长夫人绝望地号叫了一声,抱着女儿朝铁门撞去。

梅狄一把抓住她的衣服,死死不放。

队长夫人回过头,直直的目光在梅狄脸上扫了一下,又一下,刀锋一般又利又寒。

梅狄愣了愣,以为她急疯了,认不出人,使喊道——我是梅狄!

像火上浇油,她伸出痉挛的手,一把抓住梅狄的头发,愤无人声地喊道:

——梅狄，你这个汉奸婆！还我女儿！……还我女儿啊，你这个汉奸婆！

洞里那些站在死亡边缘上，面呈青紫色的生灵们把绝望的目光齐刷刷射向梅狄。

一声巨大的轰鸣，山被震动了。洞里的人像骑在马背上，颠了几颠，又被甩回原地。

梅狄什么也没感觉到，她的意识里一片空白。

一只大手响亮地抽在她的脸上，乌紫的半边脸上出现惨白的五个指印。

接着是痰、石块、泥沙……

梅狄像个稻草扎的靶子，只有那双紧搂着孩子的手还显示着这是一个生命。

即将成为鬼魂的人们找到了罪恶的代表，火山似的仇恨喷向这个呆滞的女人。队长夫人身子晃了一下，昏倒在地。

唾沫、沙石一下子犹豫了。

梅狄被狠狠一推，靠在墙角，四五个警方人员挡在她面前，像一堵墙……

梅狄枯枝败叶般的身躯在棺木里发着死亡前的寒战。老年斑像冻结的斑竹泪，点点滴滴锈满了苍老的脸。

汉奸婆。

汉奸婆。

她的腰佝偻了，胸脯扁平了，月经枯竭了，皮肤皱皱巴巴地松弛了。

那年她二十四岁。

她像个麻风病患者，远远地离开了人群，抱着儿子，在这个偏远的小镇落下了脚。

儿子不知道父亲是何物，在母亲教他的语言里没有这个词汇。

梅狄不愿把耻辱和痛苦像遗产一样留给孩子，让他再戴着这副枷锁在人生的路上走得更远。

她又一次失败了。她去屋后抱柴草，撞见了拱在柴垛里的儿子。他撅着圆圆的小屁股，闭着眼，一声又一声地重复着同一个发音。

——爸爸。

——爸爸。

——爸爸。

周身的血涌上大脑，梅狄抽出一根柴棒，狠狠地朝那小屁股抽去。

儿子跪在她面前，说别的小孩都叫得很好听，他稀罕，叫着玩玩，以后再不敢了。

她抱着孩子从日当午哭到月黄昏。

三

岁月就这样过去了。

她走过的路坑坑洼洼伸展在棺木的后面，冰霜雨雪像幽幽的鬼火，忽明忽暗。人生之旅就要到达终极，梅狄没有恐惧。恐惧和任何情感一样，是对生的眷恋。

生与死是生命的两个门，人们在这两个门之间川流不息，经历着灵魂的春夏秋冬，犹如江河流入大海，门在身后轻轻关上。

梅狄吃惊的是她听到刨子为棺木忙碌的时候，意识的门咔地裂开了一道缝，生抢在死的前面，要求着自己的庄严。视线猛然抖落厚厚的尘埃污垢，固执地盯在生的困惑上，不肯收回。

死了，死了，死亡将至却了而不能。

生命的水分本来已经抽去，成了沙漠，奇迹之水又湿润了生命。梅狄恢复了知觉、视觉，看清了儿子的脸，看清了窗外即将打好的棺木，看清了院子里那棵伴随了她几十年的苦楝树，看清了缠在苦楝树上的红豆藤。

刹那间，她忽地意会了一种熟睹了几十年的现象，相思的红豆竟然缠着苦楝而生！

儿子返回省城之后，梅狄在小木匣里翻出一个发黄的信封。梅狄至今不解，寄信者怎么知晓她落脚在这个偏远的小镇？

怀着希望和无望，梅狄跨越千里，走进小巷，敲响了一扇灰色的大门。

开门的是一个陌生的女人。她说病人情绪不好，不便会客。

——我不多打扰，一会儿就走。梅狄的手死死抓住大门，唯恐对她关上。

她随那女人走进屋去。刚一开口，床上的病人瞪大眼睛望着天花板。

——梅狄？是你吗？

——是我。……梅狄的声音嘶哑了。她走到床边，俯下身，看到一个干枯的老者，他的两个瞳孔上开着两朵白白的花。

——梅狄，你也老了吗？我看不见了……

梅狄伸出手，放在他那青筋裸露的大手上，一滴老泪从那死鱼一样的眼里滚出。那个陌生女人怔怔地凝视着梅狄。

梅狄的目光朝墙上扫去，寻找一张端庄贤淑的妇人照。

没有。

梅狄看到的是炸弹似的氧气瓶，是大大小小的药瓶药罐。

那女人给梅狄示意地指指椅子，自己在床边上坐了下来。

推开昨天的半扇门

梅狄心上横了一堵墙。

大队长喘息着，要坐起来。

那女人叹了口气，把两只枕头垫在他的背后。

梅狄有些后悔了，她也许真不该进来，使这个平静的灵魂发生骚动。

——孩子，孩子怎么样？

——他很好，出息得不错。梅狄说。

大队长又是一阵喘息，吸了几分钟氧，语调渐渐平和了。

——梅狄，我料定你会来的。

梅狄想起什么，迟疑了一下。

——大队长，您说过聪明是他，糊涂也是他，您料到他会走那条路吗？

大队长凄然地摇着头。

——卞生是个谜，我至今解不透。

——你们不该瞒着我。……只有夫人说了实话。

——女儿死后，不久她就疯了。她伤害了你，很后悔，死的时候还在打自己的嘴……

——我一向敬重夫人，至今如旧，大队长你不要……

那女人站起来，胖胖的身子闪出屋门。

梅狄有些尴尬。

——这位是新夫人吗？大队长您不介绍，我也不便冒昧称呼。

大队长像没有听见，大大地瞪着没有用的眼睛。

——卞生是个谜，难解的谜。不知他现在……

梅狄沉默。

——再没见过面吗？

——嗯。

——你活得不容易，梅狄。

梅狄又是一阵沉默。

——卞生使我想了许多。眼瞎之后我泡在黑暗里，琢磨着人性里的善与恶。善想把人抬上天去，恶却把人拉入地下。人有时天上，有时地下，如果这样去分析卞生呢？

梅狄石头一样，似乎没有知觉。

大队长叹了口气。

——在印度，掌握飞机性能最好的，第一个放单飞的，就是卞生。他从美国人那里学来每一个动作，又使这些动作超过美国人。美国飞行员落地最后一个转弯需要五十秒，卞生只需四十五秒。后来美国人也赶上来了。卞生说，我看这飞机性能还能发挥到三十五秒甚至三十秒。他果然做到了。骄傲的美国人、英国人，都对他竖大拇指……

那女人端着水杯走进来，又拿起药瓶，走到床边。

大队长挥挥手，因为谈话被打断一脸不耐烦。

杯子从那女人的手里重重地落在桌子上。

——大队长，您休息一会儿吧。梅狄惶恐地说。

大队长仍像没有听见，接着前面的话题。

——那天卞生是跟大队一块驾着新飞机回国的。第二天一早我突然接到一个命令，要速送卞生到军事法庭。罪名是参与走私，倒卖黄金外汇，触犯军纪刑法……我都晕了，实在无法相信。这时种种传闻已经四起，据说卞生做了黄金贩子的中间人，他从一个商人那里拿了巨款，在一个外国军事代表团成员手里换成纸条。到印度后，凭着这个写着密码的纸条到指定银行提取外汇，又用外汇买到黄金……据说都是十个盎司的金块，这种东西我在印度见过，下面一个金坨坨，上面一个金狮子，光芒四射，漂亮极了。卞生把黄金裹在绿绸布里，在飞机落地时扔进机场的草丛里，躲过了检查飞机这一关。当天夜里，他潜入机场，取回了黄金。

推开昨天的半扇门

大队长喘着不均匀的粗气。

那女人急忙把氧气管插入他的鼻孔。

氧气管一拔出,大队长像抢时间似的接着说。

——这些传说既生动又神秘,我分析其中必定有诈,不是讹传就是诬陷……我匆匆去找卞生,这时已不见他的踪影。我急忙打电话给机场,警卫兵报告,卞上尉讲出任务,已经在十五分钟前驾机起飞了。

红晕冲上大队长苍老的脸。

——我一听大喊一声糟糕,忙向上汇报。当时我意识到卞生是驾机逃跑了,凡是和这种贩金、贩毒的脏事弄到一起,无论真假都是很难洗干净的。卞生又是那么明白的人,上面乱七八糟的情况他也知道,就是桩冤案也难再见天日。……但我再怎么也想不到他会逃到"汪伪"那里,做了汉奸!……

那女人将一缕蔑视甩在梅狄脸上。

耳光、拳头、唾沫、沙石横头竖脑地朝梅狄飞来。

她打了一个寒战。

那女人在看墙上的石英钟,动作非常夸张。

梅狄扶着椅子的靠背,艰难地站了起来。

——梅狄,看来这只能用人性中的恶来解释。……

大队长还在说着,两个女人眉目间的表情他全然不知晓。

——大队长,你能给一个了解他后来情况的地址吗?梅狄说。

——可以,我有一个同乡叫龚龙飞,他在"汪伪"空军干过事,也许了解卞生的情况。

大队长摸索着,歪歪斜斜写下了一个名字,一行地址。

梅狄握住大队长的手,紧紧地握着。

——怎么?你想走?那不行!

大队长那鹰爪一般的手抓紧梅狄。

梅狄哽咽着。

——大队长，放我走吧。我的时间也不多了。

大队长的手松开了。

梅狄手背上留下了一道带血的指甲印。

隐隐的，梅狄现在还能感到那个终极，只不过感觉罢了，血痕凝成痂，干痂也早就掉了，疼感是灵魂上发出的，灵魂上的伤口是永远结不了痂的。

凡是生命大概都有灵魂吧，环绕在棺木左右前后骚动不安的红霞让梅狄于心不忍，她对这个生灵的灵魂伤害太大了。出门那天，红霞紧紧跟随着她，不时窜到她的前面扑她腿，挡她的路，梅狄不得不一次次地蹲下，抚着它火红的、焕发着辉煌色彩的长毛，安抚着，说红霞你回去吧，回去看看咱们的家。

挂家门大锁的时候梅狄想过，也许开这锁的不再是她。但心里没有半点犹豫，咔地就按下了大锁。

四

走出灰色大门之后，梅狄没有做任何考虑就直奔江边码头。

两天一夜的轮船，梅狄来到南京。

熟悉的飞檐古建筑，催人泪下的乡音，梦中反复出现的绿桐宽街……不尽的往事似滔滔江水，在梅狄一踏上古城便滚滚而来。

不用问路，无须指点，梅狄来到她要找的地方。

——电话在窗口，外面打。

梅狄一走进门，屋里就响起一个洪亮的声音。

原来这里设着传呼电话。

——我不打电话。找人。

推开昨天的半扇门

透过窗口,梅狄看见屋里坐着一个油渍渍的老头,红光满面,正在喝酒。

——找谁?

——龚龙飞。

老头又抿了一口酒,说:"进来吧。"

——您就是龚老先生?

——鄙姓龚。坐。

梅狄左右看了看,屋里乱七八糟,根本没有可坐的地方。

龚龙飞用手抓起一只猪蹄子啃着,注意力全在那上面。

梅狄拉过一只破木箱,坐下,不再言语,等着那只猪蹄子由大变小,最后剩下一根白白的骨头。

龚龙飞把油亮亮的手在裤子上抹了两把,端起酒杯。

——你来了解哪一段?从1940年3月30日汪精卫在南京成立伪国民政府,到1945年8月15日日本人宣布投降,伪政府也寿终正寝;从伪中央第一次国大通过成立航空署,汪精卫任命他的小舅子陈昌祖为署长,到1943年航空署缩编为空军司,最后1945年9月国民党空军第一路先遣军司令接收了全部伪空军。任选、任挑,一小时8块钱。

梅狄被他弄愣了。

——怎么,嫌价码高吗?

他喝了口酒,

——实话说吧,我是瞅在你这把年纪的面子上,开了个优惠价,别人来都是这个数。

他伸出拇指和小指,比画了一个六字,而后翻了两番。

梅狄吃惊地睁大眼。

——你是说要收费?

——不错。

梅狄眯起眼睛,聚着光,像打量怪物。

龚龙飞不紧不慢地抿着酒。

——嫌贵可以走人,我没请你来。

——不。我有钱。

梅狄把一沓十元的票子放在地上,冷冷地说。

——我只收我的唾沫费。你别误会,提供的全是真材实料。

——那好。就请你谈谈卞生这个人的事情。

——卞生?!

龚龙飞包在肿眼袋里的眼睛一阵眨巴。

——知道他吧?

——当然。我们是朋友。

梅狄缓缓地掏出烟盒。

龚龙飞放下酒杯,老朋友似的一伸手。

梅狄递过去一支,然后自己点上。

龚龙飞吐了口烟。

——他妈的年初一来了个人说找我了解"汪伪"空军内幕,谈了两个小时,回去就搞了个八集电视剧,捞了一大笔钱。你了解卞生的情况干什么?编电视?还是写文章?

浓浓的烟雾包围着梅狄。

——不为什么。闲着没事,不知怎么想起他。我不是想捞钱,没那本事,就是想听人说说他的事。

龚龙飞把目光对着她上下打量了一阵。

这是梅狄进屋后他第一回认真地看她。

——这么说你是卞生的亲属?

梅狄狄看了他一眼,没说什么。

龚龙飞挪动了一下破藤椅,年迈的藤椅嘎吱地呻吟一声。

——冒昧地再问一句,你是不是卞生的夫人?

推开昨天的半扇门

——曾经是。

——明白了。

龚龙飞双眉一抖，破藤椅一阵吱呀乱叫。他站起来，步履稳健，腰背笔直。不一会儿，一个破嘴的茶壶带着一身污垢端在梅狄面前。

——不要看壶，只管喝茶，一级碧螺春。

梅狄道了谢，接过来。

——你变化真大。

龚龙飞对着梅狄又是一阵打量，然后卧进破藤椅里。

——那时候听你一场音乐会真不容易。

梅狄又在摸烟。

龚龙飞抢先拿出，递了过去，

——刚才胡诌，我跟卞生谈不上是朋友。他大概没有朋友。这个人不太让人喜欢，落落寡合，不苟言笑，因为他在空军的名气，加上不少人曾是你的听众，才使得他引人注目。

这时一个妇女走到窗口，拿起电话听筒哗哗地拔着号盘，连说带笑地嚷了一通，丢下五分钢镚儿走了。

龚龙飞自嘲地笑了声。

——像不像施舍？我不在乎。荣誉、脸面、尊严，什么他妈的我全看穿了，都是人用来杀自己的玩意儿。我不上这个当，嘿嘿。我没有昨天，也不想明天，我的王国就是今天。从前有人不让我安宁，左一个交代，右一个审查。现在又来了，问这个，问那个，好像发现了一个珍稀动物，一个能发财的矿源，不顾你的疼痛，一张一张从你脸上撕着票子。我他妈的也想通了，靠山吃山，我顶着汉奸帽子这座山，就吃它了。人一辈子就像这杯酒，有的时候，大口狂饮，等喝光了，就这样。

他拿起手边的空杯子，朝墙上摔去。

"哗啦"一声,碎片飞溅,落了一地。

——哈哈哈哈!

龚龙飞一阵狂笑,脸上的肌肉病态地抽搐着。

他又灌下一杯酒,脸上洋溢着沉醉的光辉。

——卞生是个心计周到的人,他外方内圆识时务。他凭借打日本飞机获得"驱逐天王"的桂冠,一转身又在"日伪"这里捞到了实惠。

龚龙飞看了梅狄一眼。

梅狄眼睛直勾勾地也看着他。

他感慨地点着头,抿着酒。

——他的飞机在武汉一落地,伪湖北省主席便亲临机场,为他接风。据说是国宴规格,外赏20个金条子。嘿嘿,像我们这种人混了这么久还在飞行队,他一进来就上了专机组。他自然不把别人放在眼里,清高孤傲,翘着两撇小胡子,天马行空,独往独来。我们私下曾经议论,他为什么不把妻子接出来。请你不要介意,既然你四十几年后跑到我这里盘夫问夫,我理应毫不隐瞒,才对得起你。

——不错。你接着说。

——你不介意,我就敞开了说。后来一留心,发现他晚上、假日常常外出。西装革履,头发油亮,本来他的底板就好,一经收拾,真是风度翩翩,潇洒飘逸。经常来找他的女人只见过一个,在咖啡馆我还见过一两个。当然这算不上什么,男人嘛,个个像猫,没有不吃腥的。这也怪你,为什么不来找他?有一回执行任务,我和他下榻在同一个旅社,晚上我见他躺在床上看书,便没去打扰他。后来发现几十分钟他没有翻动一页纸,这看的什么?我借故靠近他的床边,发现那书里夹着一张你的照片。

——我跟他真正接触不多。他来的时候航空署已经缩编成空军司,头头一年里换了四五个,有的任职不到一个月便下台了,有的刚来就被轰走。时局不稳,人心惶惶,私下里都在自谋生路。我1945年初就脱离航空界,到上海做生意,空军的情况就一概不知了。

——真正了解卞生的,恐怕没有什么人,一个叫黄云轩的似乎和他交往稍密一些。前些时他有信给我,核实一个情况。你要有兴趣,就去找他。不过,我要是你,就不再奔波,过去的事,不论荣还是辱,恨还是爱,都是垃圾了,翻它做什么!就像吃进去的食物,香的也好,臭的也罢,最后都是屎。你年岁也不轻了,别给自己添不痛快啦。

梅狄双手按着膝盖,浑身关节一阵乱响,站了起来。

龚龙飞眼睛又是一阵眨巴,望着这个当年曾经那么辉煌的老女人。

——谢谢你了

——回家去?

——不,我去翻垃圾。

龚龙飞愣了片刻,抬起屁股,从下面摸出一个信封。

梅狄看到被他坐在屁股下面当垫子的那一堆里,花花绿绿,有书有信也有精美的贺卡。

龚龙飞弯下腰,捡起地上的一沓钱,连同手里的信封一齐递了过去。

梅狄看看他。

——我不收翻垃圾人的钱。尽管现在上厕所都得出三分钱。

梅狄接过钱和信封,走到门口又回过头。只见龚龙飞又往酒杯里斟满了酒。

五

梅狄舒适地躺着,这棺木尺寸做得挺合适。出门可是举步维艰。在那拥挤不堪的火车厢里，她曾想到过躺在棺木里面的滋味，实际上，这要比车厢里的滋味好受多了。

多年不出远门，她不知道世界已经变得如此拥挤。污浊的空气，嘈杂的声音，浑身散了架的疼痛，使她胸闷、头晕、目眩、恶心。她又一次意识到死离她不远了。

一个学生模样的姑娘站起来，让她坐下。她顾不上客气，道谢的气力也没有了，一屁股跌在座椅上。她注意到周围的目光，人家都用疑惑、怜惜、甚至厌恶的目光望着她：一个满脸老年斑的老女人，不在家里等死，出来添什么乱？

——您一个人出远门啊？

一位中年人望着她问。

她点点头。

——干什么去呀？

她嗯啊了两声，闭上眼睛，不再跟任何人搭话。

她就那么坐着，不睁眼，不吃东西，不说话，车厢暗了明，明了暗，直到终点站。

黄云轩不在家，一个人高马大的小伙子接待了她。小伙子很热心，倒了热茶，拿了点心，自我介绍说是黄云轩的儿子，父亲和母亲外出旅游了，大概要一个月左右才回家。他穿着棕色皮夹克，脚上蹬着飞行靴，甩着外八字跑来跑去忙着招待她，整幢小楼响着他的脚步声。

一个遥远的形象渐渐朝梅狄走来。梅狄突然对小伙子发问：

——你是个飞行员？

——飞战斗机的。

小伙子自豪地笑着。

推开昨天的半扇门

战斗机？以前他们叫什么？好像是驱逐机，是的，叫驱逐机。

又乏又累又失望的心绪平缓了一些。走进这个大院子梅狄才知道，这是空军的一个干休所，她说出黄云轩的名字，门口的警卫给她指指这幢楼说，黄副司令住 21 幢。她一边往里走，一边心里琢磨，错了，一定错了，一个汉奸怎么成了副司令？直到小伙子看了信封，证实那字确实是他父亲写的，她才在沙发上坐下。

茶也喝了，点心也吃了，她还不想起身。得走了，总不能在这坐一个月呀。

小伙子拿着一本蓝皮书走过来。

——阿姨，您要了解的人是叫卞生吗？这儿有我爸写的一篇文章，其中谈到他，您看对您有帮助吗？

梅狄接过书，戴上老花镜。

从那个时刻起，世界上的一切从她眼前消失了，只有眼前晃动的一个个黑色的铅字——

　　　　冲破黑暗　飞向光明

人一生的路很长，但转折的关头只有一步。

那是 1945 年 3 月，我和卞生同志伏在长江岸边的栏杆上，谋划着一件大事。灰色的低云沉重地笼罩着长江，江面上军舰、货船川流不息，飘扬的都是日本军旗。愤懑、焦躁、羞辱，各种感情像乌云压在我们心头。

卞生是个沉默寡言、十分刚烈的人。他说："不能再等了，我已经获准十天休假日，明天就去那边走一趟。"

他说的那边就是新四军。我说：

"太冒险了。怎么个去法？"

"昨天在街上碰到了一个老朋友，人很可靠。他说他的老家有新四军。他从广州做生意回来,明天回老家探望。我准备和他一块去。"

卞生一脸急不可耐的阴云。我何尝不急呢?如果从陆地投奔共产党,那是比较容易的。我们的打算是驾机起义,虽然这样风险很大,但考虑一架飞机于革命的贡献,就毅然这样决定了。所以要先和共产党接上关系,了解那边的情况。飞机在什么地方落地,哪里有机场,这都是需要事先弄清楚的。但卞生打算冒险到新四军那边去,我有些不放心……

卞生说:"机不可失,不能再犹豫了。"

对于卞生,这是人生第二次转折了。那一次是他在国民党空军为走私黄金的事情,做了替罪羊后仓皇出逃。因情况紧急,上天后还不知何去何从。那时的心情自然不能和现在比,这次虽然风险不小于上次,但这是穿过云雾飞向光明,那次是哀鸿孤雁,茫然无渡。

我只好同意。约定好一星期后在凤凰茶馆碰头。

自和卞生分手后我就坐立不安,想象着一路上的重重关卡,种种危险,食不香睡不酣,带飞学员也总是精力分散。

一个星期到了,我按约好的时间到了凤凰茶馆。等到天黑,连换了三壶茶,仍不见卞生来。

晚上回到宿舍一宵难眠。

出事了?被抓了?事情败露了?我做着种种猜测、推断。要不要赶快离开此地,以防束手被擒呢?我回顾着与卞生决定起义的前前后后,才打消了这个念头。

卞生虽然刚烈,但办事缜密。我跟他虽同在"汪伪"空军,但却是在茶馆熟悉起来的。开始大家互相点点头,各饮各的茶,渐渐开始交谈起来。他总是品着茶,静静地听我说,从不多言。

我知道他投奔"汪伪"实出无奈,飞至洞庭湖上空遇到日本

推开昨天的半扇门

飞机还血战了一场。三架日机围着他，他凭着高超的技艺，左冲右突，击落了一架日本零式战斗机。后来弹尽油绝，他的飞机也受了重伤，才被迫在武汉降落。

恼羞成怒的日本人把他关押起来，准备处以死刑。

是伪湖北省政府的一个要员把他保释出来，那人曾是卞生父亲的一个老部下。

卞生虽然在"汪伪"空军落下脚，但汉奸的饭是什么滋味，只有我们这些真正尝过的人才知道。

我看他为人方正，终日郁郁寡欢，几次想开口试探，又担心在那种白色恐怖下，风云变幻，人心莫测，一句话吐出便有掉头的危险。但是面临着国家与个人命运的双重危机，何去何从，又是刻不容缓的事。我实在憋不住，有一天终于说出了自己的心思。

卞生听后既不惊愕也不显得特别兴奋，只说了一句："关键是找到共产党。"看来他已经思虑此事很久了。

找共产党可不容易。当时共产党、新四军在日伪严密控制的沪、宁、苏皖一带虽然非常活跃，但他们来无踪，去无影。况且汉奸、特务横行暗伏，又来不得半点轻率。即使共产党就在我们对面喝茶，也不敢贸然开口问："你是共产党吗？"

我们商量好分头活动，定时碰头，如果有特殊情况需要见面，就由我的一个表妹去找他。她在一家银行做事，佯装和卞生恋爱关系，以遮人耳目。

有一次见面的时候我对卞生说："有一家书店出售苏联的《时代》杂志。苏联是共产党大国，也许书店和共产党有点关系。我想去试探一下。"

卞生沉默了一会儿，没表示异议。

我知道他已经找借口去苏北农村打听过新四军的踪迹，毫无结果，正在焦急。

于是在一个星期天，我以买过期杂志为借口，和店员聊了几句，试着打听找共产党的门路。结果反应非常冷漠，碰了一鼻子灰，还险些被埋伏在书店门口的特务盯梢。

卞生说："看来这样乱撞不行，还得想别的办法。"

有什么办法呢？找共产党真比大海捞针还难。

这样一过就是两个月。卞生总是沉默，一杯杯的喝茶，只是分手的时候才说上一句："别灰心。有志者，事竟成。"

这样的合作者是让人放心的，即使出事，他也不会出卖朋友。我有了这个基本估计，就留下来，继续等待。

第9天，表妹来了电话，约我到公园赏牡丹。我一听就明白是怎么回事，忐忑不安地奔到约会地点，看见卞生春风满面地站在花丛之中。我忘情地朝他跑去。

卞生兴奋地给我讲述了他这次的经历。

他和那个朋友一起装扮成生意人，闯过了几道封锁线，终于来到了新四军的地盘。他们进了一个设在公路边的小饭馆，他那个朋友走到柜台前轻轻说："掌柜的，四哥什么时候来呀？我们有一批货要交税。"饭馆掌柜把嘴巴一呶，会意地说："快来了，你们先来二两喝着吧。"

此地是纸张、药品的集散地，饭馆里坐着的都是些客商、小贩。他们坐下不久，门口进来两个穿便衣背着枪的人，向客商们收税。卞生把他们请到门外，说了来意。他们一听税也不收了，立即把卞生带到四五里外的一个村子。

县委书记亲自接见了卞生。

卞生把起义的打算做了汇报。他表示欢迎，并说这是一件大事，要报告军区首长。于是派了一个班护送卞生，爬了几座山，通过了暗堡林立的敌人封锁线，第三天到了苏浙军区，见到了粟裕司令员。

推开昨天的半扇门

卞生受到了亲切、隆重的欢迎。晚宴相当丰盛,席间粟裕司令员十分高兴地说:"欢迎你们起义。我请示了军部和延安,党中央复电,待机而动,配合反攻。"

卞生非常激动。

粟裕司令员又说:"直飞延安,那里有一个机场可以降落。机场就在宝塔山下……"

卞生按捺不住内心的冲动,连夜就要求下山。粟裕司令员再三挽留,翌日,派了一个便衣班护送卞生返回。

我们俩当时就像那沐浴着春风怒放的牡丹,直想欢呼、狂歌,但还得压抑着,把巨大的喜悦藏在心底。下面的任务就是把飞机控制到手。

这也是风险很大的事情。考虑了种种方案,又一个个地推翻,最后还是决定在保释卞生的政府要员马胖子身上打主意。

马胖子在卞生父亲手下当团长的时候颇受赏识和恩惠,旧情不忘,对卞生常有照顾。在这风云变幻之际,马胖子决定归顺蒋介石。他把卞生找来,希望卞生与他同去。卞生曾经婉言谢绝,现在决定利用这堵挡风的墙。

有一天我得知马胖子得到蒋介石的电召,便急忙找到卞生,让他以送马胖子回武汉为名,把飞机搞到手。

卞生点头同意。我们把一切可能发生的情况都做了考虑,然后我从水路先赴武汉,等待卞生。

第5天,马胖子乘机到了武汉。马胖子曾是蒋介石手下的将领,投汪后历任要职,充当了大汉奸。现在蒋介石又电令他为先遣军司令,恰如几番易嫁的荡妇又回到前夫膝下,心事重重不知忧喜。

飞机一落地,他和行李一起滚下,只和卞生招了个手,便惶惶而去。

飞机到手了,又需要解决油的问题。飞延安航程很长,弄不到足够的油料等于前功尽弃。

武汉城内有一个热闹的场所，为了糊口的歌女在那里声嘶力竭地唱着黄色流行曲。寂寞的军人，出远门的商贾，常来这里寻欢作乐。

我和卞生约了机场管油料的小头目，去到那里，要了酒菜，塞给他二两黄金，说："拜托老兄帮个忙，给飞机加足油。明天到上海做一笔大买卖，赚了钱有老兄的好处。"

那老兄是个财迷，一口应诺，说："你们飞的是国府专机，又是过境飞机，理应加油嘛。不过……"他抿着酒提出了一个我们意想不到的问题，"我们几个老乡正想去上海倒点生意。你们看能不能搭个便机？"

这确实让我们为难了。让他们来吧，我们明明飞延安，怕他们坏了事，不同意吧，又怕这小子反悔，不给加油。"

卞生看了我一眼，对他说："这有什么不行的？正好顺路嘛，没问题。"

我也笑嘻嘻地点着头，表示同意。

第二天一早，马达轰鸣，我们的飞机在跑道上飞驰，随后便腾空而起。机下风帆点点，我们默默告别了浩浩长江，展翅向北飞去。

航线上多处是敌人机场的空域范围，很容易被敌机发现、拦截。老天爷开眼，暗中帮忙，云海茫茫，一望无际，像天然的屏障，把我们的飞机藏在其中。

卞生为正驾驶，我为副驾驶、领航。起飞不久，他对我点了点头。我会意，向后舱走去。

那几个搭机去上海做生意的人里竟有个懂得标图和领航的，当我走进后舱时，他们正透过云缝指着地标、地物叽叽喳喳地表示异议。

推开昨天的半扇门

我把枪一掏，对着他们说："告诉你们，我们不飞上海，此程是飞向延安，投身反内战的行列。"

一个瘦高个呼地站起来，旁边的人拉了拉他的胳膊，说："延安就延安吧，在电匣子里常听这个地方，去开开眼界也不错。"

那瘦高个对我说："到了那里你能保证我们的安全吗？！"

我点点头。

这时缩在椅子上的一个人哭开了："我才结婚呀……求你们行个好，借个降落伞，让我跳下去吧……"

我安慰他说："你看，下面都是山，如果落在深沟里不是饿死也得让野兽吃掉，怎么办？到延安后如果你们不愿留在那里，我保证把你们送回来。"

他们几个老实了，半信半疑、半惊半吓地缩在椅子上。我锁了后舱，回到前面。

卞生精力集中地驾驶着飞机，目光中透着兴奋、紧张和焦虑。

这确实是一次特殊的飞行，根本不知道空中的风速和风向，只好靠飞机上的磁罗盘保持航向。飞了一段时间，浮云渐渐散去，飞机顿时暴露在阳光下的碧空，我们的心一下子收缩了。

我按照地图检查了地标，发现偏离了原来的航线。于是卞生决定以地标航行为主。

飞机像一只孤雁，奋力振翼去找它的归宿。我在心里祷告着：飞机不要出故障，天气不要突变，不要与敌人遭遇……心潮起伏，思绪万千，盼望着快点儿到达延安。

卞生表面上默默不语，心里一样不平静，那双紧握驾驶杆的手有点神经质地抖动。

3个小时过去了，翼下潼关消逝，洛河之水犹如鳞光闪闪的黄龙为我们引路。过了洛川，机头转向北飞，明丽的阳光之下，远远地望见了圣殿般的宝塔。它巍峨挺立，直冲云霄，像对着这迷途的大雁招手。我大声喊："宝塔！到延安了！"只见卞生鼻头红了，这个石头一样的男人动容落泪了。

延安地区群山起伏。由于我们下降高度过低，被那些山头遮了视线，起初怎么也看不到飞机场，到处是光秃秃的山峦和沟壑。此时我们已经飞了四个多小时，油也快完了。

卞生冷静地对我说："不要着急，粟裕司令员说机场就在宝塔山附近，不会错，爬高些再找找看。"

飞机拉起，上升，上升，突然飞机的右翼下出现了一条平坦的土带，机场找到了！飞机急速转弯，下降，终于安全着陆。

几个八路军战士持枪跑了过来。

我和卞生主动迎上去："我们是从新四军来的！……"

他们大概从没听说过新四军有飞机，留下几个人看守飞机和我们，其他的人分头跑回去报告。

这时公路上黄尘浓浓，开来一辆吉普车，车上坐着一个美国军官，两个美国兵，还有一名女翻译。

美国军官和女翻译下车就问："你们是从哪儿来的？"

我和卞生一愣，还未回答，一名八路军战士机警地说："他们是从前方回来执行任务的，和你们没关系。"

女翻译转告了美国军官，他愕然又疑惑地耸耸肩，点点头便上车开走了。

我们看到外国军官在一个普通中国士兵面前这么听话，真感到进入了一个崭新的世界。从汉奸营垒里走出来的人对人格是极其敏感的，那种被主子豢养的羞辱使人感到卑微、下贱，人格丧失殆尽。踏上黄土地几分钟却有脱胎换骨从此再生之感，一阵阵热浪在血管中澎湃，欢呼着人格的新生。

那几天我们就像生活在梦幻里。天变了，地变了，人变了，不敢想象的事情都变成了现实。毛主席、周副主席接见了我们。毛主

推开昨天的半扇门

席摸了摸卞生身上的衣服,说:"穿得太少了,这里一早一晚比南方冷得多。"朱总司令请我们吃了饭,慈祥得像一位老父亲。

延安人民第一次看到自己的飞机,一片欢腾,一时间"八路军有飞机了!"的呼声传遍了陕甘宁边区各地。来看飞机的人越来越多,有的老乡是从黄河边带着干粮步行的,有的骑着毛驴,来看自己的飞机。

这些激动人心的往事已经过去四十年了,但从未有片刻的淡忘。它记录了在光明感召下的一次空中义举,记录一代人对真理的追求。在建国四十周年之际,撰写此文,告慰死者,激励生者,权做我一名老兵的心愿。

梅狄颤巍巍的目光从书稿上移过来,感到厚厚的垢尘从眼皮上纷纷飞落。她努力地控制着自己,去看小伙子递上的一帧照片。

小伙子关节粗大的手指夹着一张已经发黄的大照片,让梅狄看。那人正对着梅狄笑,身穿布料的解放军军装,浓密的头发向后梳着;那犀利的目光。

梅狄身子晃了晃,一只手撑在沙发扶手上,又挣扎着睁开眼。那小胡子,刷子似的,不再是慷慨悲歌,不再是垂头丧气,是什么呢?她情不自禁地用那青筋凸露的手在照片的胡须上摸了摸,竟然是热热的,滑滑的,像小鸟的两羽新翼……

她久久地抚摸着,抚摸着,那是哪一年?哪一天?卞生洗漱完毕,正准备回大队,她说卞生你闭上眼。他转过身,听话地闭上眼。她从背后抽回手,拿出一枚精致的常州木梳,左边一下,右边一下,柔柔地落在卞生的小胡子上,像梳理珍贵华丽的孔雀羽毛。

卞生扑哧笑了,喊了一声好痒,便把她一下子抱起,悠着圈子。好晕啊,天旋地转……她喊着我不坐飞机了,不坐飞机了。卞生仍不罢休,直悠得天掉到地下,地翻到天上。

六

梅狄睁开沉重的眼皮，四下瞅着，陌生的房间，陌生的桌椅，陌生的大床，对自己也觉得陌生。她努力地回忆着，让意识的空白显现出图像。渐渐地，那白茫茫的空间里出现了一个黑点，渐大渐大成了一个圈儿。

黑圈儿呈水纹状波动，波动，变成了一个黑色的框框。那黑框越来越大，黑线越来越粗。她痛苦地呻吟了一声，意识完全清醒了。黑框框还固执地框着她，框着她的卞生。卞生死了，从这个世上消逝了，真正地消逝了。他没有了，在她想再摸摸他的小胡子的时候，他又闪了她一下子。这辈子他就这么一次次地闪她、闪她，使她总像一个无依无靠的孤魂，凄苦地飘荡、飘荡……

"阿姨，喝口果汁，好吗？"

是一个脖子上挂着听诊器的女医生，她身后站着那个人高马大的小伙子。

梅狄挣扎着要起来，怎么在人家这里躺倒了？唉，真是……

女医生和那小伙子一定让她躺下，小伙子说："我父亲与卞伯伯是生死与共的战友，您到这里就是到了家。"小伙子指指女医生，"她是我爱人，在干休所卫生室工作。"

女医生微笑着："阿姨，您刚才可把他吓坏了。一个电话把我从卫生室揪了来。您需要好好休息，要不还可能发生休克现象。千万别客气，我父亲在东北老航校的时候，还是卞伯伯的学员呢。"

梅狄拉住女医生的手："能让我见见你父亲吗？"

女医生说："我打电话告诉他您来了，他一定会来看您的。"

推开昨天的半扇门

一天过去了，两天过去了。

梅狄说："还是让我去看你父亲吧。"

小伙子阴沉着脸。

女医生有些尴尬："阿姨，您别急，他这几天正忙着开党委会……"

梅狄听小两口正在厨房拌嘴，声音很小，门也掩着，她还是听了个大概。

"……不就是个参谋长吗？"

"这跟参谋长有什么关系？他忙嘛！"

"忙？如果是军委首长住在这儿，他早来了。"

"你什么意思？"

"……势利！"

只听得"啪！"的一声，好像刀摔在案子上的声音。门掩紧了。

晚上梅狄收拾行装，准备回家，女医生急促促地拉开门，有些难为情地说："阿姨，真抱歉，我父亲今晚要去北京开会，可能没时间来看您了。……他秘书说上个月卞伯伯家乡来了一个人，说是整理县志，找我父亲了解卞伯伯的情况，秘书把这套录音带给我了。您看，要不要听听？"

梅狄在干休所又留了一宵。

那天夜里她点上一支烟，按下了录放机的按钮，听着两个陌生人的对话。

——你是要了解卞生同志的事迹吗？

——对。首长。

——英雄很多嘛，为什么选中了他？

——他是我们平县人。我是县志办公室的。

——既然这样，我就谈谈东北老航校那一段吧。我和他共事只有那个时期，只能简单谈谈，一会儿还有个会。

打火机的声音，咳嗽的声音，喝水的声音。

——东北老航校是人民空军的摇篮，是我党我军第一所航空学校。学员基本上都是从陆军中选拔出来的尖子，年轻勇敢，身经百战，一色的共产党员。教员嘛，就复杂喽。一部分来自延安，是我党高瞻远瞩早在二十年代末、三十年代初派往苏联学飞行的老革命。另一部分为日本留用人员。日本投降后没有来得及撤走的一个航空联队，我们收容了，有飞行教官、维修飞机的地勤人员，还有医生、护士等后勤人员。教员中还有一部分，是国民党、"汪伪"政府起义投诚的一些飞行员。你要了解的卞生，就是"汪伪"那部分的。

——汪伪？就是说他当过汉奸？

——是啊，汉奸。我们党胸怀是博大的，我们的一贯政策是既往不咎。不但如此，还委任他为主任教官，懂不懂？就是负责一个队的飞行训练，每个飞行学员能否放单飞，都要经过他的批准。

——卞生的飞行技术是高超的，教学也很有经验，他负责的那个队，飞行训练进度一直领先。当然，也出过严重问题。

——有一个学员叫徐大锁，山东大汉，一米八的个头儿，人慈厚耿直，原来是陆军尖刀排长，战斗英雄。卞生点着名要亲自带飞徐大锁，后来别的学员都放单飞了，徐大锁由于动作粗猛，落地总不行，卞生同志为了挣自己的面子，不顾客观事实，匆匆忙忙放了徐大锁单飞。结果惨极了，飞机在三百米的高度由于操纵失误，一头就栽了下来，大火冲天，机毁人亡。唉，真可惜啊，那么好的一个徐大锁，才二十一岁，前程无量。如果活下来能为人民建立多少功勋呢！结果却这么丧了生。

喝水声、叹息声……

——当时我们自己没有飞机。几架教学用的教练飞机有的是缴获国民党的，有的是日本人撤退时来不及弄走的。就这些破破烂烂

推开昨天的半扇门

的飞机也没有几架,几十号学员眼巴巴地轮流飞,暂时飞不上的,就像捡破烂儿似的去四面八方搜集飞行器材。

——我们那时候散步眼睛都不闲着,东张西望,见一个螺丝帽儿都宝贝似的捡起来,交给机务维修人员。

——有一天,晚饭后我们在田间小路上闲逛,突然发现地上有飞机轮胎印。我们顺着车轮印迹追了十几里,进了一个屯子,果然发现一辆独轮车,车轮是飞机轮胎。一个老汉从屋里出来,吓坏了,直给我们解释。我们知道东北让日本人弄得很穷很苦。日本人撤退后,老百姓到机场洗劫了一通,一来出气,二来捡些能用的东西度日。他们吃尽了飞机的苦,要在飞机身上找些补偿。所以老百姓没什么可责怪的。我们说明了来意,掏出钱买下飞机轮子。老汉摇着头,说只要自己的队伍有用,只管拿走,分文不要。

——我们每一架飞机都是这么拼凑起来的,很不容易啊,可是一架高级教练机,就这么让下生给报销了。他改不了旧军队那一套习俗,留着小胡子,派头十足,星期天骑马、打猎,洋派得很呐。土八路、土八路,我们那时候很土,跟他格格不入,有时候真哭笑不得。

——有一天他叫我:"洪伟奇,校部分给我们队一头奶牛。"我一听很高兴,伙房快有半个月不见荤了,现在有了一头牛,哪能不高兴呢?我说:"咱们杀了吃,解解馋!"他火了:"杀什么!吃它的奶。"他把这头牛就这样交代给我了,嘱咐我让它吃干净草,喝干净水,好生伺候。结果那牛一天下来不吃不喝,瞪着大眼嗷嗷乱叫。我着急了,怕这洋牛死了不好交代,赶快去请示洋大人。他来到牛棚一看,皱起眉头,说:"怎么搞的,这个也不懂! 它要你挤奶。"我一看,乖乖,牛奶子那个大啊,胀鼓鼓的,像两个盛满了东西的布袋,沉甸甸地垂着。我用手一摸,牛嗷嗷叫,两只眼瞪得像铜铃。

——卞生让人提来一桶温水,他挽起了袖子,先是轻轻地给牛洗奶子,一边洗一边摸,后来挤出两桶白花花的奶。呵呵,这方面他自然比我们懂得多。他从小是喝牛奶长大的,我们呢?跟牛差不多,吃草长起来的,放牛娃出身,当然是土包子一个喽。

——按照卞生的指示,两桶牛奶煮熟了给飞行学员送去补身体。结果他们这个闻闻,那个尝尝,都不喝。我掂着桶,给修理飞机的地勤人员送去,说:"你们日夜修飞机,辛苦了,请喝杯牛奶补补身体。"他们又是闻闻、尝尝,都不喝。一个爱说调皮话的小鬼对我说:"你们行政人员更辛苦,提回去自己补身体吧。"弄得我哭不得、笑不得,只好又掂回队部。

——卞生看了挺奇怪,问:"提回来干什么?"我把牛奶桶往地上一放,回答他:"他们都不喝。"他又问:"为什么?"我回答:"嫌腥气嘛!"他不可理解地笑了:"腥气?牛奶腥气什么?真是土包子!给飞行灶提去,以后每天早上一人一杯,当任务也得完成!"

——我没办法,看他们每天喝牛奶像集体服毒自杀,那模样真让人受不了。我琢磨来琢磨去,想出一个办法,把牛奶往大锅里一倒,咱来个牛奶煮苞米茬子,新鲜饭。嘿,可糟了糕啦,饭堂成了猪圈,弄得到处是反胃干呕声,一锅稀饭再没人碰,结果不但浪费了牛奶,还糟蹋了一大锅苞米茬子。卞生把我好一顿剋,一连骂了好几个土包子。嘿嘿,现在我每天早晨一磅牛奶,喝得上瘾呢。

——一九四六年春节下大雪,出奇的冷。我们正组织人员给群众演节目,忽然有消息传来,说附近的国民党特务、残留的日军死硬分子还有土匪纠集在一起,准备暴动。时间就在这天晚上,航校内部也有人策应,信号是电灯几亮几灭。

——当时航校只有一个排的警卫人员,而日军留用人员、国民党、"汪伪"投诚人员有几百名,到底他们之中有多少人参与暴动

推开昨天的半扇门

也无法调查。一时情况非常紧张，最困难的是手中没有武器，只好用收缴的十几把日本马刀组成了一个大刀班，剩余人员用给群众演出的高跷腿当武器。更让我为难的是有消息说卞生是航校暴动组织者之一，我们决定对他进行监护，由我具体实施。

——我腰里掖着一把短刀，装着修理乒乓球台子，在他宿舍附近守着。卞生从下午就表现异常，穿了皮衣皮裤，收拾得很漂亮，一副过节的样子。而且从不爱唱歌的他，边收拾自己，边唱着歌："八路军好，八路军强，八路军打仗为老乡……"他唱着唱着，过一会儿声音没有了，人也不知去向。我推门而进，什么也没发现，于是急忙向校部报告，校部组织了人去机场、修理厂，凡是有破坏可能的地方都做了搜查，也没有见人。

——直到深夜，他那个窗口忽然亮了，他好像从地下冒出来似的。暴动被镇压后，抓到的暴动分子有的供认卞生是秘密参加者，有的又说不是。审查了一段，也就不了了之。但暴动那天夜里他到底干什么去了，始终是个谜。

——对不起，首长。我提个问题，既然谜没有解开，怎么就取消了对他的审查呢？

咳嗽，吐痰，喝水，录音机喊哩咯喳一阵乱响。

——事情复杂得很，我只能大略谈谈。在航校留用的日本护士里，有一个叫高桥惠子的。人长得颇有姿色，小腰那么细，走起路来就像水上漂。这个高桥对人也亲热，老远看到你就鞠躬："你的飞行，大大的辛苦。"你要是生了病不去看，她把药送到机场，生气地瞪着眼："你大大的不好！身体的不能开玩笑！"

——航校里有些人暗中迷着她，但是没有谁敢向她表白。一是校部有不成文的规定，不能跟日本留用人员结婚。但这不是主要的，因为毕竟是不成文的嘛，主要的是有心理障碍。

——据闻日本军队中的女人，相当一部分属随军妓女性质。娶那么个女人做老婆，总是有点那个吧，是不是？所以尽管不少人喜欢她，迷恋她，却不敢跟她多接近。卞生从表面上和高桥惠子的交往也不甚密切，但私下里就难说了，尤其是卞生一次胃出血住进卫生队，据说这期间二人感情发展很快，到什么程度，恐怕怎么推想都不过分。

——难道他就没有其他人的那种顾虑吗？

——他不是那种人，他不在乎这些。他有个妻子，虽然下落不明，有的说死于大轰炸，有的说已经改嫁，有的说流落他乡，但毕竟是有妻子的。在没有查明妻子下落之前，他无法公开和高桥惠子的关系。审查他的时候，他说他那天晚上外出散步。让他找证人，他说他独自一人，没有证人可找。可是，有一天高桥惠子找到校部领导，证明卞生与暴动无关。她说那天晚上卞生在她那里，帮她修暖窗，是卞生散步的时候她请他去帮忙的。

——事情就这样不了了之了。我所了解卞生同志的，就这一段。你大概想听的，不是这个。但历史毕竟是历史，事实就是事实，我爱莫能助。很遗憾。

——谢谢首长。还需要打扰您一下，请问那些日本留用人员是不是都回国了？

——绝大部分在一九五六年至一九五八年陆续回国了。应该说他们对人民空军的建设立下了不可磨灭的功勋，对中国他们是有感情的。有的已经加入了中国国籍，比如高桥惠子，现在还在中国。

——是吗？高桥惠子没有回国？首长能告诉她的地址吗？

——高秘书，你在那本蓝皮书里查一下，抄给这位同志。开会时间到了，好，再见。

梅狄心上结了蜘蛛网。

她呆呆地坐了一会儿，开始收拾那烟灰、烟蒂，满满的一烟灰缸。

小两口还在睡梦里,梅狄把房间整理干净,默默地谢过这两个热情的孩子,拎起自己的小包包,悄悄地离去了。

七

在火车站熙熙攘攘的候车室里,梅狄从天不亮蹲到天又黑下来。她买了回去的票,整整排了六个小时队,票拿到手,又退了,再去排队,买去东北的票,找高桥惠子。一排又是四个半小时。她没有感到慢,一边排一边犹豫,去?不去?不去?去?……不知不觉中,票又拿到手了。

车票从左手倒右手,右手倒左手,拎着小包包从这个候车厅,踱到那个候车厅,眼看着检票的时间到了,她匆匆奔到退票窗口,把手里的车票退了回去。

……

现在,她又在排队,还是东北方面售票窗口。

一个臂佩徽章的人朝她走来,让她到办公室走一趟。她莫名其妙地跟在那人身后,问去干什么。那人瞥她一眼,说干什么,你自己还不清楚?我早注意你了!

梅狄终于明白,她被当成票贩子了。

高桥惠子站在她面前时,已经是第三天的下午。天高云淡,落日又大又圆,那天天气真好。

梅狄没想到高桥在烈士陵园工作。她走进去的时候高桥正在扫落叶。陵园里静静的,没有游人和瞻仰者。被落日映成一派紫色的云带缠裹着高高的白色大理石纪念碑顶端,让人感受到空灵、肃穆,还有淡淡的忧伤。高桥惠子抬起头,看着这位来找她的女人。

是个招男人喜欢的女人。梅狄审视着高桥，得出这样的结论。

高桥说一口流利的汉语，只是在礼仪上还保持着日本妇女的恭谦和周全。她始终平和地微笑着，直到梅狄说出卞生的名字，那微笑顿时淡了，消逝了。

她沉吟了片刻，把梅狄让进会客室。

——您是？

——我是卞生的一个远房亲戚。

十几分钟后，高桥走了进来，手上端着茶具。

梅狄发现她不但换了衣服，梳理了头发，脸上似乎还淡淡地上了妆。

高桥注意到了梅狄的眼神，微微躬身低下头。

——请不要见笑，我刚才的样子很脏，不能谈卞君。

梅狄的心突突地蹦了几下，又渐渐恢复了平静。

——能见到卞君的亲人我很高兴。

高桥在梅狄对面坐下，款款地摆弄着茶道。

——我在老航校结识的卞生君。他是一个非常优秀的中国人。当时我在卫生队做护理工作，他在飞行队任主任教官。我们真正熟悉是在他胃出血，住进卫生队之后……

这是一个温柔恬静的女人。梅狄望着高桥那白净的皮肤，柔和的线条，心里这样说："卞生会喜欢这样的女人的。男人大都喜欢温柔的女人，正像女人喜欢有个性的男人。卞生个性是很强的，但作为妻子，自己的温柔似乎不够。卞生说过她漂亮、坚强、聪明，但似乎从来没有赞扬过她的温柔。是的，从来没有……"

哦，高桥，高桥还在絮絮地说着，她的声音真好听。

——……卞君是个喜欢沉默的人，住进卫生队后终日双眉紧锁，话语很少。开始我以为他顾虑自己的身体，所以心事太重。我劝他安心养病，胃出血不是疑难病症，只要跟医生配合，很快可以痊愈的。他总是摇摇头,然后把脸一扭,面对墙壁,不再理人。他那种精神状态对病很不利,出血总也止不住。医生着急了,对他大发了一通脾气。

——我去送药的时候,他正准备离开卫生队。我好言相劝,才把他留住。他说:"高桥,我情绪不好,不是因为病。我已经死过几回了,不怕死。"我相信卞君的话,他常在梦中喊着大锁的名字,睡着睡着,激灵一下子就睁开眼。他说他无法闭眼,一闭眼就是冲天的火光,飞机的残骸,还有大锁憨厚的脸。他非常喜欢那个山东小伙子,所以才挑了他亲自带飞。本来想把他培养成一员飞将,中国的厉秋芬,结果却葬送了他。

高桥惠子给梅狄茶杯里添了新茶,神情仍在回忆中。

——卞君说那天雪后初晴,他带飞徐大锁低空课目。这个课目不复杂,但要求细致、精巧。徐大锁的毛病就是太粗,动作总是过猛。飞了几个起落,总不理想,飞行结束的时候卞君对徐大锁说:"明天还是这样的话,就不放你单飞。"

——徐大锁当时低着头,摆弄着手套,没有吭声。卞君知道他很着急,自己也很着急,因为明天是冬季的最后一个飞行日,天气太冷,跑道结冰很厚,飞行训练要等第二年春季才开始。这就是说,如果徐大锁明天放不了单飞,他的训练进度要往后拖一年。叫谁也得着急呀。

——第二天,天又阴了,徐大锁给卞君敬了个礼就跳进座舱。这次飞得有进步,动作柔和些了,但仍不十分理想。飞机落地后卞君已经下了飞机,徐大锁还躬着腰坐在座舱里。按规定应该是学员先下飞机,立正,等教官下飞机。

——卞君对学员要求一贯很严,见徐大锁磨磨蹭蹭,十分恼火。他走上飞机,愣住了,见徐大锁光着一只脚,另一只脚也只穿着袜子。卞君吼了声:"你搞什么名堂?!"徐大锁红着脸在座舱里摸着了袜子，又摸出一双单布鞋，脖子憋得老粗。他说穿着大头棉鞋蹬舵感觉轻重不准确，上飞机的时候在怀里揣了一双单布鞋，一开飞机就换上了。飞行中觉得还不理想，索性布鞋也脱了，袜子也脱了……那种滴水成冰的天气，就是穿着飞行靴也冻脚啊！卞君说他的心都颤抖了，他在国民党航校当过教官，在"汪伪"空军也当过教官，这样的学员，只有在共产党的人民空军中才有。他被他的学员感动了，放徐大锁进入了单飞。

——徐大锁高兴得像个孩子，给卞君敬了个礼，兴冲冲登上了飞机。卞君没想到，徐大锁这么一去，再也回不来了……

——那天，汽车去机场接飞行教官回宿舍，卞君没有坐，一路走着回去。十几里的路，走一步责备自己一句：这么好的青年，听说还有个小媳妇在山东老家等着他……飞机这么少，多少学员眼巴巴地等着，没有飞机飞，有的学员站在高坡上看别人起飞、落地，用这种土办法练习目测。……他一路捶打自己，撕裂自己，折磨自己。没几天，发生了胃出血。

唉，卞生的胃出血是很吓人的，梅狄生孩子那年他出过一次血，梅狄只发现他脸色灰暗，少气无力，还以为是营养不足，直到大队长把他从大队送回家，她才知道他是胃大出血。她这个做妻子的，是不是太大意了？

——卞君内心的苦闷很深，这大概是他常常沉默的原因。对不起，您是他的亲属，也许比我更了解他，但我想他不会从小这么沉闷，是不是？

梅狄淡淡笑了一下。

——因为处境有些相似，我多少理解他的苦闷。他是主任教官，在技术上是内行，但在思想上却有些自卑。也许这种潜意识的自卑连他自己也意识不到，他曾经对我说他不会做思想工作，学员也反映他工作方法简单，有时粗暴。

推开昨天的半扇门

——我问他为什么这样呢？他说他的学员都是从前线来的，有赫赫战功。他们都比他参加革命早，懂得革命道理多。他们有苦难的出身，勇敢不怕死，这常常使他这个主任教官无限地敬重他的部下。

——飞行学员普遍存在急躁情绪，他们挨够了敌人飞机的轰炸，恨不能一天就飞出来。面对这种情况，卞君不知道怎么做他们的工作，他认为这是个政治问题，而在政治上，他觉得自己是幼稚的，他们是他的老师。在卞君的内心深处，自卑和孤独感很强烈，这些又使他常常情绪激动，发无名火，发过后又后悔。……所以，一到星期天，他就去骑马，打猎。

高桥的讲述含着极浓的情感和理解，很有感染力。梅狄似乎看到了寒风中跨马狂奔的丈夫，听到他在旷天野地里像狼一样嗥叫。她的卞生像关着炉门的火，一旦燃烧起来便烈焰腾腾，她是知道的。

——卞君除了打猎，另一个嗜好就是听音乐，住卫生队还带着他的留声机。那个留声机是他从延安带来的，从延安到东北他背了上万里，几张唱片都是小提琴独奏、协奏曲。他常常闭着眼反复地听，听那哧哧啦啦地已经很破旧了的留声机。航校几次搬迁，领导要求每个人都要轻装，轻来轻去，最后他连褥子都扔了，但留声机和唱片却一直带在身边。

——留声机在那个时候是个时髦东西，有的人稀罕，向他借着听，他说，宁肯借牙刷，不借留声机。对于爱洁如癖的他宁肯借牙刷这意味着什么？谁都明白了，从此没人再借他的留声机和唱片了。但影响不好，说卞君太小气。

——后来有一次国民党的飞机偷袭机场和航校，别人都往防空洞跑，他往宿舍奔，要取他的唱片和留声机。这一下子他出名了，说他爱财如命，当笑话传。这也难怪，对音乐不到痴迷程度的人是不会理解这种举动的。我那时候也不了解,卞君住卫生队的时候我曾问过他,他不解释也不回答,只是闭上眼翻来覆去地听那几张唱片。呃?您,您怎么啦?!

梅狄只觉得一种钝钝的疼痛从肋下直穿后背。她用手轻轻顶住痛点,嘘了口气,笑了笑,一定笑得很苦很涩。

——没什么……您继续说吧,说吧。

高桥惠子又往杯子里续了水,双手端起送在梅狄手里。

——卞君是个有意思的人。他从来不伤害有翅膀的生灵。外出打猎常常是扛着野兔、野猪回来,有时候甚至打到狼和熊,但从来没打过飞禽。

——有一天我在机场看见卞君正向几个飞行学员发脾气,那是炎热的夏天,阳光把柏油烤化了,飞鸟落在上面被粘住,再也飞不起来。几个学员小伙子发现了,兴高采烈地捉住它们,用泥巴一糊,烧得喷香,美餐了一顿。剩下两只捧了去,慰劳他们的教官,没想到遭到的是一顿训斥。卞君那两撇胡子炸着,火气很大:"残酷!太残酷了!我们飞,它们飞,它们是我们的朋友!同类!怎么能……"

——卞君这种举动多少带有迷信和神秘的色彩,但是他确实是不怕死的。他没谈过他的经历。但我相信他确实死过几回,他拿死简直不当回事,让人替他悬着心。

——那时候的飞机都是拼凑起来的,零部件不合规格,修理技术也很差,每修好一架,都要先有人试飞,这种试飞的危险是可想而知的,每次试飞机场都弥漫着很浓的悲壮气氛。试飞人员的勇气,可以说不亚于现在的宇航员。卞君总是推开别人,抢先跳进座舱。他处理过多次险情,为了记下数据,弄清故障原因,他在飞机异常的情况下迟迟不跳伞。有一次他刚刚离机几秒钟,机身在他头顶凌空爆炸了。

推开昨天的半扇门

——我那时年轻，觉得卞君像个谜，常常弄不懂他。也许正因为这样，他使我感到神秘，有无限的吸引力。您是卞君的亲人，他的哪一方面您都有权知道，我什么也不想隐瞒，让您了解一个完完整整的卞君。

梅狄警惕地抬起眼皮，望着这个说着一口流利汉语的日本女人。

高桥惠子的目光仍是柔和、恬静、坦诚的。

——航校里流传着我和卞君的一些传说。我称那些为传说，而不是故事或者谣传，是因为事实并不那么浪漫，也不全是无中生有。

——开头的时候我只是喜欢和卞君接触，即使没有多少话，看看他沉默的样子，也觉得温暖。渐渐我发现自己的眼睛开始在人群中寻找那两撇八字胡，开始留心他散步常走的小路，开始为他的飞行安全担心。我极力自拔，但是很难。我知道卞君已有妻室，虽然他从不曾对我说起过他的妻子，但我知道他是一个把感情藏得很深的人，我和他之间不可能再有什么。我规劝自己，约束自己，把本来也不多的接触减少到最少的限度。卞君是个感情细腻的人，自然有所察觉。他像配合我，也有意地回避我。我们之间比较冲动的接触，只有一次……

梅狄掏出烟盒。

高桥意外地看了她一眼。

梅狄点了三次火才把烟点燃。

高桥的嗓音有些颤抖了。

——那是1946年的春节，中国传统节日中最隆重的节日。我突然听到消息，说有什么暴动，心里很害怕。也不知道怕什么，大概因为自己是日本留用人员，听说暴动有不少日本人参加，我因为自己的血统而有罪恶感。那天天一黑我就锁上房门，独自在冰冷的房子里坐着。大约七点多钟，有人敲门，我心慌意乱地开了门，门口站的竟是卞君。

——这是他第一次到我宿舍里来。他的皮衣、皮裤、皮靴乌亮闪光，精神得我都不好意思把他往屋里让。我的房子里破破烂烂，暖窗也坏了，窗台上的一盆水仙花也冻死了，实在不好意思。我恐慌地擦了一张凳子，请卞君坐下，说："你真像过年的样子，我听说春节对你们是很重要的日子。"卞君说："是的。这个节日中国的穷人、富人都要过的，只是过法不一样就是了。今天是年初二，是女人们回娘家的日子。"他大概突然意识到我远离故土和父母，话说了一半停住了。我笑嘻嘻地告诉卞君，我从小生长在果园里，姐妹三个，都是父母培育果树的能手。我们姐妹三人每人有一棵自己的树，母亲说自己的树象征自己的运道。我的那棵是苹果树，我给它松土、施肥、浇水。五年过去了，姐姐们的桃树、梨树都结果了，我的苹果树光开花，不结果。我着急了，把母亲拉去看，母亲看了树，说："你种的是棵公树！"

——卞君听得笑了起来，我也大笑，说："大概父母在生我的时候盼望是个男孩儿。"

——"那你正好用不着回娘家了。"

——我们又是一阵大笑。天气的寒冷，人生的孤独，暴动引起的烦恼，都无影无踪了。卞君心情也很好，他微笑着说："知道吗？今天是我的生日。"

——我大叫一声，忙向卞君祝福，却苦苦找不出一样生日礼物。如果早知道，哪怕织一条围巾，或者手套也好啊！

——卞君笑了，说："我这种人是不配接受礼物的。选择这个日子出世，让母亲在喜庆的日子还要倍受痛苦，足见是一个孽障。"

——我点起酒精炉，煮了四个鸡蛋，这是我的全部家当了。我

推开昨天的半扇门

听说中国人生日要吃面条和鸡蛋，面条代表长寿，鸡蛋预示走运，你们家乡有这种说法吗？

梅狄恍恍惚惚地点着头。

——风夹着雪直往屋里灌，卞君脱掉皮靴，跳上窗台，又砸又敲修了一阵，屋里渐渐有了暖意。我把煮熟的鸡蛋端到他跟前，他说什么也不肯吃，只呆呆地看着。于是我就剥了蛋壳，强迫他吃。

——他一口一口咽得那么艰难，吃了一个，无论如何不肯再吃，他说："高桥，你不知道，我是忌吃鸡蛋的。"

——"为什么？"我还很少听说不吃鸡蛋的，况且那时候生活非常清苦，鸡蛋是了不起的营养品。

——他不回答为什么，只是把鸡蛋放回了锅里，望了我一会儿，说："今天晚上你没有别的事吧？"

——我突然想起了暴动的消息，心里一颤，说："没有。"

——卞君"噢"了一声，像松了口气。

——我警惕地问："听说今晚有什么暴动？"

——他沉吟了一会儿，说："我正是为这个来的。"

——我的心一下子停跳了。

——卞君说："怕破坏分子找你的麻烦，又怕暴动发生你有危险，我才来的。"

——我再也控制不住自己，扑在卞君怀里哭了。

红红的烟头炙灼着梅狄的手指。

——我感受的不仅仅是亲情，更多的是尊重。有着我这样经历的女人只知道男人在寂寞的时候才想到我，他们在我身上寻找他们的欲望，他们的满足，他们的需要。而我想什么，需要什么，他们从不考虑。卞君使我在自卑自贱里看到了自己的价值，我感到自己不仅仅是作为一个女人存在，而且是作为完整的人活在人间……

高桥的眼睛湿润了，她极力克制着自己，十指神经质地绞在一起。

梅狄的衣裤上落满了烟灰。

高桥惠子的声音渐渐平静下来。

——抗美援朝开始以后,卞君奉命开赴前线。那天我去送行,他正在打点行装,他把已经包裹好的留声机、唱片交在我手上,说前面战事紧,不便携带了,请我替他保管。

——那时候我才知道唱片灌的是他妻子的小提琴演奏曲,才知道他妻子是一位很有才华的音乐家。我接过留声机、唱片,请他放心,等战争结束一定完好地交给他。他走了,带领着一个飞行大队。

——我天天打听前线的消息,我知道他们的仗一定打得很艰苦。他们面对的是参加过第二次世界大战的美国飞行员,而我们的飞行员才有十几个小时的飞行经历,不要说复杂气象,连特技都没飞过。我并不迷信,但天天祈祷,像一个虔诚的教徒。

——消息不断传来,有坏的也有好的,就是没有卞君的。我向前方下来的伤员打听,他们说最愿意跟卞君出任务,他是一个非常好的带队长机,只要空中无线电中有他的声音,大家心里就非常踏实。

——几个月后,他们部队已经打出了威风,打出了水平,捷报一个接一个地传来。我真为卞君他们高兴,常常梦见卞君胜利归来,胸前挂满勋章……

——朝鲜战争终于结束了,前线的部队一批批胜利归来。我把留声机仔细擦了,唱片试了,等卞君回来,没想到等来的是卞君的几件遗物……

——他在最后一次战斗中牺牲了。没人知道他牺牲的经过,战斗结束后一架架飞机返航了,他们迟迟不见大队长的,从上午十一点等到下午五点,飞行员、地勤人员都守在机场上。直到晚上八点，有消息传来，说朝鲜老百姓在上午十点五十分左右，曾看到一架志愿军飞机负伤了，尾巴冒着烟，仍紧紧追着美国飞机，一直追过了三八线……从时间和地点看，他们认为是大队长。巨大的悲痛冲淡了最后一仗的激动，他们回想起从早上起他们的大队长就有些反常。

——那天一早起来，他们发现卞君唇上的两撇胡子不见了，早饭以后，把头也剃了。他们悄悄说，大队长今天剃头宣誓了。他们不敢当着卞君的面开玩笑，虽然他们在卞君的指挥下每个人都打下了敌机，建立了功勋，但是卞君自己却一架击落的记录也没有。他们知道卞君为此常常失眠，看到他头发大把大把地掉，他们大都是他手把手带飞出来的学员，他们也为自己的教官遗憾。他们知道他准备在最后一仗中拼了，谁也没想到他此去再也没回来了。

……他就这样走了？！又是一个不告而别，又丢下一个谜团！痛苦像火焰一样颤抖着，舔着梅狄的神经，在那火焰的光环里漏出一颗泪珠，撒在梅狄的颊上……

——卞君后事的料理让领导为难了，都知道他有妻子，但从没有见过他们的书信来往，在卞君的遗物里也没有他妻子的通讯地址。卞君的老家已经没有人了，他有一个弟弟死于肺病，母亲那时也去世了。我在这时才真正理解了他的孤独，除了他的影子，他就只有他自己了……梅狄在高桥惠子的目光里，似乎看到了一闪一闪的责备。

——不知道您想不想去看看卞君的墓地？

墓地？！梅狄一下子站起来。

——就在陵园里。墓地是座衣冠冢，里边埋着他的遗物，常戴的帽子、用过的手套，还有皮靴……

梅狄匍匐在一方墓丘前，一股刺鼻子的气味伴着一缕青烟在她身边袅袅升腾。燃烧的是梅狄从头上剪下的一缕头发。它们已经干枯、黑白相间，远不是卞生当年抚摸它们时的模样了。它们一段段地燃烧着，一个女人的屈、辱、恐、惑，一个女人近五十年的空房、冷被，一个女人的爱、恨、思、念，随着青烟一缕缕升入空中……

梅狄一寸一寸抚摸了墓碑，半跪半卧地靠在墓丘上，心里升起一阵从未有过的踏实与平静。

一阵脚步声，高桥惠子在梅狄身边蹲下，解着一个包裹。

梅狄一把握住她的手。

——高桥，对不起，我不是卞生的……亲戚，我是……

高桥惠子吃惊地抬起头，很快又释然了。

——我知道……知道……

——我为卞生高兴，他能遇上你……感谢你，惠子。

高桥惠子慌乱地一鞠躬，低下头。

梅狄望着卞生的墓碑，又回身望着高桥。

——你是为了他才留在中国的吗？

——我喜欢中国。……后来了解到父母和姐姐们都在战乱中死了，就决定不回去了。

——一直在陵园工作？

——从部队转业后在医院工作，退休后来到陵园的。躺在这里的不少是我的战友、熟人，我在这里既能陪陪他们，也能做些事，自己就不觉得寂寞了。……挺好的，您说是吗？

梅狄点着头，又怜惜地摇摇头。

——你？……一直独身？

高桥恬静地笑笑。

——结婚是一种愿望，就像小时候盼穿新衣服、新鞋子。如果没有这种愿望，独身并不痛苦。

高桥弯下腰，打开包裹，取出留声机、唱片，然后一圈一圈摇动着留声机的摇柄。

笨笨的，式样陈旧得像出土文物一样的留声机带动唱片转动起来。

一阵杂音，像石头滚坡。渐渐地，提琴声像乱石中的清溪汨汨流淌出来，悠悠扬扬飘向墓地。

一曲《梦里情人》，一曲《卜测人生》，如水的乐曲溶进如水的月色，洒向天际……

冥冥之中，梅狄又听到那种无声的亮音在极远极远的地方飘动，渐渐地它像一股电流渗入她的灵魂，她缓缓地舒着气，谛听着天与地，昼与夜的和声。

命运用来束缚她的绳子一根根抖落了，她在心的网上挣扎出来，问道：

——死，究竟是终结？还是开端？

回答她的只有老屋里黑暗的气味。

红霞不再有动静。

累了？困了？失望了？

寂静之中，响起一阵皮靴的咔咔声。

梅狄猛地睁开眼——

世上的每一样东西都呈两种形状展现在她面前。

梅狄平和、恬静地闭上眼。

她的儿子在一个傍晚匆匆赶回家来，老远就看到苦楝树下白乎乎的一团。

他走近了，大叫一声："——红霞？！"

红霞身上不再有一根红毛，全白了。

大庙里的兵

从前有座山,山里有座庙,庙里有个和尚讲故事。讲的什么呢?"从前有座山,山里有座庙……"

公路、铁路、河、海、河、铁路、公路……汽车、火车、江轮、海轮、江轮、火车、汽车……

大有漂洋过海、远涉异域之感。

一湾湾绿水,一丛丛篁竹,一座座别墅式的小楼,风味也有别于内地。

"还没到?"

"才开始爬山。喏,从这儿看,在第四座山头后边。"

女的又把头依偎在男的肩上。单从后影看,她那蓬乱的头发,已足见她的路途辛苦,舟船劳顿。

王桂生嘴角翘了翘。他在海轮上就和这夫妇二人同舱,没料到同船又同车,从那男人的指点上,他们还将同车到底,去那矾山镇。那里是这客车的终点站。照这个车速,大约下午四点半到达。

推开昨天的半扇门

　　王桂生不像那个女的,他对这个速度相当满意了。二十年前,他和三个战友背着仪器、帐篷、行装,是怎么个走法哟,搭一段卡车,坐一段三轮车,最后雇了一辆马车。却是兴致勃勃,傻帽儿似的扯着喉咙又吼又嚎……

　　　　二呀么二郎山呀,
　　　　高呀么高万丈,
　　　　枯树荒草远山野,
　　　　巨石满山冈,
　　　　羊肠小路难行走,
　　　　康庄大道被它挡那个被它挡。
　　　　……

　　王桂生的副手、引导站副站长伍军迎风坐在车头,高声吼着。他生在马背上,长在康藏公路上,这是他常唱的歌。小广东林川敞着领口,从头上抓下了帽子,边唱边挥着拳头打拍子——

　　　　接过雷锋的枪,
　　　　我们要学习他的榜样,
　　　　接过雷锋的枪,
　　　　……

　　陕西新兵周闩闩坐在车尾巴上,直着憨憨的眼睛哼自己的：

　　　　石榴开花慢慢地红,
　　　　冰檐下水慢慢融,
　　　　只要妹妹你有心等,

总有一天喜相逢。
……

伍军似乎受了他的感染，突然清了清嗓子，冲冲地嚎了起来：

你要是嫁人，
不要嫁给别人，
你就嫁给我，
装上你的财产，
带上你的妹妹，
赶着你马车来。
……

王桂生心里一阵反感，正想说句什么，不料赶车的老人被伍军的胡溜八扯给逗乐了。

"有木有婆娘啧？"他问伍军。

伍军学着他的口音和语调，一本正经地说："木有婆娘，老公费心帮个忙啧。"

小林和周闩闩哈哈地笑。赶车老公也抖着几根黄黄的山羊胡子笑，边笑边打量伍军，开始还是一眼一眼地瞄，后来干脆直着眼睛瞅。

伍军乐了："老公，您老看我这副相貌还能寻个俊俏婆娘啧？"

老公却不笑了："可认识古榕店的玉囡？"

"古榕店的玉囡是什么？"伍军摆摆头。

"矾山镇可来过格？"

"上辈子也许还来过，这辈子是头一次。怎么了老公？"

推开昨天的半扇门

"人老眼昏，认错人了。"老公喃喃地笑着，一挥鞭子马儿快速地跑起来。

王桂生拍拍老公的肩："老公，此地为啥叫矾山？有矾？"

"那是自然的格。"老公倒是个喜欢讲话的人，一脸得意之色，和四个大兵拉起古。

据说，在明朝嘉靖七年，有人在这里发现了矾矿。那是一对逃难的夫妻，路经此山饥渴难忍，于是立起石头，安上破锅，接来山泉，挖起草根，配上乞讨来的糊锅底、馊糌粑煮一餐充饥。哪知夫妻二人挖来草根，那锅里的水却变得碧绿碧绿，锅壁上紧巴巴地附着一层白色的晶体。

男的目瞪口呆，女的倒是个人物，双眼直勾勾地盯着那透明透亮的晶体，用手指头沾了沾，放嘴里舔了舔，不咸，不是盐。是碱？又不太涩，也不苦。她大着胆子抠下一块，放进嘴里。淡淡的酸，淡淡的涩，淡淡的凉……矾！

于是这山上有了第一个茅棚，第一口炼矾的锅。

陆陆续续来了三省五县的逃难人，一座座茅棚搭起来，一口口破锅支上去，这便是矾山镇的前身。

矾山镇渐渐有名气了，吸引人的除了那被誉为"刚玉""红宝石""蓝宝石"的上等矾，还有这里的俏女子。

不知是因为山秀水美，还是来落户的大都因妻美女俊避祸而至此山，反正到矾山镇来的人都会被这里的亮矾、俏女耀得睁不开眼。

矾山镇真正有名气，开始并不为它的矾好、女美。那是嘉靖三十七年，戚继光率领他的戚家军抵抗倭寇两次于此，见矾矿民工侠义刚正，于是招募旗下，编练新军，出击倭寇连连获胜。矾山上下倭寇陈尸遍野，矾山顶上也砌起戚家军和新招募的矾矿民工的新坟。矾山镇至此远近有了名气。

老公扯得自豪,说的得意,四个大兵听得也有滋有味儿。在这人杰地灵的地方选点建站,虽偏远荒寂,却也神圣悲壮。

马车到了镇上,已是次日清晨。只听得远远近近,高高低低,此起彼伏响着一种声音:唰——唰……唰唰唰——唰唰……节奏感颇强,细听,还有韵律。

"啥响?"周冏冏瞪直了眼睛。

"嘘——!"小林神秘地扬起手,稍顿,聪明明亮的大眼睛一骨碌:"嘿!戚家军的后代在操练把式呢!"说着得意地瞅了一眼赶车老公。

一夜的劳顿,那老公还未从混沌中完全清醒。他抱着鞭杆儿坐在前面,压根儿没听到身后的对话。

伍军支起耳朵又细听了一阵,哈哈地大笑起来:"清晨奏鸣曲——刷马桶。哈哈哈……"

四个兵笑得嘴歪眼斜,小林捂着肚子叫妈。老公也给抖擞了精神,甩了一鞭子,马儿一溜小跑进了镇子。

镇口就是制矾厂,这国营的工厂既没有高大的厂房,也没像样的门脸,破破旧旧毫无生气地堆在那儿,唯一叫人提神的是洋铁皮大门上的一条鲜红的横幅:社会主义教育运动万岁!

镇子也远没有百年老镇的规模,一个十字街,交叉着不宽的两条石板路,街两旁是清一色木制二层买卖门脸楼。这些木楼虽然年代久远,并没给人多少古朴之感,倒叫人想起"危楼远离"!当然,其中有几座小楼倒也让人多看上几眼,雕花的扇形木窗,凌云欲飞的翘角飞檐,凸出的宛若浮舟船舷的楼底围栏,虽然风剥雨蚀灰沉沉黑黝黝,但如红颜已逝的美人,当年的风韵犹存几分。使人想起飞檐上飘摆着的酒幡,围栏里双腿挂赤的醉汉酒客,扇窗里若隐若现的红妆酥手……

最能代表小镇的,恐怕要算那十字路口的古榕、老樟。榕树树

推开昨天的半扇门

干粗大得四人难围,高不盈五尺,周身龟裂,虬蟠的巨根交错盘曲于地面,成了来往过客乘凉歇脚的天然凳椅,几个朝代的屁股磨得它光洁可鉴。

根的上方低垂着流苏般的枝叶,那巨大的枝干微微下垂,使人想起大鹏巨雕半收拢的羽翅,整个给人以矫矫健健、飘飘逸逸、潇潇洒洒之感。那樟树则不同,浑圆的树干,舒展的枝条,油光光亮闪闪的卵形小叶,这枝、这叶被粗壮的树干托起像一个硕大的绿天棚,又仿佛一块被大柱子牵住了的绿色蘑菇云,生气勃勃,仪态万方。

这古榕和老樟使人想起矾山镇的历史,想起戚继光和戚家军的马嘶金鸣。

还有一桩事并非老公吹牛,那就是矾山镇上出美人。那些个手舞三尺竹刷,"唰——唰唰——唰……唰唰唰——唰唰",抑扬顿挫,甚至听来是颇有韵味儿的乐曲弹拨者,全是年轻女性,这大约是此地的规矩。用不着细瞅,单溜一眼那双脚交错、细腰微扭的俏姿;瞥一眼雪白的小元宝似的耳朵;瞄一眼乌黑的羽翅一般插入云鬓的眉毛,已是楚楚动人了。

叫人不解的是,这万山深处的"世外小镇"并没有甩在时代的尾巴上,这从她们的衣饰打扮上,分明能感受到。而且,在某些地方,比如那发式吧,她们倒来得比内地中等城市的女人们还要时尚。只是那在晨曦中闪闪发光的金戒指在内地女人手上还不多见,使人想起这是矾山镇。

四个当兵的进了镇,便陷入众目睽睽之下。也许是这种黄绿色的军装此地不常见,也可能戚家军的后裔对军人有着特殊的情感。

赶车老公恳请四位下榻于他的小客栈,原来他还是客栈老板。他指着樟树庇荫下的一座两层小木楼,门口挂着一块牌子:老樟客栈。老樟树圆圆的绿色大伞遮着它半个楼角,碧影婆娑,满不错的一个小客栈。

四个人却没有答应，谢过老公，背着他们的仪器、帐篷、行装，直奔矾厂招待所而去。

来的时候部队首长再三交代，此乃地处三省交界，又濒临大海，和蒋军驻守的小岛隔海相望，多年来大股小股特务不断骚扰，本地居民又大都有海外关系，成分复杂，信仰不一，实在是个满布海沟、暗礁的阶级斗争风云之地。

他们不敢等闲视之，管它老樟客栈何等好，那可是私人开的；虽说老公和蔼可亲，喜笑颜开，殊不知"和气为生财""笑里常藏刀"，哪个知道他冲着什么亲，奔着什么喜的哟。矾厂的招待所或许样样比不得小客栈，但它是国有工厂的"官店"，姓的是公，看着不顺眼，住着却放心。

不料径直地奔来，却热脸碰了个冷屁股。好说歹说，凭着身上的军装，指着帽上的五角星，人家为难地说了实话，厂里厢没有招待所。

待四人背着、扛着器材行装折回老樟客栈，老公正笑嘻嘻地站在门口，那得意中透着几分幸灾乐祸的笑告诉他们，他早料到是这个结果。

伍军走上前去，拍拍老公的肩："老公，厂长给我们腾出一间大客厅，带卫生间的，不像你这里蹲马桶。只是四张床全是沙发的，懂不懂？就是那种弹簧式的，咱当兵的睡不惯，还是来躺你这硬板床。"

老公依然笑着。

"诸位请进，不过小店也没有硬板床，一色的棕绷。"

"棕绷？"伍军佯做犹豫状，最后挥了一下手，"棕绷就棕绷吧，反正比沙发的睡着舒服点儿。"

推开昨天的半扇门

周闩闩直着云三雾四的眼,小林咬着忍俊不禁的嘴唇,王桂生嘴里嘟嘟囔囔:"搞什么名堂哟。"

四人住进了老樟客栈。

旅途的劳顿,晕船晕车,加之昨晚一宵未眠,折腾得四条好汉简单洗漱之后便倒头酣睡起来,就是神经衰弱的王桂生也没有失眠。日头偏西,四人相继睁开眼。并非觉已足,全是那对面的收音机捣的蛋,呜里哇啦,一会儿讲一会儿唱,闹得热火。

"对面娶媳妇吧?"周闩闩迸出一句。

"许是家里有人立功,送喜报。"王桂生分析道。

"我看这家准是有人考上了名牌大学。信不信由你们,八月中旬,正是通知书下来的时候。"小林一激动,趴在枕头上。

"球!"伍军骂了一句,"准是死了人!"说着用单子一蒙头,继续睡去。

王桂生当兵的年头最长,长年戴耳机工作弄得耳鸣,神经衰弱。此时耳朵里乌鸦做了窝,头嗡嗡的,干脆坐起来,透过窗子往外看。

"站长,是娶媳妇的吗?"周闩闩问着,忍不住自己也把头凑了过去。

他们看到的只是一座门脸小巧,开间不大的二层小楼,陈旧的木板刷成海蓝色,虽较之其他小楼看上去干净、醒目,但一层新漆遮不住龇牙咧嘴、开缝翘板的残破。

楼上的一面墙没有窗,挂着一个大大的招牌,写着漂亮的美术字——古榕照相馆。招牌下面却是一个杂货店。看那又矮又小的楼上,最多是个卧室,怪,照相馆呢?

那震耳欲聋的声音原来发自一个半导体收音机,它就放在那杂货店的柜台上,柜台里外都没有人。王桂生和周闩闩足足望了十分钟,仍不见店主人。

"什么鬼店！"王桂生兴趣索然地躺下来，把屁股对着窗子蒙上头，不再去想什么喜报，任凭乌鸦在耳朵里做窝、闹腾。

周冃冃仍直勾勾地望着，穷追不舍他意念中的花轿新媳妇。

小林轻手轻脚下了床，溜出门外。

半个小时后，小林实地侦察归来，兴奋地嚷嚷着："嘿！世界第一流的照相馆吔！信不信由你们，百分之百的天下第一照相馆。乖乖，我踩着竹梯往上爬，爬上去黑咕隆咚的，心里直扑通，谁知一坐好，那女的'刷'的一声拉开了天窗的帘儿，一束阳光正好打在我的脸上，没等我反应过来，又是"刷"的一声，一束光又斜着打在我身上，我仔细一瞅，那是从一块大铝箔板上反射过来的，乖乖，变魔术似的。信不信由你们，还是快照，明天就能取。嘿嘿，我劝你们也照一张，去……"

"以后不许单独乱跑！不就是一个鼻子两只眼吗，有什么好照的？！"

王桂生劈头浇了小林一盆凉水。

伍军压根儿蒙着头没动。

周冃冃不知想说什么，看看小林，看看站长，咽了口唾沫。……

吃过晚饭，王桂生做了工作部署：明天一早儿上山选点测试。于是四人便早早上了床，追补白天被半导体搅和的损失。

睡至夜半，一阵噼里啪啦的摔打声把王桂生惊醒。紧接着一个女人叫骂："野狗！吃屎拱晕了脑壳壳，滚！滚！哎哟！呸！呸呸！……"

伍军一个鱼打挺翻身下床，夺门而出。王桂生从枕头下摸出手枪，追了出去。

一条黑影闻声"嗖"地闪进大榕树里。伍、王二人窜了过去，拨开树枝、树叶，里里外外找了半天，却未见踪迹。

推开昨天的半扇门

"啊呵呵呵……"

一声无拘无束、淋漓酣畅又娇野无羁的笑。

伍军、王桂生拨开交错盘虬的枝叶钻了出来。

"木有抓到吧？我料到你们会吃败仗格，你们大比武也木有比出个名堂哦？啊呵呵呵……"

月光下站着一个姑娘，她双臂交叉在胸前，嬉笑着，那架势和神态像是看这二位当兵的热闹。

伍军站定了，望着她。

她长长的头发散乱地垂在胸前背后，遮盖了紧身胸衣没遮住的地方，花睡裤短短的，刚过膝，打着赤脚，脚下倒着两块门板，看来是刚才做武器用的。她边笑边迎着他们走了过来，窈窕的身段，轻盈的步态，踏着朦胧的月光飘过来，直冲着他们。

王桂生向后退了几步。

她径自飘向王桂生，没开口又是一阵大笑。

"啊呵呵呵……大热天气穿大绒裤咯？你们咯女兵也是这种打扮？丑死啦。啊呵呵呵，啊呵呵呵……"

王桂生两条风湿腿气得簌簌抖动。

"咣当！"伍军把手里的铁钎狠狠地摔在地上。

她不笑了，双臂又抱在胸前。

"你们小弟咯照片我刚才洗印妥帖了，谢你们今朝夜里厢帮忙，免他费咯。你们二位高兴，也到我馆里照一张，分文不取哦，权做酬劳……"

伍军转身进了客栈。

王桂生像踩了蛇，也退进老樟客栈。

天不作美，次日一天落雨，山上不成了。经过一天多的休整，四个兵已经恢复了元气，困兽一般关在老樟客栈里学毛主席著作。

窗外间或一声两声叫卖，穿蓑衣、戴斗笠、肩挑、背扛的小商小贩拖着颤抖的长腔，不知叫喊些什么。一个地方有一个地方的叫卖特点，那古怪的拖腔、滑音把那本来清清楚楚的发音弄得含含混混、滑滑稽稽，外地人听来如天书一般，当地人听一嗓子便清清爽爽、明明白白。此地商贩的叫卖虽然同样听不清弄不明，但用不着问，大都是些鲜鱼活虾，或者臭鱼烂虾，紫菜海带、毛蚶海蛎子之类。这里的人个个像猫，无腥不下饭，家家醉着海蟹，户户闷着虾酱，满镇子海腥味儿。

雨腥裹着海腥顺着窗子飘进来，腻味得四个大兵够呛，眼睛看着《毛泽东选集》，心不知在哪儿。小林坐在角落里，眼睛不时对着副站长伍军瞄几下。

尽管站长有令不许小林再进那个照相馆，他还是瞅了空儿把照片取回来。只是"三大纪律八项注意"不敢违犯，照价付了款。

就在他交款的时候，忽然一眼扫到墙上的一个大镜框儿，他的眼睛倏地扎在镜框上。那一尺二的彩色双人合影，女的是店妹子，男人竟是他的副站长伍军。

他惊诧之极，眼珠子快飞了出来，张着大嘴喘不出气。

那店妹子笑眯眯地说："看见了，我咯未婚夫也是个兵哩，告诉你们那几位，勿用老神气哦。……"把小林弄了个丈二和尚，正要发问，街那边传来严厉的咳嗽声，他一回头，正看到站在玻璃后面瞪着他的王桂生。

他匆忙折回客栈，匆忙捧起书本，等着站长训斥。他准备好了对答词：通过学习，加强了阶级斗争观念，认识到一个军人的照片不能随便落到别人的手里，为了严肃起见，还是把它取了回来。

站长根本没有理他。他心放进了肚里。

想起那一尺二的大彩照，于是悄悄往副站长身边凑。

伍军把书翻得哗哗的，根本不看他。他想问，又不知道该如何问，心里还扑扑通通地直敲鼓。想了半天，还是忍住了。因为看副站长那副样子,似乎根本不愿让人看出他和她的关系。还是装聋作哑,别自讨没趣了。

他把注意力集中在夹在书本里的二寸照片上。新兵爱照相,老兵爱闲逛,小林当兵五个月,照片照了一沓。这张二寸照片不仅用了布纹纸,还是虚光的,右嘴角上的小痦子也给修去了,精神得像电影明星。乖乖,这是我吗?!小林美得心里痒痒,不知不觉朝周闩闩靠拢了些,有意无意露出些破绽给周闩闩看,想让他羡慕羡慕。那周闩闩却是木桩一般端坐,目不斜视,耳不旁听,一手托书,一手抱字典,潜心攻读,全然不顾小林的一番用心。

伍军并不掩饰他的不专心,翻几页书便冲外面骂几句。

那窗外也实在热闹。

"幺哥呃,天落雨,店里厢坐坐。"

"天落雨淋我,你妹子心疼么事嘛?莫勿是想我腰包包里厢咯票子哟。……"

"勿想你咯票子哪个还想你那颗癞痢头哦,啊呵呵呵……幺哥,正经话,我店里厢新进来咯沧州红枣,东阿阿胶,梅州桂圆,买些转去给你婆娘滋补滋补身子嘛。"

"眼球子一看见妹子你,啥咯婆娘全忘脱喽。哈哈哈……"

"扯你婆娘个骚哟!"

……

哐啷!客栈老公打开门。

"古榕狐囡子!"

"老樟酒糟子!咦,你面孔上咯马车印印咋寻不到了?怕是那四个兵的大票子给填平了哦?"

"夜里厢店堂里又闹鬼了,可是?"

"你老公眼馋,可是?只怕鬼看勿中你那只酒糟鼻子哟。"

"鬼看得中你,叫他夜夜里厢去!"

"老公要是吃醋,欢迎您夜里厢给我站岗。"

"呸!"

"啊呵呵呵……"

门"嘭"的一声,老公趿拉着拖鞋上楼去了。上到最高一阶,回过头看了伍军一眼。伍军望着那老公败公鸡似的沮丧,忍不住"扑哧"笑了。

王桂生冲着小林:"精力集中!有什么好笑的?!"

小林委屈地看了王桂生一眼,他不过翘了翘嘴角而已。

伍军装作没听见,并不理睬。

不知为何王桂生不大敢碰伍军,这个"天之骄子"在航校飞了三年,由于自然灾害和其他缘故他们那批飞行员全改了行。他一开始就分到王桂生那个站,两年技术就冒了尖,大比武连连夺魁,大照片还上了《解放军画报》的封面。但是作风也愈发稀拉,说话愈发随便,脾气愈发暴躁,王桂生打心眼里不喜欢他。

那古榕照相馆兼杂货店的妹子真是不甘寂寞,嘴巴刚住,又打开了她那半导体收音机,音量放得大大的,壳子震得嗡嗡的,用此招揽顾客,还真有效果,有几个人闻响声拐进她的店堂。

那半导体收音机吱吱哇哇响了一个小时,周闩闩的屁股开始磨凳子,连王桂生也难以聚精会神,小林有些幸灾乐祸地翘着嘴角儿。

伍军走了出去。

小林的眼睛立刻瞪圆了。

"眼看什么地方?"

小林低眉敛目,捧起书本。王桂生却直愣愣地瞅着伍军。

只见他穿过街,直奔古榕照相馆而去。身架子直直挺挺,魁魁梧梧,连那头发都有男人气派,蓬蓬的,硬硬的,犹如一束黑色的火焰。王桂生心里暗骂:鬼东西!愣是得老天偏爱,脑瓜子装着好

推开昨天的半扇门

瓢子，身段、脸面也落得个一流的，奶奶的！

伍军一走进古榕店堂，店妹子立刻冷落了其他顾客，满面春风迎了上去。收音机的声音太响，王桂生听不清他们说什么，只见伍军指指收音机，店妹子殷切地从柜台里搬出一把青竹椅子，利落地拍了一下，只是那手没收起就愣愣地停在了那里，两只望着伍军的笑眼陡然变了光闪，两道如月似的弯眉倏地拉直了。

伍军似乎压根儿没看那店妹子，拉过收音机，关掉开关，取下后面的盖子，左看右看了一番，又扣上了盖子，指指老樟客栈，搬着它走了回来。等他穿过街，进了门，王桂生见那店妹子拉椅子的手还悬着没有垂下。

伍军走进来，把半导体往床下一塞，笑了笑，对着王桂生诡秘地眨了眨眼。

"你又搞什么名堂？"王桂生瞅着他。

"修理啊，你没听吱吱啦啦的，够它累的，先让它在床底下歇几天。助人为乐嘛，昨晚赶狗，今天治'鸡'，嘿嘿哈哈……彻底安静安静。"伍军连同昨晚的窝囊一块儿吐了出来，痛快极了。

王桂生没有笑。最爱笑的小林也没有笑。周闫闫根本不知道发生了什么事。

"你认识她？"王桂生问。

"兴许吧，大家都住在一个地球上。"

"我不是开玩笑。"

"我倒希望你会开个玩笑。"

"你究竟认不认识她？"

"你有病还是怎么啦？我在哪儿认识她？娘肚里？不就是昨天半夜和你一块打的野狗吗？"

小林的长眼毛使劲眨了一下，又一下。

"学习！"王桂生突然大吼一声。

雨脚一住，四个大兵当即离开了这乌七八糟的鬼镇。只是因为建站选点需要一个山头一个山头地爬，不得不把笨重的器材留下，锁在老樟客栈里。

这里一面临海，三面叠山，他们扛着测试器，背着帐篷，五天爬了七个山头。白天一餐野炊一餐饼干；黑夜卧松枝，顶帐篷，跟四脚蛇做伴。苦是意料中的，况且当兵的不是孬种，从来没说怕苦的，只是测试效果不理想，引导站按预定日期建不起来，叫人心焦。不幸的是第六天周闩闩又发生了"井喷"，一清早就拉了七次，眼睛一下子掉到"坑"里，脸也脱了相。

王桂生身为站长，心里好不烦躁，但又无可奈何，他自己的腿也迈一步"咔咔"响几声，只得下令收兵回营，稍事休整。

三个残兵败将架着一个"井喷"病号下到山腰，忽然一个海蓝色的影子在七八米外闪动了一下，四人一惊，屏气敛声，停住脚步，只见古榕店妹子手上拎着个篮子，一身海蓝衣裤，在荒草树丛里钻来钻去。

她干什么？王桂生脑袋里的亿万个细胞霎时全部武装起来，阶级斗争不再是纸上谈兵。小林在看清那海蓝色的同时迅速地把目光移到伍军脸上。伍军瞥了小林一眼，一脸莫名其妙。

海蓝色的她并不曾发现他们，又走出几米，蹲身下来。

八只眼一齐望去，她的面前是个坟包。

她放下篮子，双膝跪下，从篮子里端出四只小碗，摆好，又拿出一串金箔银元宝，划着了火柴。

火苗腾地蹿了起来。

四个兵一下子卸了盔甲。周闩闩腿一软，瘫在地上。

灰蝶随着气浪飞起来，在店妹子头顶、怀中盘旋、飘舞，她静静地跪在那里，并不哭，也不像惯常女人上坟那样娓娓地诉说一番。她只是一味静静地烧着金箔元宝。

推开昨天的半扇门

一只鸟儿扑棱棱落在距她两米多远的地方,大着胆子朝着她跳、跳、跳,猛地在小碗里扎了一头,衔起一块什么,飞走了。飞得并不远,丢下嘴里的东西,"啾啾"地连声喊叫,而后又朝她飞过来,跳、跳、跳,又猛地叼起一块东西飞走了。飞回原处,那里已经有一只小鸟在吃它丢下的食儿,它丢下嘴里的食儿,又跳向她。

"啊呵呵呵……"笑的余音未尽,她猛地扑倒在墓碑上,头一下一下撞在上面,凄楚的悲号在空空的山风、啾啾的鸟鸣中悲切欲绝。……

小林身上一阵阵发冷,周闫闫的嗓子眼儿一阵阵发干,王桂生心里一阵阵发酸,伍军把一支烟放在嘴里,并不点燃。

火苗被山风吹得忽忽闪闪,渐渐舔着了她的衣襟。

"火!"

四个人蹿了过去。

她戛然止住哭声,倏地跳了起来,只有经常受惊吓的动物才会这样机敏。看清了眼前的人,她一脸愠怒,扑打着衣角上的火。

王桂生的眼睛转向那个青玉石碑,碑文是出乎意料的:先父——矶南抗日游击队戚齐元司令员之墓。

王桂生对着墓碑站直了身子。

小林从头上拉下了帽子。

伍军甩掉了手上的烟。

店妹子并没有留心他们,她拍打着身上的草棒,头上的烟灰,忙不迭地整理自己,那窘态远比那天夜里更甚。

走出几步,她突然转回身。

"你们怎么在这个山崖?鹤顶峰比这个山崖妥帖得多,上面有庙,有泉眼,吃住便当。"她大概知道自己的眼睛红肿,只是说,并不抬头望他们,"早年进香火的人多,登山路修得也还好咯。前几年一个钻矿队在上面住过,只是太高,临海,在最东边。"

王桂生望了伍军一眼,伍军也正看他。

"我带小林上去看看。"伍军说。

周闩闩急了:"轻伤不下火线,我也去!"

"豪言壮语留着写日记去,我们没工夫听。"伍军烦了。

周闩闩大眼珠子里一下子憋满了泪。

王桂生不满地斜了伍军一眼。

店妹子扶住周闩闩:"我们一道回去哦。"

周闩闩撤出胳膊,望着王桂生。

王桂生说:"谢谢人家嘛,你扭捏个什么呢!"

"走哦。"店妹子对周闩闩说了一句,匆匆瞟了伍军一眼,转身走去,那松松地盘在头上的长辫子甩落了下来。

那么黑、那么亮的两条辫子,摇动在她婀娜的腰间,拍拂着她浑圆的臀、细长的腿……王桂生猛然别过头颈,谁也不招呼,迈开大步朝鹤顶峰走去。

然而晃动在他眼前的却不是山、树、草,而是一个草一样细弱、树皮一样干巴、山一样沉默的女孩子。那平平的胸脯,瘪瘪的臀部,完完全全是个未发育的女孩子。她二十岁了吧?1960年娘在逃荒的人群里收留了她,那时她十五,说是留给他做媳妇的。他一眼看到的是她那老鼠尾巴似的小辫儿,黄黄的,干巴巴的,枯草一般,长了五年,还撅撅着,也不见长多少,还是那么黄,那么干,那么细的一根老鼠尾巴。

他摆摆手,眼前的老鼠尾巴不见了,耳边又响起一串银铃:"啊呵呵呵……"

汽车在一个小村边上停了下来,有几个乘客拎着东西下车,司机回转头来告诉大家车停十分钟,大家可以方便方便。王桂生认出,这是下马镇,离矾山镇不远了。心里不免又一阵激动。

当年他以引导站站长的身份到这万山之巅来建站,如今他已经脱下军装,成了地地道道的老百姓,应部队邀请庆祝建站二十周年。无须自谦,他和他的三个战友,都称得上这个站的"开国元勋",一路上他苦苦思索,上山讲点什么。扎根边疆?以山为家?以苦为荣?为革命贡献青春?……

"啊呵呵呵"的笑声捣蛋似的一阵阵往他脑子里钻,叫他什么也想不下去……

当王桂生还在车上颠簸的时候,有一个人已经下了车,走进了矾山镇。他坐的是早晨五点半的头班车。如今矾山镇名声大振,公路上奔驰的货车自不必说,光客车,白天就有四班。

矾山的矾不仅质量优,世界地矿专家实地勘测后公认:中国矾山是目前世界矾的蕴藏量最大的矿山。那嘉靖年间首先发现此山的讨饭夫妇,若能预知矾山的今天,他们一定会吞下再生果,重游矾山镇的。

这个乘头班车来到镇上的人,高高的、挺挺的,头发蓬蓬的,像一团黑色的火焰。

他下穿一条浅灰色的裤子,上着一件淡鸡血红的运动衫,用中国人传统的目光审视,在他那年龄这打扮略略花哨了些。

他也在审视矾山镇。用二十年的尺度丈量它的变化并不让人满意,但镇口那威风的大型制矾厂,不仅厂房规模可观,职工大楼也盖得别致。既有现代建筑的明快,又有当地建筑的古朴。

镇子扩大了好几倍,走了许久才望见十字路口那古榕、老樟。路两旁的店堂返老还童,面目全非,有的向两边扩展,有的向高空升腾,门脸上漆金描红,飞檐上幌幡拂动。

吃茶是本地人的嗜好,如今那茶馆扩展了三倍,里面增添了书场和棋桌。海滩上来的渔民，茶场里来的茶农，做罢生意便聚在里厢，品着茶，或听书，或弈棋，其乐无比。

相比之下，那二十年前就有的，如今屋顶蒙着尘灰，墙根长满青苔，台阶上巴着痰痕的国营百货公司实在逊色得很。

那些个小商小贩，肩挑背扛的渔民茶农也放肆得可以，目中无物地把他们的筐子、篓子、担子、案子顺百货公司摆了一溜儿，像篱笆墙似的挡了个严严实实。卖的，买的，吆喝的，讨价还价的，精神劲儿全在这摊摊上，闹得那百货公司的女售货员百无聊赖。

二十年对于千年古树不过是弹指一挥间，它们既不显得苍老，也没有变得年轻，似乎既不在意风雨，也不留心艳阳。

古榕仍然飘飘逸逸；老樟还是那样仪态万方。在它们庇荫下的老樟客栈、古榕照相馆，已经脱胎换骨，面目全非。

那一宿两餐的木板小客栈已经成了三层红窗青壁小楼，看上去清清爽爽、雅雅致致。

古榕照相馆还是两层，铺面也没见扩大，只是具体内容起了质的变化。楼下仍是杂货店，楼上仍是照相馆，大概不会再靠自然光摄影，连那招牌都成了弯弯曲曲的灯管，夜里这霓虹灯一亮，准映得满镇子光彩。

楼是新砌的，门脸是一排明亮的玻璃，两扇铸花钢网门收缩在门脸的墙壁内，设想夜里电钮一按，钢网门一合，恐怕再不会有"野狗"钻得进。

货架是敞开的，顾客可以进里面自选，没想到她的步子跟得这样快。凭她的气魄，她的胆量，她的敏感，使她总走在小镇的前头。

他的心率开始加快，颤抖的亢奋中夹着阵阵的紧张，仿佛年轻了二十岁，青春的躁动不安使他抑制不住地想往里冲。手心沁满了

推开昨天的半扇门

汗珠。

他还是在店外站住了,慢慢用眼睛在店里寻找,却不见她。他左右环顾,在那左边橱窗,做样片的相片里发现了四个兵。它被摆在最核心的位置,已经微微发黄。

他的目光凝聚了,两条腿微微颤抖,后退了几步,他坐在了那被几朝几代的屁股磨得光溜溜的古榕树根上。

怪石林立,犬牙交错,蓬蒿没人,荒无人烟,他们的引导站就建在这里——鹤顶峰。

这座峰从地上看,它在天上,从其他山上看,它在云中。庙,就在峰顶,已经是断壁残垣,不遮风雨。庙堂的大梁上刻有楷书:乾隆二十二年重修祥云寺,己亥桂月吉利。寺院始建于何年何月已无从考究,据传自乾隆年间数次筑路修庙,以续香火,但几代真人、佛徒皆因耐不住清寂、贫苦,弃庙下山而去,至今古刹的断壁上还留着清朝骚人墨客的遗诗——

　　云台咫尺接层霄,
　　羽化真人去路遥。
　　但见山中遗迹在,
　　苔痕经雨未全消。

这跑了和尚的庙又有人在修缮了。锻石、砌墙、补洞、泥缝,四个新"和尚"住了进去。

"我们是第几代真人?"小林问。

伍军笑笑,一个起跳攀上梁头,在那乾隆字样旁边写上了一行字——公元一九六五年重修祥云寺,乙巳年荷月一日。

四个真人大笑了一场。

"真人"之称不知是凡夫所赠还是出家人自诩，实在科学。不管他们多么清心寡欲，仍旧是个人，真的人，人的七情六欲只能掩于袈裟之内，而不可能彻底根除。

在庙下面十几米的东南处，他们发现了一个规模略小于庙的处所，虽然石壁断裂，门窗破碎，地上生着杂草，墙上长满苔藓，门上方的眉檐还清清楚楚留着"清风庵"的字样。这真应了一句俗语：自古有和尚庙的地方，都有尼姑庵。

四个兵把"清风庵"也修整了一番，做了他们的伙房。

工作室和住室合而为一，都在大庙里，绿色的大天线竖在庙的前面，信号效果非常理想，这在测选点时就高兴得他们狂呼了一阵子，站长、副站长两位统帅当即拍了板：就在这儿建站。

回到镇上，王桂生脱下他那条被店妹子嘲笑过的、四季不离身的老绒裤，换了一双白底儿黑边儿松紧口条绒鞋，那是去年他作为学"毛著"积极分子，进北京开会时买的，一直金银细软一般藏在他的手提包里。

他穿戴整齐，命令他的部下们也都披挂齐全，在他的率领下浩浩荡荡开进了古榕照相馆，郑重其事地谢过了店妹子。

店妹子不知是被四位军人的威严庄重所慑，还是因为什么，有点拘谨，竟没有发出一声"啊呵呵呵"的笑。

这倒叫王桂生心里只觉得若有所失，愈加地威严和庄重，以至于感激的话全部说完，还直挺挺地站在那儿，弄得店妹子手足无措，拿着她的花手帕当抹布，一个劲儿地揩柜台。

她毕竟是个脑子活络的女子，僵局很快打破，笑容满面地请四位上楼留影。

伍军知道王桂生最讨厌照相，腿一迈正准备走，王桂生却一把拉住他：

"照一张，就作为建站纪念，好不好？"

推开昨天的半扇门

  竹楼梯被四个兵踩得咯吱咯吱响,年迈的楼板大概从没经受过这等蹂躏,一阵阵地喘息和呻吟,呼呼扇扇颤颤悠悠地叫。
  大兵们的脚不敢冒失,神经难以放松,尽管店妹子一再提醒"笑,笑一下!"但几张脸仍旧是一派"悲壮"。
  店妹子终于忍俊不禁,"啊呵呵"地笑起来。
  四个兵满意地走出店堂,小林落在最后,两只眼在楼上楼下东墙西墙满处扫,结果却使他失望。
  他们刚过街心,背后喊了一声:"哎!"
  四个人一齐回过头,
  "你。"她指了指伍军,"过来一下,你有东西落脱了。"
  "副站长,叫你呢!"小林忙拉拉伍军。
  伍军折转身去,走进了小店。
  "你叫啥咯名字?"她问。
  "解放军。"伍军说,并且笑了笑。
  她也笑着。
  "叫雷锋,对哦?"
  说着她拿过半导体收音机,放在伍军面前。那是王桂生代表全体人员致谢词的时候伍军悄悄放在柜台上的,并且附了条子:"对不起,检查一遍没发现故障,再致歉意。"
  "做好事不留名,活雷锋哦。"她的笑渐渐透出几分讥讽,抬手指了指门脸上的牌子:本店经营照相冲卷、日用百货、四季海鲜,无线电修理。
  伍军脸腾地红了。
  "啊呵呵呵⋯⋯"她开怀大笑,笑得那么放肆。
  伍军感到自己的身高一下子被砍去了一截,他傲然扬起头,冷冷地说:"我已经道过歉。"转身就走。
  她竟一把攥住他的手,确切地说是攥住了他的三根手指头,他的手太大，她的手太细。

"我靠它招揽顾客哦，你要赔偿损失。"

伍军甩开她的手："说吧，多少钱？"

"一星期来照一回相。免费。"

伍军怀疑自己的耳朵是不是出了故障。

她又说："一个月来照一张也行……你定要交费也行。"

"没时间！"

伍军刚要迈出店堂的门，店妹子把柜台边上一个倒扣着的镜框翻了过来。伍军打了个趔趄，几乎晕倒。

街对面的玻璃窗后晃动着两张脸。

"那是什么？"王桂生像是自言自语，又像发问。

"照片。"小林快憋死了，一张口吐了出来。

"谁的？"

小林立刻后悔不迭，支支吾吾地说："是张合影，女店主和她未婚夫的……"

"给副站长看那个干啥？"

"我哪儿知道。"

王桂生咚咚几步走到门口，没迈出门去又咚咚咚拐了回来，灰着脸立在窗后，望着对面。

只见伍军眉毛、眼角全提了起来，王桂生还不曾见他动过如此大怒。他更蹊跷。

再看那店妹子，却一反平时的泼辣，恭恭敬敬地站着，低眉敛目，温良柔顺，左手抠着右手，嘴唇一启一合，说得又急又快，忽然身子一转，背过脸去，那线条纤秀的背急促地抽摇着。

伍军皱着眉头走出店堂，穿街而过，进了客栈。

王桂生立刻把脸转了过来。

小林迫不及待地等着站长发问，他这几天被那张照片弄得晕头

推开昨天的半扇门

涨脑，强烈的好奇和疑惑使他十分迫切地想搞清这一切。

一刻钟过去了，副站长躺在床上正过来反过去看一张过期的报纸。站长反复刷着他那刚刚上了一下脚的黑边白底条绒鞋。

周闩闩搬着字典，攥着铅笔屁股在写信。识不了几个字还总爱写信，就跟那爱说话的哑巴，爱打岔的聋子差不多。

"什么鬼天！"小林突然骂了一句。

没人理睬他。

上山后，四个人都憋着一股劲儿，不到一个月，电线全部架了起来，高大的几何形天线开始了旋转。

工作之余，四条汉子变着法儿充实自己。开始是烧荒、开地、垒梯田、盖猪圈，这"南泥湾"运动是闩闩发动的，小伙子嘴不灵光眼里可净是活儿，手又巧，梯田让他垒得只怕大寨人看了也服气。

闩闩是个孤儿，庙虽破却让他有了家的温暖，他像祖祖辈辈的农民一样对治家有着浓厚的兴趣，呼哧呼哧地干得欢极了。王桂生欢喜地夸他："闩闩想当一辈子和尚，打万年桩呢。"

闩闩咧嘴笑笑，算做了回答。

俗话说秃尾巴驴爱俏，这憨小子偏偏有个和他不相称的嗜好：爱花。别的花还一般，尤其偏爱石榴花。山上的野石榴棵子让他挖来一捆，庙前庙后种了一圈儿。小林和他逗乐儿，叫他"黑石榴"。

大生产运动告一段落，便开始搞娱乐场地——修球场。此处是天无三日晴，地无三尺平，唯有庙西边有块平整的地方，却垒着一个厕所，上刻着大大的"女"字。

兴许是哪个年月的勘探队留下的。兴许是"女"字造成他们心理上的障碍，这个厕所四个兵没有启用，然而也没人提议取缔它。现在球场选址明摆着那是一个最佳地区，可是谁也不往那儿看，仿佛那是座名胜古迹，国家重点保护文物。

扒了一道山梁,平了一道山沟,四周打上木桩,桩上拦起网子,一个马戏团跑马场式的球场终于落成。

然而球场的使用价值并不高。场子不是泥,就是水。从小林建立的《天气日志》看,两个月只有五个晴天,而这"晴"又是那么廉价,只要太阳露露脸,就算它个晴天。细看每一天,那才有意思:

九月二日:阴、雾、晴、雾、雨。

九月三日:大雾一天。

九月四日:雨、雾。

……

雾淹没了草,缠住了树,裹紧了大庙,又顺着瓦缝、石缝漫进庙内,钻进四个兵的被筒儿、手提包。五斤重的被子沉得像石板,涩得伸不开腿;薄薄的袜子死不塌塌半个月晾不干;手提包里的衣物、新鞋、新袜长着寸把长的绿毛。

雾,仍不罢休,调皮地摸摸新兵嘴边刚刚萌发的茸毛,捣蛋地攀在老兵的硬胡茬上荡荡秋千,还有更大胆的,长驱直入,从那裤管儿、脖领儿、袖口儿不屈不挠地攻击着那一座座疙瘩肌肉山,占领那宽阔的一望无际的脊梁大平原……

气得小林跺着脚喊:"雾吧,有本事你雾它三七二十一天!"结果,大雾一连雾了四七二十八天。从此他再也不敢"诅咒"。

小时候他幻想变成孙悟空,云里来,雾里去,如今老天不负他,偿了他的心愿。他也终于理解腾云驾雾、云三雾四这类形容词。

伍军值完夜班常不睡觉,点一支烟,坐在真人道士们留下的弈棋石上看雾。

这氢和氧的化合气体,初升起时飘飘洒洒、轻轻柔柔、时隐时现,躲着山,绕着岭。渐渐地大着胆儿向一起聚拢,气势也挺拔起

推开昨天的半扇门

来，沸沸扬扬，无视山，不顾岭，如久别重逢，冲出樊牢般地扑在一起，紧紧地拥抱。山退出了，岭隐去了，树恍惚了，草隐身了，世界在那氢和氧的化合气体中朦胧了。

朦胧里常常显出美。伍军望着那融成一体、扯不清、拉不开的氢氧化合气体发呆。烦了就抱起一块石头，顺山扔下去，石头滚着山坡，撞击着别的石头，"啊呵呵呵……""啊呵呵呵……"，满山谷里回荡。

王桂生的老绒裤已经换成了老棉裤，单军衣上套着皮坎肩，一迈步"咔咔咔"，雾得他关节长了锈。

他出生在江汉平原，小的时候还以为山没有他家的老榆树高，老鸦窝就坐在山头上。当兵后没进团部的门，径直被汽车拉到山上，从此五年换了三个山头，一个比一个高，一个比一个寒，双腿、双肩，也一年比一年故障多。老鸦也从他家的老榆树杈上追过来，在他耳朵里盘了窝，闹得他整夜整夜在床上翻腾。

他家几代赤贫，国与家的关系他懂。

参军听说是空军，他闹着去陆军，生怕没有机会堵枪眼、托炸药包。

到了空军才知道不是人人都去开飞机，分配他到报务台，他找到连长要求当炊事员。并不是想表现自己，他也不知为什么，觉得脏活累活就应该自己干。

几年的军旅生涯可以说无愧于这身军装，作为学雷锋标兵、学"毛著"积极分子，他以各种各样的先进人物身份出席各种规格的代表大会。心里却常不踏实，最怕自己说梦话，怕脑袋一失去控制，乌七八糟的东西往外冒。娘的，有时候竟在梦中当了团长，他给吓醒了，也不知道嘴里有没有喊出什么。

还有时候，做梦和一个戴着手表的女人逛商店，刚把个大收音机抱在怀里，只见娘拉着"老鼠尾巴"在后面边远边地喊："作孽呀！你个丧尽天良的陈世美！……"醒来，一身冷汗。他骂自己，惩罚自己，当然，悄悄的。

他很想知道，别人在梦里都干什么。

来到鹤顶峰，梦是越发地不像话，有一回，梦里照了个几丈宽的大相片，比天安门城楼上毛主席的照片还大。

想想也怪，听说过烟有瘾，酒有瘾，没听说过照相也能上瘾。王桂生愣是对照相上了瘾头。原来觉得自己黑不溜秋，镜子从未买过一块，有什么照头？

现在仔细端详那上山前的四人合影，还怪好看的呢。照片上的他慈慈的眉，善善的目，宽厚的嘴，那黑，却照不出来，他挺满意。他有了自信，似乎相片帮他找到了自己，重新认识了自己，这使他对照相发生了极大兴趣。

当然，对这个新兴趣他并不满意，像有些吸烟者一样，明知有害，一旦抽上又很难戒掉，他还常常暗自思忖，是不是他的部下也有什么新的嗜好？因为一有机会，周闩闩就主动要求替队里办这办那，生着法儿下趟矾山镇。

最叫王桂生琢磨不透的是他的副手，这家伙下了班满山梁子转，对着那空旷的山谷嗷嗷地叫，像头发了情的公狮，然而独独他上山后一次也没有下去过。

王桂生也努力不下去，仅有的一次也出于无可奈何。

那次，周闩闩对他说："站长，该种大蒜、莴笋了，我下山买种子去吧。"山上买菜难，要靠自己种，到了季节买菜种，这本是好事。王桂生答应了。

周闩闩刚下去，团里来电话，半月前给他们下发一些"毛著"单行本，还有一些青年修养的书籍，让他们注意查收。

王桂生算算时间，邮件早应该到矾山镇了。

周闩闩买大蒜、菜种，又拿报刊信件，再扛这些邮件恐怕有困难，于是，他不顾关节的酸胀难忍，给伍军交代了一番，脱下老棉裤、皮坎肩，一身轻快地下山去了。

山里的回音大，拐过一个山弯，王桂生就听到周闫闫鼻音很重的野曲小调——

　　石榴开花慢慢红，
　　冰檐下水慢慢融，
　　只要妹妹你有心等，
　　总有一天喜相逢。
　　……

这小子一背人鼻子里就哼这玩意儿。老实人也有斜门道，保不住梦里头都干些个什么呢！

王桂生并不追赶他，一直下了矾山，快进镇子，他才紧走几步，盯住了周闫闫的背影。他要看看这小伙子先到何处去。

他的推断果然不错，周闫闫走过那熙熙攘攘的摊摊，菜种一样未看，先进了古榕照相馆。

王桂生远远眺望了一阵子，折回了邮电所。

下午王桂生大汗淋漓双腿酸麻地回到山上，周闫闫已经在弯着腰种大蒜。晚饭周闫闫食欲颇好，小林失手掉了根筷子，他傻笑了半天，笑得小林莫名其妙。

庙小妖风大，站小麻烦多，王桂生心里沉甸甸，又空落落，下山只进了邮电所，心里想干的事一样没干，情绪全被搅乱了。似乎也不全是因为周闫闫，说不清为什么。

晚饭后起风，伍军拿着钳子、钢丝走出庙门，王桂生从"女厕所"方向走过来。

"我说。"王桂生皱着并没有多少男子汉气魄的眉，"那女厕所还是应该拆。"

"没谁说过不拆。"

"是啊。"王桂生一时没了合适的话,"你,你干什么去?"

"起风了,加固天线。"

"我想,咱们脑子里首先得有阶级斗争的风雨,上山时间不短了,需要开个站务会,大家都亮亮思想。"

"出了什么事?"伍军扭过头来望着王桂生。

"那还不至于,我们连续三年的四好站,还能等它出事?……"

"好吧,我先搞好天线。"伍军说毕就走。

王桂生再也掩饰不住他的不高兴:"我的话还没说完。"他下嘴唇哆嗦着,"你对我提出来的问题好像不以为然,看不起我这站长你可以给领导提。"

伍军扔下手里的钳子,笑起来,莫名其妙地望着王桂生。

王桂生更气了:"我并不想压着你嘛。你当站长,我可以当副手配合你嘛!"

……

站务会开到一半,忽然声如钟鼓齐鸣,虎啸狮吼,凤鸣龙吟,一下子震慑了庙里的人。紧接着庙顶像被乱棍扑打,重锤撞击,泥碎瓦飞,门倒窗裂,顿时砂石鱼贯,箱倒机翻……

伍军大喝一声:"起风了,天线!"

没等他迈步,"咣"地蹿进一个火球,"嗖"地在他们身边乱钻,撞在一部电话机上,"咔"的一声机子粉碎,又"噗"地冒起一股青烟。

伍军奔到门口,一股飓风一下子把他掀倒在地,他随即抱起门口的顶门石,加重身体的重量,抓着草根朝天线爬去……

王桂生抱起另一块顶门石爬去……

小林、周闩闩没什么可抱,两人推着一个装机器的铁箱子蠕动

推开昨天的半扇门

过去……

风扯着火蛇般的闪电在树上缠，在草上滚，碗口粗的树枝子"喀嚓"一下子猝然断裂，砸在窜着青烟的草地上。黑黝黝的山峦被闪电倏然推出、倏然隐去，一刹那雪亮，一刹那漆黑，他们从来没感到过，天，离他们竟这样近。

风，舞着雷电，扫着碎石，那劈头盖脸的碎石像"子母雷"炸在他们脸上、手上、身上。刺疼、烧麻，直到完全失去知觉。风，把他们掀起、摔下、再抛起、再摔下……天，发明了一种惨无人道的刑法。

一寸、一分，血手抱着青石、抓着草根，向天线靠拢。

固定天线的钢缆被疯狂旋转的天线扭断，天线被风赶着朝悬崖边缘滚去……

一个"球"不顾一切地飞过去，风把他抛起，砸下，又猛地踢了一脚"嘭！"撞在天线上……

"冂冂！"

伍军滚过来，甩掉石头紧紧抱住周冂冂，两人身躯贴着身躯滚向缆绳。缆绳一米一米往下滑，他们一米一米往前滚。王桂生、小林也滚了过来，四人抱在一起，铁钩般的手指一齐抓住了缆绳……

天亮了，风也累了。四个兵仍抱在一起，像四条互相咬伤的狼。每个人脸上都是一个红包压着一个红包，比得了荨麻疹还难看十分。

大庙变成了伤兵收容站，全挂了彩。

周冂冂撞在天线上庆幸没伤筋动骨，只是踝关节上撕裂了一个大血口。当天他还拄着个棍子收拾被台风扫荡过的菜地，转天却中风似的口齿不清，张嘴不便，舌根发硬，把"站长"叫成"安羊"，逗得小林直乐。

夜里王桂生值班，向团里汇报了他们抢救天线的经过，特别把

239

周冃冃奋不顾身的行为做了重点介绍。

团首长表扬了全站,并让王桂生帮助周冃冃整理一份讲演稿,月底团里召开《为人民服务》发表二十一周年纪念大会,让周冃冃出席。

王桂生兴奋地跑过来:"冃冃!祝贺你,冃冃!"

周冃冃不住地咳嗽,四肢和面部一阵阵痉挛,王桂生摸摸他的额头,滚烫滚烫。他慌了,大声喊:

"冃冃!怎么啦?团里开纪念大会,让你去!去发言!……"

伍军、小林都围了过来。

周冃冃使劲张着嘴:"俄、俄……不够条件……"

"够条件!你够!我帮你写稿子。"王桂生转过脸对伍军说,"是不是赶快把他送医院?"

伍军用手绢给周冃冃擦着汗,没有吭气,过了一会儿他出去了,砍了两根毛竹进来,拿出背包带扎担架。

周冃冃两只手死死地抠着床板,一身的汗,不肯下山。

"冃冃。"伍军握着冃冃的手,"下山治病不影响你参加大会,去吧,早治好病早回来。"

周冃冃手一松,不再说话。

王桂生和伍军抬周冃冃下山。盘山路三十五里,插小道十九里,他们取小道径直而下。

乱石在脚下晃动,茅草在腿间缠绕,伍军把担架举起,顶在头上,没走出五里,脖子上的青筋扭在一起鼓胀胀地蠕动,汗珠子一颗颗从壮壮的头发茬里拱出来,噼里啪啦地往下砸。

王桂生在后,为了保持担架平稳,弯着腰,半蹲着腿,来不及换去的老棉裤蹭着峭石,扯着荆条,刺棱刺棱地响。周冃冃牙关一阵紧似一阵,在担架上抽成一团……

担架一进镇,引来众目睽睽,客栈老公慌忙之中趿拉着一只鞋

推开昨天的半扇门

子奔将出来,扶着担架往前走,古榕妹子正在进货,店门一落跑了过去……

在卫生院雪白的床上只躺了五个小时,周闩闩便永久地合上了眼。破伤风、败血症,就这么简单地夺去了这年轻士兵的生命。

咽气前,闩闩两只憨憨的眼穿过房顶望得很远、很远,腮上两个浅浅的酒窝儿时隐时现,似笑非笑。

王桂生蹲在地上,双手抱头,失声痛哭。医生说闩闩那笑容是高烧所致,肌肉在强刺激下变形。

伍军狠狠地瞪着医生,他不那么理解,不愿那么理解。

闩闩一直到闭眼前都是清醒的,店妹子把一张放大的彩色照片塞在闩闩手里,他们才明白他对照相馆感兴趣的原委。

照片上是个胖墩墩的陕西闺女,眯眯的眼,撮撮的嘴儿,一对调皮的小虎牙,她叫石榴。

闩闩参军的时候她送了一程又一程,把一张半寸的小照片塞给他,指天为誓在家等着他,等他服完役,攒够三百块钱来娶她。

那次下山买蒜种,闩闩怯生生地拿着那半寸小照片恳求店妹子,店妹子给他翻了版,放了大,着了彩,总算在他闭眼前把"石榴"放到了他手里。他是捧着那张照片合上眼的,嘴里嘟囔着:"石榴……三十七块了……"

护士把遗体放在小推车上往外推,呆滞的王桂生跳了起来,瞪着充血的眼,夺门而出,门把儿"哧——"的一声把那开花的破棉裤又扯下一个大口子。

他扑上去,恶狠狠地瞪着护士。

护士松了手,伍军背起闩闩走出医院大门。

在那高高的鹤顶峰上,在那大庙前边,天线右边,大蒜地左边,砌起了一座新坟。

日出日落，一天天过去了，闩闩的坟地上拱出小草儿，细细的，嫩嫩的，长到寸把高，渐渐由绿转黄、枯黄、焦黄、干了。

冬天到了。

整个山一下子憔悴了，只有那几棵四季不落叶的柳杉剩下点绿色，留下了一些生机。独独那雾不依不舍、缠缠绵绵不肯随季节而去，烦得人骂娘、骂老子、骂奶奶，又奈它何？

伍军下了夜班不去钻那雾湿的潮被筒儿，掂一把砍刀满山转悠。上小学时，妈把他送到大别山的三姨家，三姨是个小学教师，每逢星期天让伍军和山里的孩子一块去打柴。虽然三姨用的是煤火，然而一到星期天，三姨一准把他从热被窝里轰起来，往他肩上挎一袋干粮，往他手里塞一把砍刀。因而砍柴这活儿，他并不陌生。

然而他还是砍了手，血喷了一树一腿。那暗红色稠嘟嘟不透明却有光泽的血柱是那么叫人提神，那麻酥酥的疼痛一下子接通了每根神经，那种痛快，像点着了二千头的炮仗穗子，哧哧地冒着火星，迅速地在全身爆炸。他吸了口冷气，揪了把藤条，胡乱一缠，心里却说不出的畅快，似乎这一刀他等了许久。

就在砍手的那一天深夜，伍军被值班的小林推醒：

"听！快听！"

王桂生也醒了，两人支起耳朵，什么也没有。

半分钟过去，窗子上响了起来："嘭！嘭！嘭！嘭！……"继而门上："笃！笃！笃！笃！……"

伍军一个鱼跃，抓起手枪，拉开了顶门棍。

"咿——呀！"门开了。

小林的牙捉对儿地厮打起来。王桂生从被窝里跳起来，伸手抄起顶门棍。

滚滚的雾气拥挤着扑了进来，大庙里一下子昏暗了。伍军一个

推开昨天的半扇门

箭步，闪出门去。

门外一片寂静，朔风撕扯着浓雾，浓雾不屈不挠地裹着朔风，风里雾里仿佛飘荡着无数神秘的精灵。月亮被模糊了，不上不下地浮在雾气中，整个世界都朦胧了。

伍军绕着大庙转了一圈儿，进庙，关上了门。

王桂生扔下了顶门棍。

"听说这座山上来过小股蒋匪军。"小林说。

王桂生盘腿坐在床上，点起一支烟，朝伍军甩了一支过去。

"是闹鬼吧？"小林又提供分析的资料，"镇上老百姓都说鹤顶峰上住着鹤仙，白皮、白发、白眼毛……"

王桂生吐出一团浓浓的烟雾。

伍军仰面躺在床上。

一支烟抽完，王桂生披上大衣出去了。

小林用手遮住灯光从窗子望去，见站长慢吞吞地走到坟堆前，绕着坟转了一圈儿，坐了下来。……

第二天囝囝的坟前有一堆纸灰，坟也培了新土。

伍军看着王桂生肿胀的眼，说："闹鬼的不会是囝囝。"

"我不迷信……烧烧纸，给他送点钱，心里踏实。"王桂生沉重地说。

然而天快亮的时候，窗子又响了："嘭！嘭！嘭！……"尔后又是门，"笃！笃！笃！……"

一连三天，天天如此。

一种紧张气氛包围着大庙，紧张中夹着神秘和亢奋，使灰色的庙，绵绵的云，空空的风顿时有了生机。小林的牙不再捉对厮打，瞌睡也少了，一个一个讲着他看过和幻想中的种种神话，什么孔雀公主、蚂蚁王子、树魔、鬼杖……王桂生给囝囝送了钱，从心理上排除了障碍，神也定了，抖落着他从炕头、地边儿听来的大鬼、小鬼、男鬼、女鬼、屈死鬼、吊死鬼……

伍军抽着烟听他俩说神道鬼，耳边却不时地响起一串串"啊呵呵"的笑声。每当那"嘭！嘭！"的敲窗声一响，这笑声也随之隐约可闻，有一次他甚至听到沙沙的脚步声。他的目光透过墙壁，清清楚楚地看到她飘然而至，人面鹤身，雪白的羽毛，微启朱唇，望着他嫣然一笑……忽然一支黑黝黝的枪筒对准了她，她依然"啊呵呵"地大笑，眼里却充满了惊慌，她双翅一抖，朝他扑来，他一个侧身，把她闪到了一边……

"嗨！听呆啦？"

王桂生和小林常常大喝一声，把他从幻梦中惊醒，于是三个人大笑一阵，西拉东扯一通。

他们已经很久没这样对话，没这样笑了。日复一日单调、平淡的生活像白水煮萝卜一样没有色彩和味道。他们简直应该感谢这个"鬼"了。

伍军暗自下了决心，一定要见识见识这个鬼。

他作了各种推测、设想，连捉拿的办法也设计好了。不料在他值夜班的那个晚上，他出去小解，拉开门，迎面飞来一个黑乎乎的东西，他把门一掩，那个东西朝着亮窗飞去，用头一下一下撞着窗户"嘭！嘭！嘭！"一会儿又朝透着光线的门撞去，"笃！笃！笃……"突然一下子摔在地上，挣扎了一下子，不动了。

伍军走过去，捡起来，是一只海鸥。长长的喙上满是血，身子还热乎乎的。茫茫的大雾使它颠倒了天和海、庙和船。这使伍军回忆起曾有几个早晨发现过这种死海鸥，他还纳闷，原来……他一挥臂，对着一片大雾使足了劲儿朝大海甩去。尔后浑身软塌塌地坐到了崖边的一块石头上。

在那无法排解的清寂中，王桂生和小林依然兴致勃勃地分析着"闹鬼"的奇事，简直像饭后的烟、酒后的茶。伍军不想去破坏它，

推开昨天的半扇门

他自己也极力排斥那该死的、令人沮丧的海鸥！

一进十二月，战情突然紧张起来，每个人一天几乎八小时耳机都拿不下来，资料的甄别整理也随着加大。三个人，包括十八岁的小林都开始耳鸣、头晕、失眠。王桂生更别提，一取下耳机，老鸦呱呱哇哇闹分家似的在耳朵眼里吵打。团里通知，最近就给他们增补新的人员。

他们盼望着。

不料第二天下午庙门即被叩响，除非飞，不然增补的人决不会来这么快。又闹鬼？大白天？伍军拉开门，六只眼睛一齐望去。

庙门口站着古榕店妹子，她用手绢扇着风，一头热汗，腾腾热气，像冬日早晨冒着热气的泉水，清新、温馨。那被汗水洗过的皮肤晶莹透亮，闪闪发光，嫩红的双腮鲜而艳，像两朵飘浮的云霞。

"木有见过你们这种傻兵、呆兵！"手绢在她手上舞着，节奏急促促的。

三个人全愣了。

"成仙啦，修炼成功啦，勿吃人间烟火啦？是啵？！连天气预报都勿听，你们此地是啥地方？"

"阴了三天，也不下山备菜，备粮，晓得啥咯叫冰封山哦？一落雪，一封山半个月东西勿法弄上来，你们喝西北风，对哦？"

三个兵于是看到了她身后的一只扁担，两个箩筐，看到了落在她那杏色毛衣外套和辫子上的白雪花。

王桂生急急忙忙地说："哎呀！你看，让你……快！快进来坐……"

小林把最漂亮的家当，一只折叠椅搬了过来，迅速地用衣袖抹了一下，同时捎带看了看副站长。

伍军警觉地回了他一眼。

店妹子抬头看看天，有些焦急了："你们把筐里厢的东西拿出来，我得赶紧下山，雪一落大回不去哦。"

那箩筐一只装的是黄芽菜、土豆、萝卜，一只装的是虾米、海带、木耳、粉丝、猪肉。足够他们三个人吃半个月了。

王桂生好不感激。这几天忙的，厨房里只剩几个土豆儿，肉前天就断了顿儿，要是冰封了山，他还真不知道怎么办呢。

看着这两箩筐东西他想象不出如此柳枝儿身条儿的她怎么挑着它们走了这三十多里的盘山路。他攥着大手，不知说什么才好，刚一动手拿东西，箩筐里一个布袋蠕动了一下，发出一阵"呜呜"声。

店妹子笑了，解开袋子的口儿，"汪"的一声，从里面蹦出一条小花狗儿。那小花狗儿警觉地，相面似的挨个儿把他们三个审视了一番，喉咙里呜呜着，随时准备扑上去。

"丑花花！"店妹子把手绢一抖，小花狗两只短短的前腿儿一抬，用嘴咬那花手绢："去，勿缠我。给他们做伴、看门，听懂了哦？"

小花狗在地上打了个滚。

小林乐了，一把将小花狗抱了起来。

于是，王桂生再一次恳切地邀请店妹子进庙坐坐，喝口水，喘喘气。

"勿进去哦。"店妹子执意不肯。

"别硬留人家，咱当兵的傻气、呆气会传染的。"伍军掂起箩筐进了庙。

店妹子跟着走了进来。

"我倒要看看你咯传染力。"说着她在椅子上坐了下来。

雪像个耍脾气的急性子，说来就来，一顿饭吃过，已是纷纷扬扬，满山遍野，天和地一片混沌。

店妹子住下了，在做饭的那个尼姑庵里。王桂生把那庵门重新

推开昨天的半扇门

修整了一番，几下子补好了门洞，几下子刨出一个门闩儿，手脚利索，活儿做得也漂亮。

店妹子在一边直喊："看勿出咯，你嘎内秀哦！"越喊王桂生的手越麻利，心也越发地细，那顶庙门的大顶门棍也被他扛得来，竖在庵门后。

小林把小花狗留给了店妹子，尽管一步三回头，他还是把丑花花留下了，让丑花花给店妹子壮壮胆儿。

伍军抱来了两床被褥，一床闩闩的，一床他的，他只给自己留了一件大衣。他在庵子中间拢起一堆火，驱赶潮湿和寒气，临走，又把一个手电筒放在她的枕头边。

"不用怕，我们离你不远。"出门前他回过头说。

"哪个讲过怕？我早就不晓得怕是啥咯东西了！"她偎着火，头也没抬。

伍军正想说什么，王桂生又甩着两条布袋似的大粗腿一拐一拐来了。

"哎，忘了告诉你，那个，那个你要是需要那个，在西边，出了门往左一拐就是。……"

店妹子流星似的眼珠儿转了几下："你可是讲的厕所？啊呵呵呵……吃饭前小林告诉我了，他说：'大姐，我们这儿有个聋子的耳朵，你来了它就派上用场咯。'啊呵呵呵呵……"

这一夜，外面飘着鹅毛大雪，庙里升着灿烂的太阳。

外面那么亮，伍军以为天亮了，和衣坐了起来。风一阵凶似一阵，雪粒子在风的摔打下从瓦砾、墙缝这儿抖一撮，那儿撒一把，寒气携着潮气一股股往里冲。大庙尚且如此，那四处透气的庵堂还不知如何冷法。他睡意顿消。

风咆哮着，雪摔打着，外面的树"喀喀嚓嚓"地断裂，倒伏。

伍军坐不住了，裹起大衣，戴上棉帽，钻进了风雪里……

清晨，裹着被子在火堆旁坐了一夜，又困又冷的店妹子搬开顶门棍，拉开门闩，打开两扇门，蓦地发现了庵前那一串又一串的脚印。

她那睡眠不足的双眼刹那间闪出粼粼光波，灰白的脸上红晕一点点泛起。她倚着门框，盯着那脚印看，看了许久才发现它们冰坨坨一般地坚硬发亮。

她抬起头，整个山也晶莹透明，成了一座琉璃山。店妹子双眉一抖"糟！冰封山！"她辫子一甩，淘米、洗菜，麻利地做好了早饭，却不见三个兵来吃。于是她披上毛衣外套走出门去。

雪在天亮时停了。这一整夜又下又刮，下一层冻一层，边下边冻，等王桂生拉开庙门，简直不知身在何处了。那平时看了千百遍，不新、不奇、不起眼的山，一夜间装束得如此奇丽壮观，震得人直想冲着它们喊两嗓子！

冰雪像一位魔术大师，那大大小小、高高低低的山峰在它的点化下变幻出各种姿态：雪狮、冰猴、引颈高歌的雄鸡、依树长望的少女、骑在牛背上的牧童……那庙前路旁的柳杉，被雪压断了枝，被风吹掉了顶，天然修剪出千奇百怪的"盆景"。

叫绝的是这"盆景"由一身水晶组成，中间裹着青翠的绿色，小林高喊着："拍电影的快来呀！我们这儿有天下第一景……"

他高兴地跑出庙门，刚迈两步就"咚"地摔了个四脚朝天，他捂着屁股叫："怎么啦？怎么啦？"

伍军哈哈大笑："小傻瓜！冰，冰没见过吗？"

"见过冰，没见过雪，我妈也没见过，我们那儿没下过雪，我装点雪给我妈寄去，让她开开眼，你们说好不？"

没容王桂生、伍军笑出声，机器上的红绿指示灯"咔、咔"的一个个熄灭，最后机子"嘭"的一声终止了工作。

如雷击顶！笑容顿时从三个人脸上消逝。

推开昨天的半扇门

"天线停摆了!"

"一定是高压线被冰雪压断了!"

"抢修!"王桂生头发都竖了起来,转身抓起工具箱夺门而出。只听得"哧——咚——",滑出老远,跌在地上,摔得那些喊哩喀喳的关节彻底散了架子。

伍军半弯着腰,一步三滑地把王桂生搀了回来。

此时他们才算真正领略了"冰封山"。

店妹子来了,她稳稳地一步步朝他们走来。六只眼睛的焦点都聚在她的脚上。她那棉鞋上拦腰扎了三道草绳。

"冰封山啦!"

三个人没有吭声。

"快去吃早饭哦!"

三个人没有动。

"高压线压断了,机器全停止了工作……"小林哭丧着脸说。

"是要下山哦?喏!"店妹子"嘭"地扔过来一只箩筐,"先在鞋子上扎几道绳头、破布,跟我一样往下滑。"说着,她把辫子往头上一盘,拿起一只箩筐、两根木棍儿,走出庙门。到了坡度增大的路口,往箩筐里一蹲,两手撑起木棍儿一用劲儿,筐载着人"哧溜"滑了下去,转眼不见了。

三个兵振奋了起来,胳膊腿不灵活的王桂生留下试机,负责联络,伍军和小林背着工具,拿起铁钎,学着店妹子,一个蹲箩筐,一个蹲装机器的木箱子,溜了下去。

风在耳边呼呼地叫着、喊着,往脸上、脖子里扎着、钻着,生疼生疼,刀剐芒刺一般。疼着疼着渐渐转为火烧火燎,不像寒气锥人,倒似火舌在割舔,耳朵、鼻子、两腮,甚至眼皮和嘴唇都被那钝挫似的火舌舔光了,剔净了,只剩下一副骨架。

"啊呵呵呵……"

风送来那不知愁苦的笑,店妹子像一个小黑球滚在前面。

伍军喊了一声"快",大家加大速度向下冲去。

小林龇牙咧嘴,紧追不舍。

冰挂粗粗细细,长长短短,像一群顽童攀吊在电线上荡秋千,坠得那细细的电线弯了腰,"嘣嘣"地断裂。店妹子已经做了六处断裂的标记,伍军和小林分头接线、架线。

电线杆已经冻成了冰柱子,砸一段爬一段,钢钎砸在硬邦邦的冰上"梆梆"地响,虎口、十指震得像通了380V的电。远远的,伍军听到了小林在另一端砸着、喊着、唱着——

数九那个寒天——梆!梆!梆!
下大雪——梆!梆!梆!梆!
天气那个虽冷——梆!梆!梆!
我心里——梆!梆!梆!
热——梆!梆!梆!
……

伍军也想喊,想唱,却又喊不出,唱不出,热汗、冷汗掺和着流,热冷热冷、冷热冷热的。他没命地砸,迅速地接线、架线,一处又一处,一分一秒地抢着时间。直到他和王桂生通了话,得知机器正常工作,才一屁股坐在地上,浑身像抽了筋,去了骨,软塌塌地一点力气也没有了。

"吃吧!"

店妹子不知从哪儿冒出来,丢在他跟前一个手绢包儿。打开来,是一些带着冰碴的山里红、山葡萄、毛栗子。

伍军立刻感到胃在痛苦地蠕动,口腔里分泌出一股股酸水。饥饿像躲在暗处的千军万马,此刻浩浩荡荡一齐向他袭来。

推开昨天的半扇门

  他迫不及待地抓起一把山里红,抬起头感激地看了店妹子一眼。她在笑着看他,笑着,一直那么笑着。那笑像冻在了脸上,僵僵的,死死的,不改样地挂在翘起的嘴角上。
  他惊诧地看了她几秒钟,她似乎有所感觉,用手摩擦两腮,那翘起的嘴角仍拉不下来。伍军扔下手里的山里红,站了起来。
  "往手上哈些热气,再轻轻搓。"
  她听话地把手放在嘴上哈气,那双手乌紫发黑,手面肿起一寸多高,左手食指血糊糊地半掀着欲掉未掉的指甲盖儿……
  伍军蹲下来,一颗一颗捡起那些山里红,这才发现每颗上都沾着血。他把它们放在手绢里,包好,一点儿也不饿了。尔后,把两只大手往冰雪上搓着,像镰刀在砥石上打磨,直到双手发热、发烫。
  他把手上的水往身上一抹,拉下店妹子的手,把那双通红滚烫、腾着白色热气的大手捂在她的腮上。她闭着眼,一动未动。
  小林背着工具兴冲冲又唱又号地跑来了。

  学习雷锋好榜样,
  艰苦朴素永不……

  歌声戛然而止。
  伍军那双大手仍捂在店妹子的腮上。
  店妹子一动未动地闭着眼。
  小林惊愕地看着这两个他既熟悉又陌生的人。
  ……
  天黑的时候,他们三个返回了峰顶。
  伍军、小林一进大庙,王桂生就"嗖嗖"扔过来两副耳机,什么也没顾上说。

伍军、小林立即上了机。

……

庵堂内，红烧肉、海米白菜、辣子三丁、粉丝榨菜汤。店妹子做好了，等急了，走到庙门口看了又看，热了又热，裹着被子守着那些饭菜想打个盹儿，又合不上眼。冻肿的双手又胀又痒，做饭时那未曾完全掉的指甲盖儿彻底地掀掉了，十指连心，钻心地疼，疼得她一口口吸着冷气，坐不住，就站起来走，火烧火燎地疼，一跳一跳地疼，她恨不得用菜刀把那个指头剁下来。

……

天亮了，三个大兵来了。

三张脸没有一点疲惫之状，小林咧着船儿似的嘴，冲着店妹子直笑。

"啥事这么欢喜哦？"店妹子忙着热菜、热饭、热汤。

王桂生跟在她后面，兴奋地说："今天凌晨三点咱们击落一架蒋匪的 U2 飞机！"

"真咯？！"店妹子猛一转身，大辫梢儿甩在炉口上，"哧——"一下子燎焦了，满屋子怪味儿。

"我们，是在我们引导下击落的！"小林激动地迈着大步，从屋子这头走到那头。

"包括你，你的功劳最大！"王桂生对店妹子说，"我已经向团里汇报了你对我们的支持。"

"我？啊呵呵呵……我可勿敢当。快吃吧，肚皮里空得也好装下飞机了。"

三双筷子忙不迭地伸向那久违的佳肴，王桂生不停地往店妹子碗里夹菜，他斜了一眼滚在角落儿的几个焉土豆儿，心里一阵自咎。如果不是这个店妹子，这半个月恐怕得天天吃盐水煮黄豆了。

伍军突然放下碗筷："来吧，还是先包一下你那手吧。"

"你先吃饭,不老疼咯。"

伍军打开药箱儿,这药箱直到吃饭前一直在伍军手上,王桂生忽然明白了点什么。他转过脸看店妹子的手,那左手已经改变了颜色,紫红透明,食指乌黑,像一截儿烧焦的木炭。王桂生倒抽了口气,急问:"怎么,怎么成了这副样子?!"

"木事体!木有事体咯!"店妹子呵呵地笑着,还想藏那手。

伍军一把将她的左手腕抓过去。

丑花花欢欢实实地在几条腿之间钻来拱去,啃着骨头,舔着小林悄悄塞给它的好吃的。它已经明显地跟小林表示了亲近。小林一喊"丑花花",它马上一抖耳朵扭过脸,调皮地抬起两条前腿儿直立起来。这丑花花着实逗人,白白的脸儿上只有鼻梁处长着豆腐块大小的黑毛,活像戏台上的小丑儿。

吃过饭,店妹子说:"我回去了,店里木有人咯。"

"走?"王桂生像被打了一闷棍。

"你们有书信要寄哦?我捎下去发。你们的油勿多了,冰开了冻,你们到我店里厢去取,我在粮店给你们买下,省得你们跑腿,粮店正'四清',总关门咯。"

小林抱着丑花花凑在店妹子跟前:"再住两天嘛,大姐!你光给我们帮忙,我们还没有尽主人的心意呢!"目光对着伍军,满眼恳求之色。

伍军在劈柴,没说什么。

店妹子红润的脸蓦地蒙上了一层灰白。她猛地站起身,在脚上扎起草绳。

"哎!哎!怎么说走就走?中午,要走也得吃过中午饭,现在太冷!"王桂生急得简直要夺她手里的草绳。

店妹子对他笑笑,麻利地收拾妥了一切,和他们道了别,抚摸了一下丑花花的小耳朵,走了。

丑花花呜呜汪汪地叫着，拼命从小林怀里往外挣扎。

三个人目送她走过球场，走过女厕所，走到路口……

"我去送她。"伍军说了一句，没等回答，追了出去。

天已经放晴了，雪把天擦洗得碧蓝，碧蓝得脆生生、水汪汪，如湖似海。胭脂红的太阳冷冷地斜在东边，仿佛世间的热量都顺着那无数条金线收将进去，藏了起来，只撒下了寒冷。

多情的雾天一晴便露头了，沸沸扬扬，密密匝匝，从低矮的群山中升起，缠绕着上升、上升，升到鹤顶峰的半腰再没有了力气。望眼欲穿地挣扎着，翻滚着，怎么用劲都升不起来。于是它们把天和地隔开了，只是在那难得的一丝炸缝里才能看到山下的海、海湾、小镇。

两个彩色的球绕着冰山滚着，前面的杏黄，后面的军绿。后面的愈快，前面的也愈快。只见山在增高，不见他们的距离缩短。云雾在他们身边飘荡着，一团团、一缕缕，他们如同两个羽化的仙人在穿天下降。

降着降着，伍军看到前面的店妹子忽地跌进白茫茫的云雾里不见了。他使足了劲儿，朝云雾里冲去。

等他睁开眼，世界一下子暗了。太阳没有了，蓝天不见了，头顶是云雾密布的大阴天，下滑的速度也慢了下来，越来越慢，山坡上不再是冰，而是厚厚的、暄暄腾腾的雪。店妹子也不见了。

伍军甩掉了木箱和木棍，绕着山转了个弯儿。

店妹子一下子从坡后跳了出来。

"你追我干啥子？"她瞪着火辣辣的眼睛。

"送你。"

"嘿嘿嘿。"她冷笑起来，"我还勿晓得自己有嘎大个面子。"

"知道你生我的气。"

"我勿敢。你回去吧。"

推开昨天的半扇门

"不。"
"回去吧"
"不。"
"真咯要送?"
"对。"
"送到镇子里?"
"送到你的小店里。"
"当着众人的面跟我吃几杯茶?"
"在你店里吃午饭。"

一颗水银豆子迸出店妹子的眼,"叭"地摔在雪地上,砸了一个坑。她一甩辫子顺着盘山路大步朝前走去,走了几步,猛地回过头,死死地盯着伍军看了许久,一头扎进他怀里,紧紧地将他抱住,抱得那样紧,两个人几乎停止了呼吸。她身子猛地歪向一边,伍军随她一起摔到雪地上,她抱着他顺山坡径直朝下滚去。

头上、脸上、脖子里滚得白花花的,雪下的凸石草根硌着、扎着,她全然不顾,疯狂地滚着。伍军从小以打斗蛮野闻名,却也未曾撒过如此大的野。

店妹子的野性点燃了他莽莽男子汉的血,他用整个身子、胳膊、大腿把她裹了起来,不让那石头草根碰疼她。他从来没有像今天这样为自己是个男子汉而骄傲,也从来没有像现在这样为自己这种男子汉而愧疚。

"玉囡。"他第一次唤她的名字。
她的身子抽搐了一下,像被什么扎了。
"疼吗?"
她没答他的话。
他却感到怀里紧紧抱着的她变得愈来愈小,和他贴得愈来愈紧,渐渐成了他身上的一部分。

突然停止了滚动,她紧紧地抓住了草根。

伍军向下看了一眼,离镇子还有一截儿。

"就到这儿。"她说。

他疑惑地看着她。

"镇里人多嘴杂,就送到这儿吧。"她从他怀里挣脱,在雪地上坐了起来。一条辫子滚得散开了,乌黑的头发挂着白白的雪,凌乱地披在胸前、背后,脸红扑扑的,两只媚眼闪着又喜又悲又惊惶又泰然自若无所顾忌的光,复杂得无法言状的光。

"你以为我是个胆小鬼?"他恶狠狠地对她说。

"你以为我会真咯让你陪我进镇子?吃茶?吃饭?你有这份心,也就行了……"她一只手艰难地理着那凌乱的头发,眼里的光倏地熄灭了。

伍军觉得胸口快炸开了,一把将她搂在怀里。

"回去把那张合影照挂起来!"

"撕了。"她说。

"再照!咱们照张真正的。"他说。

她回头捶着他的胸脯,嘤嘤地哭了起来。伍军用那骨节粗大的手,笨拙地理着她的头发。

……

月色朦胧,伍军推开了庙门。

王桂生一脸严肃,对着小林说:"你到伙房烧些开水。"

小林抱着丑花花走了。

"副站长。"王桂生坐在伍军的床上,"上午接到通知,总参谋部、总政治部通令嘉奖了我们站。"

伍军激动地从头上抓下帽子:"哎呀,你这个老王,一脸的阶级斗争,吓了我一跳,原来是这么一件大喜事,你可真会幽默!呵呵呵……"

推开昨天的半扇门

"我们站不配接受这么大的荣誉,我很惭愧,我这个站长不称职,站里的情况我一点也不掌握。"

"又怎么啦?"

"我们俩也别绕圈子了,有些事你如果不愿给我说,可以直接向团里汇报,但必须汇报。我们是机要人员,包括个人问题都不是个人的事,这你应该比我懂。"

"当然可以向你汇报,其实路上我已经想过了,回来就对你说呢。"伍军大大咧咧地点着烟,兴致很高地吐了一个烟圈。

王桂生愠怒地说:"现在才想起给我说,你不觉得太晚点了吗?!"

"嘿!你这个人,这就是今天的事嘛,当然只能今天说。"

"好好好。"王桂生一副被愚弄的气愤之状,"请你说说,古榕店里的双人照片是不是你和她?"

"是。"

"好。为什么你一直隐瞒这种关系?为什么你欺骗我们说你是第一次到矶山?你和她到底认识了多久?"

"你认识她多久,我也就认识她多久。矶山我的确是第一次来,至于我和她的关系,直到昨天,都跟你们一样,没有任何特殊。"

"照片!照片怎么解释?你送她的时候,小林都告诉我了,我简直不敢相信……"

"真正不敢相信的,应该是我。"伍军掐掉烟,"我一看到那张照片差点晕过去,这是做梦都想不到的,因为我就是在梦里也不知道她是谁,从没有见过她,怎么就和她合了影?见鬼了,跟聊斋故事差不多!

"她也没想到我会有一天出现在矶山,站到她眼前,她也跟撞见鬼差不多,惊慌失措。

"咱们下去照相那天她都给我说清了。那是因为镇上复杂,她一个年轻女人独身撑一个门店、一个门户，常遭人欺辱。有些人眼睛盯上了她那个店，托媒人提亲，踢破了门，她自己又没碰上可以托付终身的人。烦了，也怕了，就动了个脑子，将《解放军画报》上的一个封面和她的一张照片拼剪合拍成一张合影照，挂在她的店堂里，镇妖压邪，当成了尚方宝剑。就这样，本人有幸被她选中了。不信你去看看，是不是去年大比武的时候登在《解放军画报》上的那一张……"

王桂生三分信、七分疑惑地张着厚厚的嘴唇："搞的什么名堂这是？！"

"名堂就这么多，全给你说了，该汇报的都汇报了，如果需要外调，那就是你们的事了。"

"怎么，假戏真唱了？"王桂生从床上站起来，"而且，这么快就决定了？"

"快？已经不算快了。像玉囡这样的姑娘，还需要等什么吗？老王，你说，我还等什么？"

王桂生被烟呛了一下，说道："是，是啊……不过，这沿海地区情况复杂，我得把情况全部向团里汇报一下。"说着向门外走去，那两条老寒腿一拐一拐，越发地不利索了。

伍军因为内心的兴奋还在激动着。他今天脾气出奇地好，话特别的多。王桂生走出门时，伍军又大声喊："路滑，慢慢走！"尔后，脏衣服也不脱，一下子倒在床上，唱了起来：

　　大轱辘车呀，
　　轱辘轱辘转啊，转啊，
　　得，驾！
　　……

推开昨天的半扇门

他简直不知道自己唱了些什么。

几天后，冰山解冻了。

小林背着背篓下了山，店妹子已经把油买好了，满满一铁筒油，少说也有二十斤，满面春风地迎着山上下来的人。

小林一进镇她就看到了，甩着大辫子跑出来。

小林想躲她，已经来不及。她惊愕地看着小林。

小林还没张嘴，就拉着她的衣袖哭起来。

……

第二天太阳还没来得及升起，店妹子已经站在了大庙门口。

伍军已经收拾好一切行装，绿军装上的领章、帽子上的红五角星也拿了下来。他今年转业，正常转业。只是通知下来得晚了些。不过赶得快，正好回家过年。

王桂生两眼红红的，两手笨拙地往伍军背包上塞着他那双黑边白底儿条绒鞋。

"你先走一步，明年我也差不多了……"

"勿走！勿能走！"店妹子冲进门来，夺过王桂生手里的背包，一甩老远，"你说，为啥咯让他走？你说！"

伍军吃惊地问："你……你怎么来了？"

她仍紧紧盯着王桂生："说！你说！是因为我哦？是勿是？给，给你！"她说着把一张大红纸摔在王桂生身上，竟是一张结婚证书。

王桂生结结巴巴地说："这……这个赵文汉是谁？！"

"我丈夫！我昨天结婚咯丈夫！行了吧？这下你们该放过他了吧！"店妹子的泪像决堤似的流了一脸，她愤然跑出门去。

伍军一把夺过王桂生手上的结婚证，脸上的肌肉蹦蹦地跳着……丑花花窜了出去，呜呜着，用嘴紧紧咬住女主人的裤管……
……

伍军眼睛的余光觉察到不远处的树根上坐着一个人。他扭过头去，是一个白发苍苍的老者。

老者盘腿坐在大榕树古老的树根上，腿上横着一个缀着红缨儿的马鞭。不知道他在看什么，两只眼直直的，脸上却没有一点表情。更奇怪的是他那满是车辙印的脸上，眉毛却是漆黑漆黑的。

伍军仔细端详了一番，激动地连声喊着："老公！老公！还认识我吗？！"

老公木雕泥塑一般。

"他是个痴子咯。"一个路人告诉伍军。

伍军的目光缓缓地移向古榕店，那里热闹起来了，一个描了眉毛、涂了口红的姑娘正往身上套一件蝙蝠衫。她一穿上，几个年轻女子赞叹地"啧啧"了起来，有两个从货架上抓起一件，对着镜子比试了一下，就向那个描眉毛、涂口红的姑娘交钱。

"幺姐噢，穿衣、戴帽，美在一套，你瞧！"

她说着把一顶紫红色的小帽往头上一扣。

"咯，好看哦！"

"你看我这口红颜色还好哦？法国进口咯，变色口红，只需两元钱，幺姐吔。"

于是衣服、帽子、口红，那两个年轻女子全要了。

原来店主人是她。

他在她脸上寻找当年的那个店主人，除了那做生意的热情、聪明和麻利，别的都寻找不到。伍军却一下子站了起来，他看到一个双腿甩抛甩抛的中年人走进店去。

那姑娘热情地迎上前去，莞尔一笑："要啥自己随便选。你勿

推开昨天的半扇门

是此地人?"

"不是。"那中年人说,"不过,我到此地来的时候,还没有你呢。"

"嘻嘻嘻……"那姑娘笑起来是哆哆的。

"我认识你母亲,我是鹤顶峰上最早的兵。"

姑娘把眼睛瞪圆了:"你认识我爸爸哦!"

"不,不认识……"

"我爸爸叫伍军。"

"你说谁?伍军!"

伍军只觉得脚下"唰"地裂开了,跟当年看到那张合影照片时一样。

楼梯响了。

那中年人停止了说话,抬头望去。

伍军痴呆了一般,眼睛直勾勾的……

楼梯上响声越来越大,她下来了,步履仍然轻盈,身姿依旧窈窕,眼睛依然明亮,只是一头刺眼的白发,雪一样的……

从前有座山,山里有座庙,庙里有个和尚讲故事。讲的什么呢?"从前有座山,山里有座庙……"

斑斓的十字

　　东边，太阳从地平线上弹射而出，像一枚橘红色的信号弹；西边，月亮浮在天尽处，像一只寻找岸的船。绿色的军列箭一般穿行在太阳和月亮之间。

　　军列车顶上蒙着迷彩伪装，车尾架着高射机枪，车身插着白底红十字小旗。

　　哐哐哐！哐哐哐！哐！哐！哐！……绵亘的红土地向后飘去，蔗田、芭蕉林向后飘去，战火硝烟甩在了车后，失落在战壕、草丛里的腿、臂、耳朵、眼睛……甩在了车后。

　　战争把世界变小了。

　　列车像一条绿色的边境线，聚集着各种兵——步兵、炮兵、装甲兵、工兵、防化兵、通信兵、老兵、新兵，还有女兵。这里到处标着十字，血红血红的，庄严、神圣、肃穆，像天堂与地狱的路标，像生与死的界碑。

　　阳光和月光分别从东窗、西窗投进车厢，使那一节节长方形的空间不断地膨胀、膨胀。

……

第九车厢

一团烟雾从车厢一隅轻轻腾起，悄悄地散开，渐渐会入两边车窗射进的阳光、月光里。刹那间，灰白的烟雾一边粉红，一边青蓝。

又是那个"黄板牙"，又偷着抽烟！护士叶小爽穿过一档档躺满伤员的卧铺，匆匆奔去。

"呀？！"

一声尖锐而短促的惊呼拽住了叶小爽的脚步。她一个转身，只见护士长靳杏铎面色惨白，目光惊愕，手上的输液瓶滑落在地，竟全无觉察。叶小爽疾步上前，顺着护士长的目光朝下铺望去。铺上躺着一个失去双腿的伤员，浑身缠满了绷带，头部只露出眼、鼻、嘴三个黑洞。伤员衣扣上的布签上写着——

　　血型：A；姓名：高大起；部职别：84581部队作训股长。

叶小爽面容陡然失色，目光和护士长一样震惊、愕然。

车门"咔"地推开了，刺耳的车轮钢轨撞击声随之而入。

"嘭——"车门撞上了。一个小个子护士像只轻巧的陀螺旋了进来，急促促地说："护士长，石医生呢？！"

靳杏铎、叶小爽愣怔怔、毫无反应地望着她。两个身子却像堵墙，遮住了下铺的那个伤员。

小个子护士匆匆忙忙地扫视着一档档卧铺，跑了过来："石医生呢？……怎么了，你们？"

靳杏铎横着步子迎上来。

"七车厢，在七车厢！"

小个子护士一个转身，旋即不见了，像一个被无形的鞭子赶着的陀螺。

叶小爽鼻尖沁出一层细细的汗珠儿。

靳杏铎攥着针头的手这才感到疼，这才看到血。她回过头，准备输液，心脏骤然一紧。那黑洞洞里的眼睛睁开了，直直地瞪着车顶。她俯下身，想捉住那目光。那两个眼倏地又闭上了。这就是那外号"量天尺"的作训股长高大起？！五尺长的卧床空着半截……

一个月前她还目送他和他的小个子妻子散步。她家的阳台正对着部队大院那条宽宽展展的林荫道，几乎每天晚饭后都能见到一高一低的一对男女散步。开始男的背着手，女的插着兜儿，日光渐暗，暮色四起，两个身子合拢了，女人娇小的身子依偎着男人伟岸的身躯，一高一低，像大树庇荫着一棵小草。

她常常目随着这一对璧人，从林荫道的这头走到那头，从那头踱到这头。锯齿从她的前心拉到后背，从后背拉到前心。她羡慕这个同科的小个子护士杨莓，羡慕杨莓身边的那棵"大树"。而她自己的"大树"……

哐哐哐哐！哐哐哐哐！哐哐哐哐！……

东边，橘红色的信号弹越升越高；西边，银白色的小船缓缓驶向港湾。红十字军列游龙般穿行在太阳和月亮之间。

车厢愈加地亮了。那烟熏火灼的军衣，那渗着血的绷带，那残缺不全的身躯，那一张张痛苦的、木然的、扭曲的脸，全部呈现在光明中。阳光热辣辣地蒸发着来苏水和血腥味儿，使车厢里浓浓地弥漫着这种混合气息。

叶小爽手脚麻利地帮护士长固定好输液瓶，朝车厢的一角走

推开昨天的半扇门

去。那里,已经消失了粉红和青蓝的烟雾。

车轮撞击着钢轨,哐咣哐咣!哐咣哐咣!哐咣!哐咣!战争战争!战争战争!战争!战争!

靳杏铎的眼光呆滞地望着窗外……

她,似乎不该让他那样离开家,虽然只是个名存实亡的家。但他毕竟是走向战场,也许他再也没有机会迈进这个家门。

她当时真不知道他是随部队开拔,只以为他要下部队,或者到外地出差。他在"对话录"上写着——

我外出,帆帆交给你了,注意身体。《365夜》,讲到一百六十一夜了。煤买齐了,码在四楼小仓库里,晾腊肉的铁丝拴好了,别再把身子探到阳台外面去晾。排骨的事嘱托了食堂的王师傅,对糖尿病患者照顾不算开后门,以后你每星期一、三、五早晨去取。另外,你不必再为抓中药舍近求远,费力耗神,就托姬苏生……

满满一页,这在他们的对话录上实属罕见。且语气柔和、细腻、周到。靳杏铎几乎心里发热了,"姬苏生"三个字蓦然出现,一下子她如同踩上了三颗地雷,大脑里轰的一阵巨响……她颤抖着双手,拿起笔对战——

卑鄙!就去找姬苏生,今晚就去,以后天天去!你能会你的夏女士,我就找不得老同学?难道兴你放火,不许我点灯?!岂有此理!

对话录的纸几处被笔戳破了,她的怒火未能平息,反而愈烧愈烈,抱着枕头扑在床上失声痛哭起来。舒软的席梦思床,蓬松的鸭绒枕头，高档家具挤得满满的房间，她心里却一片空旷、荒凉，仿佛置身于荒原，匍匐在坟丘蓬蒿之中，头顶盘旋着呱呱的乌鸦，乱冢里藏着饥饿的野狗。

从十一岁起她就常常出现这种幻觉，有时是噩梦，总被一只野狗追逐，黄色的狗，老狗，老得皮皱毛秃，双目浑浊，却色眯眯，咬着她穷追不舍……她奔、跑、惊呼、哭叫，弄得全家不得安宁。她拒绝看医生，也绝不对任何人说她的梦，包括妈妈。做大夫的姥姥说这是青春期忧郁症，慢慢自然会好转。那年她第一次来月经，那一年她结束了混沌又透明的孩提时代，顿醒了甜苦茫然的少女意识。姥姥虽然是个好大夫，但对她并未言中，忧郁和孤僻随她一块儿往大处长。不爱见人，不爱说话，对男性不理不睬，那种成见到了仇恨的程度。在护校做人体解剖，她拒绝接近男性尸体，被老师指鼻子挖脸熊了一顿，惩罚性地有意分给她一具男尸，一个皮松如皱纹纸的老者，她扔下手里的器械，哭叫着跑出解剖室，哇哇地呕吐。

到了男不可不婚，女不可不嫁的年龄了。全家总动员，包括小她五岁的妹妹，四处为她物色。悄悄的，待家庭会议一致通过后才小心翼翼地，瞅着她高兴的时候，试探性地、规劝式地，用师长爸爸的术语，运用侧攻迂回战术达到让她同意见面的目的。都失败了，直弄得全家筋疲力尽，懒得再管她的时候，她自己领家来一个小连长。才不出众，貌不惊人，一开口满嘴山东大葱口音。腿，让他说成"抬"。除了挑剔的妹妹，全家还是热情地承认了他，就像过年非得吃顿饺子，没有富强粉就标准粉，标准粉也没有哪怕是杂合面的，也行。倒是妹妹总咽不下这口气：

"你照过镜子吗？知道自己长什么样儿吗？听说过癞蛤蟆想吃天鹅肉，没听说过天鹅追了个癞蛤蟆！不说别的，跟他走在一起，连高跟鞋都没法穿，矬磨橛子一个，你到底看中他什么了？"

"看中他脚上那双'老头鞋'。"她着三不着两地说。

妹妹从此不再理她。

她说的确实是实话。她对他的好感就是从那双黑色、圆口儿、短脸、胶底、毛边的布鞋开始的。大家都叫它"老头鞋",部队的干部、士兵每年发两双,也不知是谁命名的。不过倒是挺形象,又土又老气,就是在部队营区里也很少有人穿。那时她为躲避家里人的关心,住进了医院的集体宿舍。他是同宿舍夏静男朋友的好友,经常随同前来。那目的是很明确的。她虽孤僻却不愚钝,况且在一次军事演习中他们打过交道,之后他才随从夏静的男朋友一同前来的,且次数越来越勤。进门后夏静的男朋友目光直向东射去,那是夏静的方位,他则用眼睛的余光向西扫描。其项庄舞剑之意,不言自喻。也正因为如此,他脚上的老头鞋才抓住了她的目光。真的,他都来了许多趟了,她却记不清他的五官。每次来,她都低着头,看到的只是那双老头鞋。她惊叹,还有如此保持自然仪态的人,即使在他想取悦对方的时候也质朴如初,不装扮,不修饰,毫无哗众取宠之意。她不再躲避他,不再躲避他的目光。

"我让野狗咬过。"在公园的一条长椅上她推开他伸过来的手,郑重地对他说。

他莫名其妙地望着她。

"十三岁那年。"她说。

"狗?"他从甜蜜中醒过来,一眼的迷惑。很快,那细眯眯的眼睛亮了,"狗没啥好怕的,我小时候家里就养着条狗,那狗……"

她低着的头轻轻摇着、摇着,脸上已没了血色,寡白寡白,血管里的血却到了沸点,滚烫滚烫的。

十三岁,月经刚刚来潮,胸脯始觉发胀,一切朦胧的神秘和神秘的朦胧刚刚张开五彩的翅膀,没容她看清,没容她起飞,就在那个黄昏,就在她家客厅的地板上,夕阳沉重地照着,时钟当当地敲着。她曾一声声呼唤过陈爷爷的人,她爸爸的老上级,撩起她的花裙子……地板上留下了一摊血,不多,正好埋葬了一个十三岁的少女。

他把她推开的手伸了过来,用他的臂膀紧紧地裹住了她孱弱的身子。

"以后不会再有黄狗、黑狗、野狗,你什么也不用怕,有我!"

她大概是一下子偎在他怀里,虚脱了,像一只漂泊了许久许久的船终于寻到了岸。

她曾是那么醉心于她的家,地板每天擦三遍,连揩桌子的抹布都选了又选。她曾是那么倾心于她的他,虽然只比她高两厘米,虽然下巴和两腮没有胡子,脖子上也没有喉骨,但在她眼里,他是个真正的男子汉。她最喜欢听他那浑厚的男中音:"有我!"

他把她从荒野坟丘里领了出来,不再有幻觉,不再有噩梦,不再有黄狗、野狗。她自信世界上一切美好幸福的家庭不过如此,她和他的结合像二氢一氧,H_2O,那么和谐,那么稳固。好日子过起来似水流年,眨眼他们的儿子出生了,更是一个锦上添花。常言道好花不常开,好景不常在,生儿子不久她却得了糖尿病,尿检常常超出标准值三倍以上。这时候恰恰他被选送军校学习,时间是两年。

军令如山,他一步三回头地迈出了家门,她像过河桥断,一脚踩了个空,闪得好苦。妈妈把孩子接走了,她的病却没人能接走,尤其是那中药,没有一回是配得齐的,不是差三味就是短五味,每回折腾得筋疲力尽还有那么一两味没有办法。也是神使鬼差,那次抓药她多绕了个圈子,恰好碰上高中的同班同学姬苏生。他在药物研究所工作,这她知道,五年前他寄给她的信,信笺、信封上都印得清清楚楚。尽管信都被她烧了。

姬苏生拿走了药方,第二天就把一摞齐齐全全的药送来了。以

推开昨天的半扇门

后凡是有缺药,她给姬苏生去个电话,姬苏生便及时送到。

她过意不去,有一天买了只老母鸡,用汽锅煨了,请来姬苏生。时值严冬,外面飘着雪花,他俩围着热气腾腾的汽锅鸡吃得额角冒汗,她把第二条鸡腿扯下来又向姬苏生递过去,姬苏生推让着,她执意要他吃,干脆往他嘴里送去。

门开了,他走了进来。帽子上、肩上落着一层薄薄的雪花,两腮青紫,鼻头赤红,似乎还悬着一滴清水鼻涕。雪花刹那间融化了,那滴清水鼻涕越拉越长。

他回来帮学校订购教材,原本也许能在家住三天?两天?一天?总不至于一个晚上也不能待吧?然而他当天就走了,留下了两个鼓鼓囊囊的手提包,甲鱼、鲜虾、蘑菇、银耳、吉林参……还有儿子的一件毛线外套,她的一双高筒毛皮靴。他也许为这次团聚兴奋得几宵没睡好觉。他也许不期而至,为的是搞个喜从天降的突然袭击,他也许为这次相见做过各种设想:用他那没有胡子的嘴甜蜜地吻她,用他那貌似纤弱却十分有力的臂膀搂她……即使他做过千种万种设想,她想他绝不会想到等待他的是这样一种场面,难堪、难言。

她的心一阵阵发冷,开始变得空旷、荒凉。她有什么错?她没有错,她觉得委屈。座钟连连地打着点儿,凌晨三点她才睡去。雪已经停了,月亮孤零零地斜吊在深远的天上,清冷的月光洒了一床。她迷迷糊糊睡去,又梦见了狗,黄狗,苟延残喘的老狗……

姬苏生还是有量的。那天姬苏生主动伸出手,做了自我介绍。他居然连手都不伸,只是冷冷地打量着对方,像在庄稼地里捉到了一个人赃俱在的贼。第二天姬苏生给她通了个电话,得知他已经离去,当天下了班便来了,还带来了一包白亮亮的燕窝。她清蒸了两只他带回的甲鱼。姬苏生吃得津津有味,她只扯了一点鱼的裙边,便咽不下去了。对面的位置应该坐的是他,而不是姬苏生。忽然间她是那么想他。假若他是今天回来,她会紧紧抱住他,不让他走,不让他走……

恍惚之中,她觉得左手热乎乎的,一只修长白皙的手把她握住了。一个身子挨了过来,她的左颊被毛刷刷的东西刺了一下,又一下,她头沉沉的,闭上了眼。那毛刷刷的刺转移到了嘴唇上,痒痒的,原来男人的吻是这样的!

她的头"嗡"的一下晕了。他张开了双臂,她却霍地站起来,挣扎着躲开,跑进里屋,"砰"地碰上门。她摸着火辣辣的嘴唇嘤嘤地哭了……原来、原来我并不认识我!

姬苏生来过几次电话,她都没接,也不再和他见面。数天后她到医院取化验单,窗口里扔出一句冷冰冰的话:"取走了。"

"不可能,麻烦您再找找,我叫……"肩头被拉了一下,她回过头,姬苏生站在她身后,抖了抖手里的化验报告。

"看看,又高出标准值三倍!"他瞅了她一眼,"别任性,快把处方笺给我。"

他怎么知道我化验?怎么知道今天出化验结果?哦,她似乎对他说过,每月的十三号化验,十五号看结果……随口说说,杂在其他话题之中的闲聊,他居然记在心上了。她抬起头,抬起眼,他高出她许多,这样才能看到他的眼。他正看着她,复杂的目光中透着焦急、挚诚和期待。

"苏生,谢谢你。我们作为同学、朋友,就到此分手吧。"

两年后他从军校毕业回来了,添了吸烟的嗜好,手指熏得焦黄,尖尖的下巴上那几根汗毛似的黄胡子长长的。

或许,她认个错也就能重归于好。或许,他依然的温情能感化她。然而没有,都没有。

本来她准备那样做的,她以为她会一头扑在他怀里痛哭一场。

推开昨天的半扇门

他的冷漠和轻蔑激怒了她，她无法再像公园长椅上那样向他敞开心扉。冷静之余，她意识到这种恶果正是那次的坦率埋下的祸种。也就是说，从根本上，他是不放心她、戒备她的。也就是说，她在他眼里并不是一轮皎洁的月亮，他压根就站在她之上，俯视着她。于是她不再反省、忏悔，也没有了眼泪。原来女人的眼泪并不是那么不值钱，它只向信赖和真诚洒落。

他被提升了，加强营营长。情绪不见变化，工作之余，把全部温情加于儿子一身，孩子成了他的挚友。他嘟嘟囔囔跟儿子说这说那，他只会咿咿呀呀："骑马马。""去玩玩。"

渐渐的，晚饭后他把儿子哄睡了便出门去。他开始混在"光棍楼"里下棋，后来她听到了闲言碎语，她留心了一下，果真是到那个老处女夏静那里去了。

有一天，靳杏铎在五病区的走廊上遇到夏静。失去男朋友之后，夏静本来就没有表情的脸上彻底消失了春夏秋，终日是拒人千里的严冬。那天夏静脸上依然是满天冰霜，却手臂一抬，搭在她的肩上，像她们刚从护校毕业那样。

"杏铎。"走了几步，夏静说，"从相识到相爱的路看来并不遥远，遥远的是从理解到被理解。"

"遥远并不可怕，可怕的是有人从中离间、挖沟、筑墙！"她甩开夏静的胳膊走了。

他依旧常常出去。

报复？寻求解脱？寻求刺激？有一点她明白，人在寂寞的时候接近异性，便会很容易地发生爱情。尽管眼前的人不是意中人，但也会因为心中事而升华为意中人。

她清点了他的衣物、被褥，放在了外屋，他们分居了。在里外屋隔开的墙上挂起了一本"对话录"。有关孩子的事，以及必说的话记录在上面。

　　车轮撞击着钢轨。哐哐哐！哐哐哐！苦苦苦！苦苦苦！哐哐！哐哐！痛苦！痛苦！

　　车厢一个角落里发出沉沉的、低低的哭泣声。似有似无、昏迷之中的呓语和时而出现的一两声呻吟和那哭泣搅在一起，听不真切。靳杏铎怕是自己的错觉，她放下手里的纱布卷，轻轻地，一档档车厢地巡视过去，一个伤员脸上扣着帽子，伤了一条右腿的身子一颤一颤地抖动着。靳杏铎拿开那顶军帽，只见泪水顺着伤员的眼角扑嗒扑嗒地向下滚落，枕头湿了一片。

　　"疼得很吗？"她俯下身问。

　　他仍闭着眼，摇了摇头。那是张连棱角都没有脱出的孩子脸，顶多十八岁吧。

　　靳杏铎挨在他身边坐下，端起车桌上的腾着热气的鸡蛋汤，劝道："腿上的子弹取出来，伤就会好的。你得配合，来，把这碗鸡蛋汤喝了。"

　　一提鸡蛋汤那小战士竟"哇"地哭出声来，急急地用枕巾塞住了嘴，那几分孩子气的哭声被堵了回去，身子颤抖得愈加厉害。

　　靳杏铎挨个把伤员又看了一遍，重新坐在那小战士铺边。

　　他平静了一些，只是不喝那鸡蛋汤。

　　"……我跟俺营长当通讯员，跟俺营长盖一条被子打通腿，在家俺哥都不跟我打通腿，嫌我脚臭。俺营长一听我说冷，就跟我一个被筒睡，暖着我的脚……二月十六号我跟营长到三〇五高地，俺俩被一发冷炮击伤。我一会儿醒过来，一会儿昏过去，营长离我四五米远，他伤了脊梁骨，动弹不了，隔一会儿喊喊我：'小刘，咬咬牙，挺住！''小刘，你睁睁眼，你看树上有只鸟儿。'营长的声音一阵儿高，一阵儿低，一会儿远，一会儿近。我强睁开眼，见营长双手把身边的地抓了两个坑。我知道营长疼，我真怕他死了，他一停下来喊我，我马上就不再迷糊，睁大眼睛喊：'营长！营长！你可不能死！'……营长喘息着，笑着说：'放心，我死不了，我还能感觉到肚子饿呢。''营长，你想吃什么？'……'真想喝碗鸡蛋汤。'……"

小刘的泪珠儿刷刷地又迸了出来。

"后来民工队来了，两个人，一副担架。营长非让民工抬上我走，我哪肯依，我算个啥？营长当了十年兵，还进过军校，那阵子我只会和小孩打架。我对民工说：'营长伤重，快抬上走！'他们把营长抬上担架，营长一个翻身滚下来，发火了：'这里谁说了算？！听他的还是听我的？！快，把他抬上，快走！'

"我被抬上担架，民工一迈开步走，我就觉得再也看不到营长了，我抓着担架哭了。我听营长在我身后说：'别哭！兄弟，告诉伙房，做碗鸡蛋汤等着我……'

"等民工队再赶回去，营长已经……"小刘忽然端起那碗鸡蛋汤，"护士大姐，你把窗子打开一下中不？"

靳杏铎把车窗打开。

小刘喊了一声"营长"，把鸡蛋汤向外泼去。

哐哐哐哐！哐哐哐哐！哐哐哐哐！……

东边，橘红色的信号弹越升越高；西边，银白色的小船缓缓驶向港湾。红十字军列游龙般地穿行在太阳和月亮之间。

靳杏铎在那扬起的水汽中看到一道彩虹。太阳亮而热烈，不像冬日的太阳。

她忽然想问，那个营长叫什么，却没敢开口，连这个战士胸前的布签都不敢看，怕看到部队的番号。她给小战士冲了一碗麦乳精，照顾他喝下，又喂了两片镇静药，渐渐他情绪平稳了。她却坐卧不安。

一个急刹车，列车停在一个小站上。剧烈的晃动使伤员痛苦不堪，呻吟声和叫骂声四起。叶小爽正给一个重伤员喂饭，饭汤泼了她一身，一个伤员嘿嘿地笑起来。

叶小爽往笑的方向斜了一眼，黄板牙！刚才她把他的香烟没收了，现在他幸灾乐祸，报复。叶小爽嘴角一翘，竟然弹回去一个笑。他愣了一下，气哼哼地收起笑，把眼光斜向一边。叶小爽想起他刚才的样子，更想笑。

"留几支吧，大慈大悲的护士同志。五支，三支，两支……"

叶小爽一支也没给他留，气得他在医生巡视时告了叶小爽一状，希望她离开九号车厢，因为她不能理解伤员的痛苦。医生询问他的痛苦，他说："想抽烟。"

叶小爽捂着嘴笑。待她一转身，他龇着黄板牙咒道："日后让你嫁个大烟枪！"

叶小爽转过身，问："还想抽烟不？"

"告一状，出出气，比抽烟过瘾。不抽了。"

"真的？"

"不假。给'三五'牌的也不抽。"

叶小爽不屑一顾地说："冒牌货！"

"此话怎讲？"

"山西的硬汉子据说刀架在脖子上还要抽袋烟才死。"

"那是。"他顿时精神了。

"据说丈母娘相女婿，进门先扔给他个烟笸箩，看看女儿寻下的是不是个真丈夫。这传说还属实？"

"嘿嘿！"他龇着黄板牙，自豪地笑了，"那是，一点儿不假。在我们那儿不会抽烟的汉子就像不会生养的婆姨，没人瞧得起。有

推开昨天的半扇门

那么三拳两脚本事的,都有我这么个抽劲儿。嘿嘿!"

"没说的,你一定招丈母娘疼爱啰?"

"我他妈还不知道丈母娘几条腿儿呢!"

"冲你这抽劲儿,准能找个好媳妇儿。"

"那是。咱还要挑一挑呢。条件嘛——嘿,嘿嘿,也不算太高,只要会抽烟,能跟我对抽就成。"

"这条件可不低。"叶小爽一本正经地说。

"那是。女人只有出类拔萃的才抽烟。就像男人,不一般的没有不会抽烟的。"

车厢里响起一片笑声。此刻,气哼哼的黄板牙又惹得几个伤员笑了,叶小爽也在笑。靳杏铎真奇怪,这个叶小爽走到哪儿,哪儿就一片骚动,对此她说不上反感,也说不上喜欢。

列车开动了,车厢又是一阵剧烈的震动。靳杏铎突然想到了什么,跑到曾经是那么高大,如今只剩下半截身躯的高股长卧床前。还好,输液瓶固定得很牢,滴管中,透明的液体在有节奏地滴坠。

车门"砰"的一响,小个子杨莓又急急忙忙地旋了进来,叶小爽急急忙忙地迎了上去。她说了句什么,眼睛不安地四下溜了溜。叶小爽轻轻推了她一把,她似乎浅浅地笑了笑,走了。

难道相爱的人之间真的有电磁感应?靳杏铎的心绪又乱了。那么,他知道我也到前面来了吗?我们还依然相爱着吗?有人说,爱与忌妒成正比,那么……唉,我却让他那样出了家门。

她实在不知道他要上战场。因为帆帆出疹子,她带着帆帆在妈妈那里住了半个月,等回来看到对话录上的话,不由火冒三丈,于是她又和他笔战。她等着他回来动干戈。晚上他回来了,看了对话录却一言不发,把炉子烘得旺旺的,烧了两大壶开水,拉出澡盆给帆帆洗澡。天气冷,帆帆病刚痊愈,她一把抱起帆帆离开澡盆。帆帆最喜欢玩水,况且衣服已经脱了,便哭着闹着:"洗屁屁!我洗屁屁！"

"乖儿子，来，穿上衣服，穿上爸爸给你洗丫丫……"

她看到他给帆帆穿衣服的手神经质地瑟瑟发抖。她只以为他在生气，而她正想气他。

他哄着帆帆穿好了衣服，抱着他坐在热气腾腾的澡盆前细细地洗着小手。一个指头一个指头地洗，细细地洗着小脚丫，一个脚豆儿一个脚豆儿地洗，痒得帆帆咯咯直乐。洗完了又剪指甲，手指甲和脚指甲。

第二天早上他出门的时候，帆帆抱着他不肯撒手。

"去，帆帆，去找妈妈。"他看了她一眼，热辣辣的，直刺她的眼。这样的话语，这样的眼光，已经很久没有听到，没有看到了，它是那么熟悉，又那么陌生。

"不找妈妈，不找妈妈，我要爸爸，要爸爸！"

他把头顶在帆帆肚子上，顶了许久，任孩子在他头发上抓、挠、揉、搓。座钟打了七下，他用舌尖舔了舔帆帆的小鼻头，把腰上的一串家门钥匙取下来，往远处一扔，帆帆最爱玩钥匙，从他膝上爬下来，像只笨鸭子似的跑去捡，他掂起手提包快步走出家门。他就这样走上了沙场。

她也来了。按说，像她这种情况是轮不上到前线来的，丈夫在前面，孩子小，自己又一身病，然而她终于来了。

离别家的那天，她把炉子烘得旺旺的，烧了两大壶开水，给孩子洗了个澡。剪了手指甲和脚指甲。把他从农贸市场捡来的苞米缨子煮了水，喝了。那许多的苞米缨子是他走之后在厨房里发现的，苞米缨子煮水对治疗糖尿病极好，她是知道的，但不知道他从哪儿打听来的这个偏方。想到他弯着腰在那买的、卖的，你来我往的脚底下拨拉着这一缕一缕的缨子。她差点儿哭了。他为她既然折下了腰，撕下了脸，在人群里捡苞米缨子，为什么不告诉她？！她去翻

推开昨天的半扇门

对话录,左找右找,不见了。他把它揣走了。

他为什么要揣走它呢?

她也揣着个东西来了,是他扔给帆帆的那串家门钥匙。她给他带来了……

东边,橘红色的信号弹越升越高;西边,银白色的小船缓缓驶向港湾。红十字军列游龙般穿行在太阳和月亮之间。

哐——咣!哐——咣!前——方!前——方!哐咣哐咣!前方前方!……叶小爽从小喜欢坐车,速度越快的车越喜欢,而且一定面朝前坐。她的理论:新鲜的永远在前面。

就是不新鲜的,她也能折腾出新鲜来。她几乎是在"五七"干校长大的,那是灰色、暗淡、没有色彩的地方,不乏的只是愁容和叹息。爸爸顶着右派帽子来到干校,顶着右派帽子死在干校。妈妈揣着半尺厚的材料上访、申冤。奔波了五年,终于无望,一根麻绳悬梁自尽。那年叶小爽十四岁,弟弟八岁。弟弟哭着叫妈妈,她对弟弟说:"不哭!她不配做妈妈。"她接替了妈妈的工作,养猪。

半年之后干校到处传着一件新鲜事:五区八队的四头乌克兰大肥猪会跳舞了。大伙儿像听说公鸡会下蛋,都跑来开眼。还真叫稀罕,这个扎着毛刷刷的小姑娘一吹哨子,四头肥猪哼哼唧唧地站了起来,她敲了一下食勺儿,唱:"北风那个吹,雪花那个飘,雪花那个飘飘,年来哎到——"只见那四头猪随着歌声先是像跑圆场似的在宽敞的圈里先后有序地跑了个圈儿,尔后像跳芭蕾一般踮起脚尖原地旋转,等唱到"年来到"时,四头猪则一齐奔向食槽,又挤又拱地过起"年"来。

于是人们惊叹,不为那猪,而为那梳着毛刷刷的小姑娘。一个患了多年忧郁症的干校学员观看了猪芭蕾后,精神复原了。

这次到前线来，叶小爽积极报名。八小时工作制，正常上班下班，打针发药，雪白的大褂，静谧的病房，早已憋得她喘不过气。上前线，她向往已久，她崇拜血与火。还有一个原因：甩尾巴。

有那么两三个男人影子似的跟踪着她，令她烦恼。不知道中国的男子汉都上哪儿去了，让她碰上的还没有一个可以称得上男子汉。有个小白脸儿前后左右地围着她转，甜得起腻，倒水的时候，他翘起白葱儿似的兰花指，把她给吓跑了。一个战斗机飞行员，携风挟雷飞了四年，年年安全标兵，因为她乱了方寸，在穿云下降时看错了仪表，致使飞机落地时冲出跑道，栽入稻田，酿成一起三等事故。她为他的痴情而动心，月牙湖畔她扑向他，热辣辣地吻了他一下。尔后仰着脸，闭着眼，等待他的回吻。这是他们第二次见面，第一次正式约会，他吓坏了，被吻过的嘴唇像电子表的秒数显示器，频率极快且有规律地抽搐起来。等他稳过神来，她用冰冷的眼光跟他道了个别。她原以为这位空中雄鹰会把她的腰折断，舌头咬破。可是……呸！

她奇怪，为什么中国的银幕上也少见那铮铮刚烈的血性男儿，中国舞台上只有风流倜傥的酸书生被莺莺所迷，而绝没有王府千金爱上黑旋风李逵之传奇。她把这归根于中国人的斯文鼻祖孔老夫子。他的一个"儒"，像缠在女人脚上的裹脚布，把天造地化的血肉生灵重新箍塑，造出了病态的"美"。每次看美国的西部片她都兴奋不已，回到宿舍不是踢翻了盆，就是碰翻了碗。

同宿舍的潘珍取笑她："最好那个插着鸡毛的酋长今晚就把你给抢去！"

"干嘛非等晚上，白天就不能抢？"

她喜欢新鲜，也喜欢新鲜事来找她。

列车载着喘息、呻吟、脓血和创伤向着安全与生命奔驰，一路

推开昨天的半扇门

碾过赤红的土地,给人一种轧碾出血浆的疼痛感。

在人类的色觉中,不同的颜色能使人产生不同的心理效应,绿色能缓和心理活动,能使思考集中,消除疲劳,安适恬静。红色则使人想到血、火、女人的樱唇,加剧刺激,膨胀兴奋,使听觉的灵敏度下降,握力成倍增加。这是一种挑衅的颜色,危险的颜色,让人坐不稳,立不安,想去拼杀、复仇或创立功绩!不仅仅人类,斗牛士挥舞起红披风,公牛就躁动不安,以死相搏。调皮的猴子在红色面前灵性顿失,逃之夭夭。就连植物对这片赤红的土地也不能睹之不顾,瞧那窗外的凤尾竹、芭蕉树、木棉树,生长得近似疯狂。据说,北方只有春、夏、秋三季生命力的辣椒,到了这里便能长成多年生的辣椒树。

叶小爽望着那满目的红色,红的地,红的山,红的河。一脉脉的红色向后退去,一片片的红色闪进窗来,随着阳光一起映在碧血斑斑的伤员身上。那一档档卧铺上,每一档里都经历了生与死的厮杀,每一档里都有一段足以让一个男子汉自豪一辈子的经历。她心驰神往,凝视着他们,想象着他们最辉煌的那一刹。忽然,一缕蓝烟又悄悄地在那个角落里出现,探头探脑的,像个贼,叶小爽火了。

她大步奔了过去。黄板牙闭着眼,一副熟睡的样子。烟雾不配合地出卖着他,从他那微攥着的左手指缝里往外溜出,袅袅上升。叶小爽劈手夺了过来,是一支杂烟末卷的喇叭筒儿。她不客气地搜查了他的全身,把那个鼓囊囊的绿挎包也没收了,她怀疑那里还有残渣余孽。

她离开他,把那绿挎包翻了个底儿朝天,抖出来的全是香烟壳!吃惊的倒不是这个,散落在卧铺上的香烟壳已经改变了模样,简直成了一个儿童纸工艺术展览会,各种颜色、不同商标的香烟壳被叠成了不同式样的刀、枪、剑、戟、风车、小船、帽子、篮子、蛤蟆、螳螂、蝈蝈、小鸟、飞机、大炮……叶小爽被那精致的做工吸引了、震惊了。细看，每个上面有一行小字：X月于X山猫耳洞。在这些称之为工艺品而毫不算恭维的物件里，有几张叠在一起的，展得平平的香烟壳，无色的一面写满了字，叶小爽拿了起来，是信——

儿子：

我不知道你在哪儿？在这战斗的间隙里，我是这么想你，想跟你说说话。掩体里只有我自己，独自抽着烟。刚刚一场恶仗，子弹把我的帽顶穿了个洞，再低一厘米，你就永远不会到这个世界上来了，小子！

听见枪响了吗？这是重机枪，你爸爸我用的就是这种枪，记住。小时候我喜欢枪，叠过各种各样的纸枪，喜欢玩打仗游戏。现在可不是玩了，动真的了。小子，你要是想真正地认识一下你爸爸，还得在这儿，在沙场上，你不会为有我这样的爹脸红的。儿子，爸爸不是个熊蛋。

爸爸有一副又宽又厚的背，战友们叫我熊。我说："这个背是给我儿子准备的。"

"干什么？"他们问。

我说："当马骑。"

嘿嘿，小子，就看你有没有这个福气喽！

儿子，正在这时一发炮弹落在掩体外面。看来你是有福气的，你是非常想到这个世上来的，这个大难又让你躲过去了。瞧，这香烟壳上的红印子，就是炮弹掀起的泥土，长大了，可以到这里来看看，这里有咱们家乡看不到的原始森林、珍奇动物，也可能有爸爸和爸爸战友们的胳膊腿儿啥的。嚯！敌人又上来了，一个、两个、三个……六个。

推开昨天的半扇门

小子，眼睛睁大些，跟你爸爸学着点，回头也好把爸爸全面地介绍给你妈妈。……

叶小爽不知道自己什么时候站了起来，她感到浑身发热，口干舌燥，拿起杯子正想倒水，忽然发现高股长那黑洞洞里的眼睛睁开了。他一直昏迷着，医生、护士这个离去那个走来，他全然不知。

一束阳光打在他的脸上，也许正是强烈的光把他刺醒的。走过来的靳杏铎把窗帘轻轻拉上了一半。

"不。"那黑洞洞的嘴里发出喑哑的一声。

窗帘又拉开了，阳光重新射在他的脸上。确切地说，是照在包着纱布的三个黑洞洞上。

"高股长，喝点橘子汁吧？"叶小爽俯在他耳边轻轻问。

"不。"那双眼在黑洞里四下张望，望到靳杏铎不动了。

靳杏铎俯下身去。

"杨莓……她……"

"杨莓就在车上，在三车厢，你要见她吗？"

"不！不……千万别……我，刚才听到她的脚步……"

"这次到前线，她一定要来，病假还没歇满……"

"病假？……不是怀孕吧？！……"

靳杏铎看到那黑洞里倏地射出两道很强的光。她说："大概不是。要是，她会告诉我的。"

那目光柔和了，轻松了。

"你……你是莓莓的好朋友……她刚二十六，劝劝她，劝她改嫁。"

"高股长！"

"我……求你了……就这一件……帮帮莓莓……她，真好……真的很好……"

281

叶小爽用钳子夹着纱布，沾他眼里的泪，那眼皮僵持着不再闭合。她的手触电似的抖了一下，心缩紧了。

"护士长！"

医生、主任都来了。

那双潮湿的眼闭上了，再也没睁开。

他的衣袋里有一个揉皱了的信封，信封上贴着一张雪青色的糖纸，上面印着一个鲜嫩欲滴的紫红色杨梅。在他的内衣口袋里有一沓同样颜色的糖纸，每一张都压得平平展展。靳杏铎想起高大起每次外出时给杨莓来的信，信封上也都贴着这种商标的糖纸。同志们打趣杨莓。

"嘿！瞧甜的，糖纸都贴信封上喽！"

"嚯！高大起还真会逗你玩呢！"

"啧啧啧！谁能估量，爱情能产生多么巨大的创造力！"

……

每当这个时候，杨莓就捶着这个，追打着那个，像个欢快轻巧的小陀螺……

靳杏铎再不忍看那一小沓糖纸。她的眼光无目的地躲避着，却落在那个泼洒鸡蛋汤祭奠营长的小战士的胸口上，那里别着一个部队的番号。她那还没有落下的目光又迅速地弹了起来，慌乱之中又落在那一沓糖纸上。那淡淡的雪青、暗暗的紫红渐渐柔和了起来，一团一缕，苞米缨子？！她的心猛地扎了一下。她闭上了眼，在那一片黑的影像里寻找，一双平底儿、布面儿、短脸儿、小圆口儿的老头鞋左右上下地晃动着……

鞋，各式各样的鞋。男人的、女人的、皮鞋、布鞋、塑料鞋、旅游鞋，纷纷乱乱地踩在苞米缨上，一双男子汉的手在纷沓的鞋底上摸索着，抓着，把大把大把的苞米缨子宝贝似的搂在怀里……

推开昨天的半扇门

哐哐哐哐！哐哐哐哐！哐哐哐哐！……

东边，橘红色的信号弹越升越高；西边，银白色的小船缓缓驶入港湾。红十字军列游龙般穿行在太阳和月亮之间。

"抽吧。"

叶小爽在黄板牙的床边坐下，递过一支"大中华"。

正躁动不安、寻碴骂人的他呆呆地望着她，没接那支烟，脖子上那硕大的喉结弹动了一下。

叶小爽把他的绿挎包放回到他的枕边，说："就这一支。"

她是真诚的，他看出来了。他接过那支烟，由衷地感动了："你真好！真的。"

"不告我的状了？"

"瞧你说的，哪儿能呢？"

"不咒我嫁个大烟枪了？"

"哪儿能呢？像你这样的，天下男人还不排着队任你挑？真的，正经话。"

"我的条件不高。"

"找个不会抽烟的，对吧？"

"错了。我准备和他对着抽，比着抽！"

一口烟没咽下去，呛得黄板牙连咳带喘。

车窗像一幅活动的画框儿，旧的一幅幅退去，新的一幅幅涌来，永远新鲜。

西边，橘红色的信号弹扑向群山；东边，银白色的小船驶出港湾；红十字军列游龙一般穿行在太阳和月亮之间。

第五车厢

车厢最后一档斜卧着一个女兵,她凝视着窗外,没有受伤的那条腿蜷曲着。她是夏静,战地救护受了伤,也成了她伙伴们的护理对象。

她的枕边放着一个浅米色、缎面的日记本,对于她,它是有生命的,什么时候拿在手上,都能感到它的呼吸。

风从窗缝吹进来,赶跑那弥漫的来苏和血腥味,吹动着那映着新月和夕阳的日记本,一页又一页,一页又一页,哗啦啦、哗啦啦……

二月十二日

今天平平常常地来了,像任何一天一样,今天是腊月廿三,俗称小年儿。它像柳树上凸起的第一粒黄芽,花朵上绽露的第一点红蕾,给人以希冀、盼望、欣喜、骚动。从这一天起,已经有"年"味儿了。

年,这中国最古老、最隆重的节日啊!车轮单调地响着,车厢内除了白色的绷带、白色的被单、白色的工作服,便是红色的血水,伤口上抹下的红色药棉,还有到处皆是的红十字。对于别人这不免是件憾事,我却欣然,心里充实。我不知道对面躺着的这个伤员是一种什么心境,他一直在画,他画了涂,涂了画,画什么呢?是的,我心里充实,甚至几分愉快。奇怪,竟是愉快。多少年,我最怕这个日子,怕,真怕,每年我都把希望寄托在下一年,希望这一天淹没在三百六十天里,希望这一天在忙忙碌碌中从身边悄悄溜过去。一天与一年比,是那么微不足道,它应该很容易被忽略掉

推开昨天的半扇门

的，但却偏偏不能……于是我买来酒、烟，把门反锁上，斟满酒，点上烟，眼睛从一个墙角移到另一个墙角。我惊奇地发现，人类可笑，居然把泥土烧成砖瓦，把砖瓦垒成房屋。房屋是什么？活的墓丘。于是我更觉得可笑。我知道笑够了我会干什么。很简单，只需500cc酒精，一根火柴。当然对于一个医务工作者，干这类事情很在行，可选择的方式要多一些，比如在静脉注射一管儿空气，须臾之间便可解决问题。干脆、利落、无痛苦。不痛苦死得不过瘾，我琢磨过，如果采取无痛苦死亡，那些我要消灭的痛苦会仍然活着。

一位气功师对我说：灵魂是一种物质，高级物质，依物质不灭定律，它是存在的，以一种人们还无法认识的形态存在于宇宙中。我不愿让痛苦继续留在我的灵魂里。而火焰，无论幽蓝色还是橘红色，它会明亮地把一切带走，当它一寸寸燃烧那些痛苦的时候，火焰一定是非常美丽的，不知道会是一种什么颜色？我做过种种猜想，假设过各种颜色，都不理想。也许正是因为这样，我才没划着那根火柴。

家乡称腊月廿三为"小年"，小年的隆重程度仅次于除夕大年，除了不换新衣服，饭菜置办得与大年一样，而且一定要大放一通鞭炮与焰火。

爷爷从来不许我放，最多允许我点着叔叔手里那根香。但我总能偷偷放一些，冒着挨"家法"的危险。

我太喜欢看那焰火迸射时的光彩了，宁肯挨打。其实爷爷从来没因此打过我，也许他装着看不见，也许他太忙，抽不出空儿。因为从小年起，镇上有些头面的人便抱着红纸在我们家出出进进，请爷爷写对子。

我家院子很大、门楼挺高，两扇黑漆的大门。祖上曾是名门望族，爷爷的爷爷是清朝的一位武举，县志上有关他的轶事记载竟达二十一个页码。到了爷爷这辈改换门庭，弃武习文，他没赶上科举，未得官职，整日在他的书房里端坐。面前一张红木桌，身下一张红木椅,手中卷着黄黄的书。

"众人皆有余,而我独若遗。""天得一以清,地得一以宁。"……只有小年这天的到来,荒丘一样的院落才随之有了热气,大红的纸,五彩六色的人,在敞开的黑漆大门里出出进进。爷爷挽起衣袖,露出那留着寸把长指甲的手,十分得意地笔走龙蛇。

车厢里的广播喇叭突然响了。

　　十五的月亮,
　　照在家乡照在边关。

他还在画,画得那么专注。

开始同志们把我安排在车厢最后一档,拉起一条白被单,于是自成一隅。

我把白被单扯下来,伤员这么多,我讲究什么,战场上没有性别。于是我对面安排了他。担架抬他上车的时候,他怀里抱着一条腿,完整的一条血腿,脚上还穿着解放鞋,鞋上还有新鲜的红泥土。

外科主任和石汉中医生告诉他,这样的断肢是不可能再接活的。他说:"奇迹都是从不可能中创造的。"

主任摇摇头说:"同志,不是那么简单。"

他拍了拍怀中的断腿:"新的科学理论一旦创立,其结论往往很简单。"

石汉中脸上凝固着山一般的沉思:"你讲的是未来科学,所以,现在还请你原谅。"他不再说什么,托起那条腿,朝窗外扔了出去。竟是穿着解放鞋的脚先着了地,在路基上立了一瞬,也许立了很久,但顷刻被列车甩在后边。

我心里咯噔了一下。再看这个他,他对着主任和石汉中笑了

推开昨天的半扇门

笑，仿佛丢掉了一个沉重的包袱。

石汉中像想起了什么事，忽然离去；主任宽厚的上嘴唇哆嗦了一下。

从那时我才开始打量他。没什么特别之处，只是那双眼角洒着鱼尾纹的眼睛有些与众不同，常常咄咄逼人地盯着你，或超越过你的头顶眺望着什么，而你回过头去，却什么也没有。

我并不好奇，爷爷给我取名为静，字守中，并点化我："眼若不多视，其魂在肝；鼻若不多闻，其魄在肺；口若不多言，其神在心；耳若不多听，其精在肾；身若不多动，其意在脾。五神既能守中，五气自然朝元，其精自然化气，其气自然化神，此皆守中之妙。中之一字，在天地间乃廓然大公，在人即是虚中静一。"我恪守爷爷的"五神守中"，尤其在晓平猝然离我而去之后，尘世上的一切都引不起我的兴趣，只是敏感地深深触动我的隐痛。于是我不多视、不多闻、不多言、不多听、不多动，五神守中。他画的是什么？我又忍不住想。我不知道怎么称呼他。

他曾告诉我，他是侦察排副排长，我当时一定表示了惊讶，因为这职务与他的年龄相差甚大。他补充道："编余干部，犯过错误，降了职。"说得坦坦率率，无遮无盖，倒使我一下子不知道如何表示好。

夕阳从车窗探进红色，宽阔的光带，打在他的脸上，他的五官立体感更强了，眼角的鱼尾纹摆动起来。

我头胀胀的，木木的，像一架拆散了又无法拼装起来的报废机器。昨晚又失眠了，试验了气功师教授的几种催眠功，都不奏效，索性"意守丹田"，做静功。车厢里轻轻的呻吟和大声的咒骂、梦语和断断续续的哭泣搅得人心烦。意念难于守中，总从丹田溜走。到后来我才觉出是伤口疼痛。我皮肉的痛感竟是如此迟钝。也许是职业麻木了我的神经。在那无影灯下协助医生做各种手术，锋利的金属器械在那皮肉上剪切，眼睛看着这人之筋骨血肉，与视天匠裁云剪霓，屠夫宰羊解牛无异，如果给手术做得漂亮的医生当助手，竟还有一种艺术享受之感。给石汉中做助手就有这种感觉。冰冷的器械在他修长、白皙的手指间上下舞动，犹如庖丁解牛，刀法之娴熟，动作之干练，令人为之瞠目。

对面这位"排副"曾问我是做什么工作的，我回答了他，他"嗤"地笑了，说："看来红十字也不是万能的。"

"怎么讲？"我问。

"你不是也照样挂彩吗？"

"这倒是。"我笑了。

他又说："看来你比你们的老祖先谦虚。"

"谁？"

"铁拐李。八仙之一。肩上背着药葫芦，手中拄着拐杖，从上古时期就开始行医的土郎中。"

这个人真有意思，我还不知我们的老祖先是个瘸子呢。他见我笑，便说起来。

"有一天，行医途中铁拐李感到口干舌燥，见路边有一小店，飘着酒幌，就大步走去。走近了一看，那小店却不是酒肆客栈，大门口横匾上写着'杠房'二字。他心中纳闷，走了进去，那店主袖手站在柜台内。他打了个躬：'请问店家，何为杠房？'那东家道：'杠房者，专事抬杠之处所也。'铁拐李好不奇怪，天下还有专门以抬杠为营生的行当，于是又问：'如何抬法？''随我问，随你答，抬赢了，酒尽你喝，肉尽你吃。抬输了，你给我摆下二十两纹银，走人。'铁拐李心想我这走南闯北之人，岂会输在这老朽手里？于是把二十两纹银往柜台上一掼，说道：'随你问来。'那东家道：'敢问客人你那葫芦里装的是何物？''仙丹妙药。''医何病？''既为仙丹，自然百病皆医。''依我之见未必也。'铁拐李一

推开昨天的半扇门

听他杠上自己的药葫芦了,怒火中烧,气呼呼地说:'天下人有几个不识我铁拐李的药葫芦?你竟敢口吐狂言!'那东家并不生气,也不着急,说:'既然是仙丹妙药,百病皆医,敢问客人您那条腿如何不方便呢?'一杠敲得铁拐李晕了头,丢下那二十两银子,拄着拐杖走出杠房。"

我笑了,说:"你赶明儿转业回去也开个杠房吧,用不了多久就腰缠万贯了。"

"我开杠房赢了,不要钱。"

"要什么?"

"要条腿。"

说罢,他自己便笑,没笑出来脸一下子变了形,腮上的肌肉被牙关咬得一棱一棱的。他把脸扭了过去,牙齿咬住了枕边绿挎包的带子。

他把纸团了,又重新画。

晚饭是热气腾腾的饺子,不知哪个铺位上嚷了一嗓子:"嘿!今天是腊月二十三。"马上有人接道:"年年有个家家忙,二十三日祭灶王,中间献上拈嘴饺,两边摆下粘牙糖,上天只准言好事,下界为民降吉祥。"

车厢里热闹起来。

三鲜馅的饺子,浓重的香味把那来苏水味赶得东躲西藏。天南海北的口音像一锅沸腾的大杂烩在车厢里翻滚,年节给这些身上带着枪伤,脚上粘着坑道红黏土,眼前闪动着炮火硝烟的人所注入的亢奋是一种可怕的,非理性的冲动。一个嗓门憨粗的山东口音,说他小时候吃祭灶糖,牙被糖粘得拉不动,奶奶从头髻上拔下疙瘩针一颗牙一颗牙地给他别,起头笑着说,说着说着变成呜呜的哭声。我扭过身,望着窗外,那哭声里悲的成分不多,却撕裂人心,只有品尝过生命烈酒的人才能听出那复杂的和声,人生如果不曾发生过一两次这种和声,也许是一种遗憾吧。

我对面的排副大口大口地吃着饺子,我注意到他的食欲不错,每顿饭都吃得很多,他也许以为那吃下去的东西都可以帮他长出条腿来。

"我们家乡祭灶这天必定要吃面条,'灶王爷,本姓张,一年一碗烂面汤'。"他笑着,吃着,声音大大的,好像存意回避那渐渐低下去的哭声。

我笑不出也说不出,却希望这一餐不是饺子,情愿是一碗烂面汤。

那也是个腊月廿三,晓平拉我到他家吃祭灶饺子。虽说再过七天就是这家的一名成员了,我仍是免不了拘束。

晓平妈妈直把盛饺子的瓷盘往我跟前推,晓平爸爸一会儿给我倒醋,一会儿给我剥蒜,我吃一个他便高兴地搓手。晓平怕这样我更拘束,便用筷子指着爸爸妈妈说:"你们吃你们的,别净照顾她。"他自己却一会儿"这个皮薄。""这个馅儿大。"筷子头上托着饺子,直朝我嘴边送,简直就是喂。桌子下面脚还不住碰我,示意我放松。

他小妹叫起来:"哥,你的脚在下面踢来踢去干什么?"

晓平笑着给了小妹一筷子。

我红了脸,心醉了。直到夜深,才离开晓平家。

街上行人寥寥,路边上一杆一杆耸立着橘黄的路灯,路面上寒冽的风奔跑嬉闹着。寒风刮着脸也那么舒服。

我们骑一会儿车,下来走一会儿,相依着。人稀,天、地、整个世界仿佛都是我们的。一阵风掀开了我的围巾,晓平急忙给我围上,拉围巾的手碰到我的脸,突然不动了,车子也不动了,地在脚下起起伏伏地摇摆起来。墙一般的胸脯捆住了我,裹紧了我。暖气从腮上移到嘴唇,突然变成热辣辣的一团火,顿时我浑身灼热,嗓

推开昨天的半扇门

子发干,眼里迸出两道泪水……

"怎么?你。"晓平慌了,松开双臂。

我一下子抱紧了他,发疯地在他脸上吻起来,眼眉、额头、鼻子、嘴……不管了!像多年紧闭在炉门里的火,一下子窜出了炉膛,置一切于不顾,野性地、痛苦地、无羁无绊地、毁灭性地燃烧!

不会有人相信这是我们相爱四年来的初吻,在这凛冽的寒风里,在这一路明灯的大街上,无视一切地、发泄般地狂吻。

行人嚓嚓的脚步,自行车有意无意的脆铃,我们全然不顾,任那井喷似的情感宣泄。幸福得痛苦,痛苦得幸福,自我搏斗一般地畅快,淋漓尽致。

我是被我那旧式的家庭礼教束缚得太紧了,时时压抑着自己,也压抑着晓平。他在举动上稍有造次,我便几个星期拒绝和他见面,真是委屈他了。他大概早盼望着这一天了,我没想到这一天竟是在寒夜里,在大街上,当着稀疏的行人和众多的路灯。

也许,正是这个腊月廿三,这个年的序幕感染了我,令我早早地拉开了春天的窗帘。我震颤着,一瞬间看到了一个全新的天地,那是一片苏醒了的田野,广袤、深远、生机勃勃,每一阵风吹过,留下的都是心旷神怡,不能自已。疯了,我大概是疯了;疯吧,要疯就痛痛快快地疯吧!

直到两个人都热泪满面,才又上了车,不顾方向,不择街道地任车轮滚动,沉沉醉醉,恍恍惚惚……忽然,迎面一团光亮,一辆汽车从拐弯处冲来。这是一辆收末班的公共汽车,开得飞快,快得没容我反应,只觉得眼前飞来一个闪光的火球,只感到左肩膀被晓平猛力一推,我连人带车掼向人行道。眼前先是金花四溅,继而漆黑一片……

晓平没有一句告别的话,最后留给我的是那左肩上重重的一击。这一击把我推向生的岸，他却再没有时间，车轮整个从他身上碾了过去……

"你，怎么啦？"

那个排副在问我。

我相信没有眼泪流出来，我的泪已经不多了。

我说："看风景。"

窗外是红土、绿竹、蓝河；天上挂着白惨惨的弯月，血汪汪的夕阳。

从那个寒冷的小年之后，我的生命便在寒冷里扎下了根，心也被车轮轧死了。

当我第一眼看到这血浆一般的红土地的时候，冰冻的心突突地跳了几下，像死泉汩汩地涌动。在这种涌动中我一点点陷落，又一点点升腾，飘忽不定，游离迷惘，冥冥之中我触摸到生命之河的堤岸，它仿佛在不知不觉中加高，在等待着春汛的到来吗？我不知道。

在战斗前沿停留的那十六分钟，就有两个战士死在我的眼前，一个在我的怀里闭上了眼，临终叫了我一声"姐"……那一刹那，一颗手榴弹在前面炸开了，在那火光里我苦苦寻找了几年的火焰色彩出现了，原来，它是无色的。

"想家了？"

排副又在问我。

家？我摇摇头。

"你骗不了我，本人是做侦察工作的，而且喜欢诌几篇文学作品，最善于观察人。"

我不喜欢别人观察我，反讥道："你的本事不少嘛。可惜观察错了。我也有几分观察人的本事，大概不在你之下。"

"很好，请你说说吧。"又是那咄咄逼人的眼，盯着人。

推开昨天的半扇门

我看着他,说:"你是个刚愎自信的人,过分自信了,不轻易相信别人,难于和同级工作,不被上下级理解,工作难免出差错。但你有一个幸福的家庭。"

"你说的百分之百不对。"他笑了。

"人们总是不喜欢别人言中要害。"

"这话有几分道理,但不是人人都这样。"他说。

"那你例外了?"

"我有我的弱点,太容易轻信,我的许多错误都是由此而铸成的。"

哼!鬼才相信你。

他沉默了一会儿。

"真是这样。"他说,"我从小就这样。小时候,我闹着吃西瓜,妈告诉我,西瓜是苦的,我信以为真,再不闹。我不知道那时妈妈没钱,不知道自己认为亲近的人由于某种需要,也会骗人。"

他笑了笑,笑得很凄楚,那咄咄逼人的目光不见了。

"长大成人后,这个并不复杂的道理我仍不懂。妹妹有个同学经常到我家来,妈妈挺喜欢她,我并没更多的留意她。直到我参军后,有时候偶尔回忆起来,只记得有那么一个姑娘经常到我家去,高高的个子,两条大长辫子。我回去探亲,几乎天天在家看到她。

"等我归队的时候,妹妹生气地把一个装帧精美的大本子丢在我面前,说:'你是个木头人?!'我打开本子,里面整齐地剪贴着我在报刊上发表的诗歌、散文、小小说,那么齐全,几乎一篇也没有遗漏,就连豆腐干大小的简讯也贴在上面,每篇都用彩笔配着花边。'谁的?'我问。妹妹笑骂我:'真憨!是我那同学为你这大文豪整理的,难道你还不懂吗?!'

"我战栗了,平生第一次从一个陌生的异性身上,感到一种使呼吸改变节奏的磁力。这股力量光辉四射,把我紧紧包围,一下子唤醒了我沉睡在心底的情感。这使我离去的时候，第一次尝到了离别的惆怅，依恋的甜苦……

"我们爱得很苦，像神话传说中天上人间那种互相苦恋的爱。我两年才有二十天的探亲假，其他时间只有靠书信载着这些思念来往于我和她之间。这之间要乘汽车、火车、轮船，一封信在路上要漂半个月，常常是等不到对方回信，便开始写第二封。

"当了八年兵我才提干，整整一个抗日战争。她一直等着我，提干第二年我们就办了喜事。结婚后我们依旧是天上人间式的爱。她依然剪贴我发表的作品，只是作品的数量越来越少，而且大都是小体字，编在末尾的位置，不显眼的版面上。从她的失望程度上，可以看出她对我希冀太大了，她看见有光，就扑过去，其实发光的不都是金子。我很想振奋一下，就是为了她。我也应该振奋。

"这时候，她怀孕了，我们连房子也没有，她婚后一直住在娘家。我觉得非常对不住她，但除了增加那些无用的信的长度和数量，除了劝解和安慰，别的我也一筹莫展。自结婚就为房子奔波，几乎每年休假都跑这件事，折腾得我筋疲力尽。

"怀孕后，她又奔波了半个月，回答她的口径仍很统一：解决房子以男方为主。

"男方在部队的不予考虑。她流产了。接到电报后我赶回去，她躺在她妈妈家那张双层床的下铺上。平时她父母睡下铺，她睡上铺。我每年回去休假那一个月，她父母便逃难似的到处打游击。'你能转业吗？'她哭了，问我，我摇摇头。她说：'那……只这一个办法了。'她异样地看着我，满眼都是乞求，'……你为我想想，不要不答应，好吗？'我奇怪地问：'什么呀？我什么事没答应过你？你说吧。''想弄到房子，只有……假离婚。'

"我知道，她并非开玩笑，这种荒诞的想法使我一阵眩晕。她哭了：'这都是逼的……谁愿意干这种事呢？……未婚的大龄女工，

推开昨天的半扇门

厂里给房子。……'

"我没有答应,假没休完,就返回部队了。她一连三个月没给我写信。

"这件事搅得我日夜不宁,眼前总是她的泪,还有那摇摇晃晃的双层床铺。我咒骂自己,你既然无能,为什么要结婚?你既然连房子也不能给她一间,还有什么脸面在她身上耍脾气?丈夫、丈夫,你让一个女人依仗你的什么?一个窝囊的,连妻子都无力保护的熊包!

"半年后,我们以夫妻感情不和为由,办了离婚手续。这种卑鄙的做法使我更加瞧不起自己,有一度我甚至不洗军装,我觉得自己是洗不干净的。我不仅是个不尽责的丈夫,又成了不称职的军人。

"每天我在辗转难眠之中怀着一颗戴罪的心等着她的来信。她只来了一封信。言之为了不引起别人注意,她不再给我写信,也希望我不要给她写信。等房子有了消息,她会通知我。

"八个月后妹妹来了一封信,没说什么要紧的事,只催我速回家探亲。我匆忙赶回去,一下火车在门口接站的却是她。我跟她到了对面的小公园,她未开口先哭了。她说她已经结婚了,和本厂的一个电工,她是不得已的。那人在她下夜班的时候以凶器相逼,她无力反抗……她觉得对不起我,没脸再和我一起生活。在那人的威逼下,他们结了婚。

"我先是没听懂,像是猝然不备当胸被捅了一刀,一下子竟没觉出疼。等那刀拔出来,我才抡起拳头,对准自己的脸,狠狠一拳,牙齿和血浆咸咸地糊了一脸一嘴。

"我像一个遍体鳞伤的恶狼,一个孤独的幽灵,不吃不喝,天天寻找机会。终于,在光天化日之下,车水马龙的大街上,我把那个人收拾了。我是想把他收拾利落的,他倒命大,没有死,反扑过来，把我告下了。

"我被司法部门传讯、拘留。面对审讯我供认不讳，没有一丝后悔，更没有恐惧，只有遗憾。本来就是想打死他，即使偿命，我也坦然。因为我这最后一件事办得终于像个丈夫了，终于在最后保护了一下自己的妻子。

"事情如果就这样，我便坐了牢，心里也畅快。使我猝不及防的，这竟是一场事先编排好的戏，导演这出戏的正是她。我深深爱着，并以为愧对于她，随时准备以生命相报的她。她为了甩开我，在一年前就开始筹划，连那次流产也是假的。她……何苦呢？……嘿嘿。"

他笑了一声，像干涸的河床上刮起了一阵寒风，我的心哆嗦了一下。

"你因此降了职？"

"嗯。检查、处分、降职，从连降到副排。"

"没想到你背着这么沉重的十字架。"

"是我自己背上的，谁也不怨。"

"人生的痛苦真多……"

"是啊。对生命的观察越深，对于痛苦的认识就越深。要想解除痛苦，最好的办法就是认识到这种痛苦无法解除。出路只有一条，昂起你的头，接受痛苦，用痛苦当补药，增强你的生命力，再用增强了的生命力战胜痛苦。

"一个人并不是生来要给打败的，躯体可以消失，但就是不能被打败！"他把半边掉在地上的被子拉起来，"降职以后，我的下级成了我的上级，我也成了全连战士议论的中心。工作困难很大，团里领导征求我的意见，把我调到别的营去。我拒绝了，背上行装和我自己的连队一块开拔，来到前线。

"人真复杂，有时睁着眼，不见得醒着，可能云里雾里几十年，

推开昨天的半扇门

却在几天、几小时,甚至几秒钟里看清了天、地、宇宙和自己,看到了人生的严肃。于是,看到了坟墓,也看到了宫殿,看到了生死,也看到了永恒。"

他的目光玄虚起来,越过我的头顶,洒得很阔,伸得很远。

我向窗外望去,暮霭沉沉,混沌一片。我想起爷爷,他在这个时辰喜欢坐在他那把破藤椅上,手里托着一把紫砂壶,沉沉醉醉,念念有词:"道可道,非常道。名可名,非常名。无名天地之始、有名万物之母。……"

……

西边,橘红色的信号弹轮回自己的轨迹,在灰青的天上画了一个弓形的曲线;东边,银白色的小船乘风破浪,扬起风帆。红十字军列划过苍穹上的曲线,牵着云海中的白帆,穿行在太阳和月亮之间。

二月十三日

伙伴们陆陆续续来看我,她们穿着工作服,一脸倦色,连最漂亮的叶小爽也憔悴了,明媚的眼睛围上了一团淡淡的青晕,但步子依旧轻盈,富有弹性。我想起她穿便衣时的身段,袅袅婷婷,修长挺拔,一条石磨蓝牛仔裤紧绷绷地套在她那漂亮的长腿上,真让人羡慕。她怎么生活得那么有滋有味儿!

叶小爽给我带来个不幸的消息:杨莓的丈夫牺牲了。正说着,杨莓来了,嘴里嚼着什么吃的,步子小而快。一走近我,两只眼的光便全部铺在我的脸上。

面对这样的眼光就是最奸诈的人,恐怕也会寻找出几分真诚。

这个杨莓,太单、太纯了,单纯得让人怜惜,弱草一般的她,能经得起这灭顶的噩耗吗?我的心绞痛起来,我太知道一个男人在爱他的女人心中的分量和位置了。

杨莓问候了我的伤，转而又急切切地打听她爱人的消息："哎哎，静姐，84581部队，你的救护区是不是这个番号？在包扎所有没有碰到这个部队的人？听人说起过这个部队的事吗，静姐？"

我被她问得心慌，大概语无伦次起来，杨莓嘴边一下子出现了两道深深的皱纹。

"得了，得了，得了吧！"叶小爽像牙疼似的皱起了眉头，猛然晃了一下肩膀，"像你们这样活着，心都要累死了。流泪、叹气、愁眉苦脸，干嘛这样活着！前面一路鲜花，抬起头，朝前走嘛！"

我不知道生活在叶小爽的生命里是否投下过阴影，我相信太阳对于她也是有升有落的，但看她那精神劲儿，谁都会以为她一天到晚顶着个太阳呢。

听着我们说话，对面的排副不断拿眼睛打量叶小爽，手里还一直在纸上画着。

"你在给我画像吗？"叶小爽已经注意到她自己被人注意了。

排副笑了："很想画，但手太拙，不给配合，所以画不出神韵来。抱歉。"

叶小爽也笑了，眼圈儿的青晕显得更深。

到前线来的时候都是一张张亢奋的脸，就是脸上常年没有春夏秋冬的杏铎，黄黄的两颊也泛着潮红。每个人带着各自不同的想法奔赴前线，等待我们的是共同的东西——战争。

火车轮子载着我们正一圈圈靠近它。满车厢的粗嗓门、细嗓门，唱的、说的、笑的；满车厢的花花绿绿、糖纸、点心盒、瓜子皮、花生壳……当火车轮一滚上红土地，各种声音停了下来，把头一齐挤向窗外。

南疆的风光是美的，但我相信每一个人看到的不仅仅是那婆婆的芭蕉叶，潇洒的凤尾竹，绵亘的红土地，不，不是的，它那美丽的地域特点唤醒的不是诗情画意，而是引爆了潜在亢奋层下"铁马出征"的紧张和严峻。

战争已不是口上谈的东西，战火也不是银幕上看看的玩意儿。也许，这本来平平常常的身躯会在一发炮弹里消失，在一瞬间平平常常变成了轰轰烈烈。也许，丈夫、未婚夫、兄长、弟妹的躯体就在这一刻庄严地倒在了木棉树下，丛林深处，高山岭上，抢先建立了功勋。也许，会有很多的也许……

我凝视着那血一样的红土地，想到了酒和烟。一个强烈的欲望，我想抽支烟，喝口酒，一团莫名的兴奋从心底升起，窜向每根神经。那长长短短、粗粗细细的神经，像兴奋的小蛇一根根抬起头。

突然，我感到背后有一双眼睛。我回过头去，果然，那是杏铎，她在我斜对面的中铺，居高临下，她也许看了我很久，也许就这一眼，我便回过头来。那是两道狐疑的冷光，仇恨的冷光，勇敢地迎接我的对视，咄咄逼人，像两条沾了水的鞭子在我脸上抽打着。

我坦然地承受着，我们对视了足足有一分钟。

我并不追随谁，踏着谁的足迹。实话说，我也没想到来前线，连决心书、血书都未曾写，然而我来了。我没有一定要来的欲望，但我有来的权利，不是吗？

爱情不是岗楼，不需要哨兵；爱情不能打官司，也不需要法官，更不需要律师、公证人。世上大概只有爱情的是非，是最是非又最最无是非的了。当一个人为别人爱情的是非敷伤抹药，为别人爱情的重圆出主意的时候，总以为自己是最聪明的。我也犯了同样的错误。这个错误在于我对爱情的认识不完整，我干了一件愚蠢到顶的事。但杏铎的不公仍使我愤怒，我决定以后不再理睬她。

我曾经是这么决定的，也不怀疑能做到。但到了战斗前沿，当我和她各自背着一个伤员在一棵焦灼的树桩前相遇时,我一下子发现我还依然那么喜欢她,像从前住在一个宿舍时一样……

我对面的排副又在画。

临近中午,石汉中来了。依然冷峻的目光,坚毅的嘴角,沉思的额头,山一般的凝重。这个外二科的"一把刀",军医大的高才生,医术非常出色,有消息说很快就要晋升为科主任。

这是位受女性崇尚的人物,其他科的年轻小护士一说"外科那个高仓健",便都明白指的是谁。那形体、形象自不必说,神态也极像那个日本大影星。

高仓健被女性们誉为冷峻、深沉、含蓄,爱起来能发狂,恨起来敢杀人的真正男子汉。这些气质石汉中身上全有。当他从妻子的羁绊里解脱出来之后,更加引人注目。在食堂打饭,常有他不认识的小护士主动让他排在自己前面先买。他行三秒钟注目礼,庄重地一颔首,却从来不那么做,于是更令人敬重。

周末他常叩响我宿舍的门,我那雪白的床单他坐上去我竟会一反常态,不产生反感。我们相对而坐,他常常不说话。我平素不爱说话,于是时常沉默着。

他走后我第一件事便是洗杯子,他用过的杯子。凡是男人用过的杯子,我的习惯是用酒精棉球擦一遍。他不例外。我不盼望他来,也不反感他来。他的到来既没给我那十二平方米增加温暖,也没带来悲凉。他没改变我的世界,但他那世界对我有某种神秘感。

他慢慢走到我床边,依旧那气度,依旧那山一般的深沉。

我大概冷笑了一下,他嘴角颤抖了一下。

我看得清清楚楚,就在那一瞬间,在救护阵地上,他用烈士的尸体,盾牌似的挡住了飞向他的子弹。我清清楚楚地看在眼里,希望是幻觉,然而是现实。他发现了我,我们俩同样惊愕地对视了两秒钟。我大概冷笑了一下,他嘴角颤抖了一下。

推开昨天的半扇门

不累吗？那堆出来的山一般的外在气质和掘下去的深沉的面部表情。……来，再用眼睛看一下我。哦，嘴角不再颤抖了？你大概看出我不会告密，是的，我不是个告密者，况且你做的事也算不上什么错误。不过，你的世界对我来说，已不再有什么神秘。再见吧，冷峻的"高仓健"。

……

他还在画。从上车就画，画了撕，撕了画。

我忍不住了，问他画什么。

"设计未来的家庭。可惜总不理想。这一张么，你可以看看。"他递纸过来，上面画着一张类似乒乓球台式样的桌子。

"组合式多功能家具。"他解释说。我仔细看了看，仍看不出门道："对不起，无法恭维。"

他笑了："我来做广告。说它是组合式，因为这是两件东西组成的。说它多功能是因为：一、白天可以当桌子，吃饭、写字、裁剪、健身——打乒乓球；二、晚上一铺被褥，可做单人床、又可双人用；三、孩子出世，可把其中一个拉开，倒置，做摇篮。小孩子能爬、会站了，可用绳或网将四条腿围住，既摔不着孩子，又能迅速地培养他行走的能力。……"

我没等他说完就忍不住笑道："我给你这'多功能'加上两种功能：它既可以写大字报，又可以做辩论台。"

"这两点十分重要。"他认真地说，"为了酬谢，我回敬一件礼物。"

他一转身，手上托出一只奔跑的梅花鹿，是树根造型，非常生动，那灵敏中略带惊慌的神态惟妙惟肖。

"喜欢吗？"

我摇摇头。

他惊奇地望了望我。

"我不喜欢弱者，鹿在动物中恐怕是属于这一类的。"

"你是个女强人。"

"正因为我是个弱者。"

他笑了笑，笑得很深远。尔后，变戏法似的在身边一摸，又托出一只拳头大小的鹰。那风化的根络叠叠重重，蓬蓬乍乍，活似鹰的羽毛；那和身子相比十分夸张的双翅耸展着，竖翼待腾；凶猛的钩鼻尖喙、圆眼、长颈、剑拔弩张地伺机而动，我高兴地捧在手上。

"哪儿来的？"我问。

"坑道、掩体边上挖的，略事加工，只求神似，不重形真。"

"神似，形也真！你怎么发现的？"

"偶尔所得。战斗间隙空得无聊，无所事事，突然发现坑道边缘上那些裸露着的树根盘根错节，有的像飞禽，有的像走兽，还有猎人、骏马，等等，简直是一个奇妙的世界。我非常高兴，有空就挖几个，越挖越兴奋，实在为大自然的造化力惊叹，竟有这么美的东西藏在泥土下面。我挖了很多，略加修饰，便成了一件件艺术品，因为不便携带，在哪儿挖的，我就留在哪里，我只带上很少一部分。其实，一部分也不部分了，有的路上跑丢了，有的炸飞了，就剩下这两件。"

我打量着这梳理着羽毛，振翅待飞的苍鹰："太感动人了，它眼里充满了希望。"

"看不见希望的振奋和欢快才更有魅力，更感动人。"

"难道你不承认它是个强者？"

"遗憾，它尚未展开双翅腾飞。只有凌空飞翔在自己的生命之上，高屋建瓴地俯视自己受伤的生命，才能算个强者。"

"怎么，你现在就开起'杠房'啦？"

他刚开口笑，失去肢体的伤口就跟他"杠"上了。一脸虚汗。

"打支止痛针吧。"

他咧咧嘴："我没打过针。真的，怕疼。小时候怕打针躲过厕所，长大了身体帮忙，从不生病，到部队一打防疫针我就开溜。嘿嘿，瞧我，够有出息的吧？"

我眯起眼睛，想看看他是什么颜色。大概是我的"天目"未开，什么也看不到，只有一条穿着解放鞋、鞋上沾着红泥土的断腿在眼前直立着。

他又在那里画起来。

他是在设计未来，设计自己。我想。

"昔者，始也。综天地万物之先而言之也。道生一，一生二，二生三，三生万物……"大概爷爷的灵魂来到我身边。他老人家不知在什么地方沉醉呢，他的灵魂却这么自由，如天马行空，如江河奔流。

……

东边，橘红色的信号弹像从压了许久的弹膛里一下子弹射出来；西边，银白色的小船被云浪翘起一只角儿，不情愿地望着那临近的港湾。红十字军列似一束黛色的闪电，划割着地球，飞穿在太阳和月亮之间。

第三车厢

潘珍发现第二个铺位的伤员又用眼睛寻找她，一上车潘珍就注意到了。那是个大鼻子小耳朵的小伙子，一身的稚气，顶多两年的军龄吧，新兵蛋子。她把目光虚了一下，越过他，朝别的铺位走去。这种事她经历得多了，在后方病房里哪个月不碰到几回。腼腆的，任其自生自灭，像那荒郊野地的火；胆大的，玩火自焚，犹如扑灯的蛾。有一个傻帽儿，似乎是肠炎住的院吧，住了一个多星期没有止泻，结果在他偷喝自来水的时候被她抓住了。他涨红了脸，说："我怕病好了让我出院，怕再看不见你。"

潘珍迈着既轻盈又沉重的步子在车厢里走着，察看着一档档的伤员。

杨莓小巧的鼻头上顶着细细的汗珠儿，手有些颤抖了。已经是第三针，血管滑得像硬粉丝，针头扎上去就滑开。又滑开了……伤员的眼定定地望着那针头，像看一捆点着了信子的炸药。

潘珍走过来，接过针头。一针下去，针管里见了血。

潘珍不喜欢和杨莓一个班儿，却偏偏把她们分在了一起。小手、小脚、小个子，忙活倒是挺忙活，就是不利落，她前面干，你得在后面给她擦屁，堵漏子。就这静脉注射，她也是个老护士了，愣是几针扎不到地方。唉——潘珍心里又是一阵叹息，脸色并没有变，甚至没有流露出一丝不满。她已经听到了消息，高大起，那个粗粗壮壮的"量天尺"与世长辞了，就躺在后面，第九车厢的一个铺位上。

夕阳照在杨莓那一缕乱发上，颤颤抖抖，像一蓬烧红了的铁丝。她瘦小的脸上有疲倦，有焦虑，有担忧，也有期望。没有，还没有绝望的悲伤。那毁灭性的现实还没有走到她面前……潘珍突然一阵狂躁，细长的十指紧紧地绞在一起。

杨莓歉意地望着那个白白挨了她三针的伤员。伤员友好地对她笑笑，她也笑笑，是那种不是滋味儿的苦笑。

"看爪就不像个鹰。"大起常常这么说她。她恨自己，不喜欢自己，每当这个时候，她就越发地想她的大起。

大起真是什么都宠着她，厨房的活儿多数是大起干，遇到剁个骨头、宰个鱼的，大起更不让她动手。解下她腰间的围裙，夺过她手里的菜刀："看爪就不像个鹰。"他说着，用那粗粗大大的食指在她额头上不轻不重地点一下,便乒乒乓乓地操作起来。于是她像个小孩子,歪着头站在一旁看他做,等着吃。

这么笨,该是像妈妈了。但妈妈与她什么关系呢?四岁的时候她就知道自己不是妈妈生的。

"莓莓,你是从哪儿来的?"

"抱来的,爸爸从树丫上捡来的。"

大院里的阿姨这么逗她,她这么回答,妈妈也不介意。

妈妈许多事都不在意,比如杨莓玩得太野,尿湿了裤子或者尿了床,妈妈从来不骂不打,于是她用自己的体温渐渐把它们焐干。妈妈不上班,不会织毛线活儿,不会踩缝纫机,鞋子也不会做。杨莓脚上穿的永远是鞋店里买来的童皮鞋,常常引起小朋友们的羡慕。但是到后来就没人羡慕了,每双小鞋都是穿得让长大了的脚趾给撑破,挤开,那样子难看死了。没人到她们家串门,妈妈也从来不去别人家串。他们一家每人有一把钥匙,谁进门谁用钥匙开碰锁,妈妈一个人在家是不给任何敲门的人开门的。

有一回大清早门就被人敲得咚咚响,杨莓去开,妈妈不让,说是防贼,结果门"嘭"地被踢破了,爸爸怒气冲天地站在门口。他从外地出差回来,因为钥匙丢了,进自己的家只有破门而入。杨莓最盼爸爸出差回来,每回爸爸都给她带许多好吃的,放在她那个大花猫铁筒里。但常常是头一天放得满满的,第二天便空出大半截儿。

"馋猫儿。"爸爸笑她,她也弄不懂,好像她只吃了一点点嘛。

年前爸爸打扫卫生,大橱小箱地整理,突然他把刷子猛地一摔,大橱上的镜子"哗啦"一声,破碎了。

"缺吃?缺喝?缺你钱用?!想吃你就和孩子一块吃嘛!偷!偷!都偷这儿来干什么?!"床底下一个用纸浆糊成的钵钵被踢翻了(妈妈唯一的手艺就是糊这种纸钵钵)。发了霉的点心、年糕、生元宵……滚了一地。那圆圆的元宵包裹在暗绿色的毛毛里，挺有意思，像一堆刚刚出生的小刺猬。

妈妈盘腿坐在床上，"刺啦"一声，一个长方形的纸条边角整齐地被她撕了出来，放在床桌上。她往那纸条上撒了一溜黄黄的烟末儿。爸爸气愤地摔门而去。

妈妈依旧慢条斯理地卷着烟，在床桌上搓搓，搓出一根白亮亮、结实实的小白棍儿，然后放在嘴角，从衣袋里掏火柴，点着，再把火柴放进衣袋里，用手按一下。她每天都这么卷、搓、抽，牙齿却不黄，脸也不黄，眉弯弯的，眼亮亮的，在那灰色的烟雾里一闪一闪。杨莓有时猛一抬头，碰上她的目光，倏地就是一个寒战。

妈妈是个像吉普赛人一样流浪乞讨的叫花子。十九岁就走乡串户地讨饭，一个黄花闺女，这是要有些勇气和脸皮的。爸爸是学经济的大学生，1958年进了劳改农场，在一次外出拉煤的路上饿昏了，是妈妈在路边用半张讨来的菜饼子救活了他。这有点像一出叫《金玉奴》的戏。但爸爸不是薄情郎，摘了"右派"帽子，分配回城工作的时候，也带上了妈妈。每天下班回来他做饭、整理房间，他当爸爸又当妈妈，从小是他一口口把杨莓喂大。他容忍妻子的懒散、孤僻，开导她习惯城市、习惯安定、习惯正常的生活。

大概一个人在青少年时期习惯的一切是不太容易改变的，她不习惯收拾房间，也不习惯收拾自己和孩子，尤其不喜欢做饭。好吃的和不好吃的，在她看来似乎都一样，她从不嫌什么不对口味，长了毛、发了霉的东西爸爸扔掉，她偷偷捡回来吃，而且从来不拉肚子。爸爸最不能容忍的，就是她偷着藏食物的毛病。可无论爸爸发多大的脾气，她这个毛病像抽上大烟的人戒烟一样难改。在杨莓的记忆里，爸爸常常离家出差，匆匆忙忙出逃一般。爸爸不喜欢这个家，这个家也没法叫爸爸喜欢。爸爸一出差，杨莓就和妈妈在那个小坟丘似的房间里瞎混起来，饭且不说，开水瓶常常是空的，大冬

推开昨天的半扇门

天她喝自来水,吃窗檐上的冰凌柱子……

"凉!"有次下夜班回来她啃了一口冷馒头,大起抢险般地叫了一声,一把将冷馒头夺了过去。杨莓心里一阵温暖,一阵悲凉。

杨莓不知道自己的生身父母,也不知道自己的生日。结婚那年三月,有一天大起买回来一篮子菜、两条鱼、一只鸡,撸起袖子就干。杨莓问他怎么回事,他也不吭,掂起刀先杀鸡。只见他拿着刀比划了半天,对鸡叨叨着:"对不起!对不起!"把刀对准鸡脖子,闭着眼一使劲,结果鸡一踹腿,扑腾着一脖子血窜了。那是杨莓有生以来过的第一个生日。

当年六月的一天,大起把一束挂满果子的杨梅枝插在花瓶里,那晶莹的果实,紫红色汁液鲜嫩欲滴,把整个房子都染得芳香甘甜。

"今天给你过生日。"

"已经过了,大起。杨梅花开的时候过的,你忘了?"

"杨梅花开过一个,杨梅果熟过一个。"

于是杨莓一年过两个生日了,结婚三年,她已经过了六个生日。

"没人能知道我找了个多么好的丈夫。"杨莓心里常常说着这句话。

每天清晨睁开眼,她便将脸偎在大起那山峦似的胸脯上,想同一个问题:今天我一定为他做件事。可是十有八九,她想做的,大起早已想到,提前干了,连她没想到的,他也干了。

她伤心了,把头埋在大起怀里嘤嘤地哭。

大起给她擦泪,揩鼻涕,笑她:"傻丫头,给我生个胖宝宝嘛!"

她真傻,怎么就没想到这个!大起说,他一直盼望有个孩子,怕她有思想负担,才一直没对她说。她笑了,把脸蹭在他的络腮胡子上，什么也没说，心里却想，你等着吧，瞧我给你生个十斤重的大胖小子。

原来怀孕也不容易。一个月一个月过去了，总不见动静。大起从不问，她也不提，但杨莓知道每到一月中关键的那几天，大起就一点重活也不让她干。

有一次到了日子，月经还没来，过了两天、三天、四天，她高兴得实在忍不住了，告诉了大起。

大起一下子把她抱起来："没记错日子？"

"没有！的的确确过期四天了。"杨莓说着就觉得胃里翻腾，"想吐！"大起把她抱到床上。

她干呕了一阵，什么也没吐出来。

"就是这样，怀孕就是这样，干呕。"

"说吧，想吃什么？吃星星我都能给你摘下来！"

等大起摘了"星星"风风火火回来，杨莓正扑在床上呜呜地哭呢，来了，那个每月一次"倒霉"的！

大起笑了，逗她："呵，原来你是个馋婆娘。我老家有个邻居就会这一招儿，嘴馋了就对婆婆说，'俺……有了'。于是盼孙子的婆婆便忙着给她做好吃的，香的、甜的、酸的、辣的吃了个遍，吃足了，她又说，'俺那……又来了'。……"

"咯咯……"杨莓笑了，望着大起，笑得不是个滋味儿。

"咣！"火车骤然停住了。猛烈的晃动使车厢里一阵骚乱，一个伤员"哇哇"地吐起来。

杨莓跑了过去，一把将那个伤员的上身托起。黏稠的液体从伤员口腔和鼻腔喷射着，喷了杨莓一身，一地。

"该死的车！"潘珍骂着跑过来，见杨莓一条腿跪在铺位上，一只胳膊托着那伤员，正在喂药，她便拎来拖把，还没拖，就觉得五脏六腑翻卷在一起。

"小潘，你去看看别的铺位，这里你不用管。"

潘珍还是拿来水桶和拖把，清理了一番。尽管潘珍不情愿和杨莓一个班儿，但和杨莓在一起，心境上的轻松、自由、舒展，那是和别人共事不可能有的。杨莓从不挑剔你什么，但你可以挑剔她，说深说浅全没关系。你不愿干的活儿尽管心安理得地不去干，她干了似乎也不觉得吃亏。

潘珍曾怀疑这个人少心没肺或者神经不健全，可有一次下雨，潘珍知道高大起参战去了家中无人，就把自己的伞给了她，自己和叶小爽共打一把伞回宿舍，杨莓竟然红了眼圈儿。潘珍明白了，这是一个内心深处沸溢着感情的人。

那个大鼻子小耳朵的小伙子又在瞧着她。不知为什么，这种事现在给潘珍的感觉只是无聊、厌烦！

火车不知为何停下，扑哧了几声又开起来了。

西边，橘红色的信号弹热烈地遥对着东边；东边，冥冥的云层里漂泊着一只无人驾驶的小船。

车，也许开得并不快，杨莓却觉得飞一般。再见了，坑道、红土地、芭蕉林；越来越远了，大起！

来的时候，车走的是那么慢，她一直坐着，身子朝前探着，似乎那样探可以早一点到达前沿，早一点见到她的大起。她一直把双手放在腹部，捧着那刚刚孕育的胎儿去见爸爸。信上她一直没有写，没有告诉大起这回她是真的怀孕了。她做了化验，做了检查，没错，这回真真切切地要给他生个大宝宝啦！她犹豫过，想把这喜悦早些传递给他。她还是忍住了，她要亲口告诉他，她要亲眼看看她的大起是怎样一个高兴法！翻跟头？拿大顶？嘿嘿嘿，大起疯起来可没个形儿了。

一方方的南国风光从窗口向后退去,她逆向而坐,望着那一寸寸后退的土地。她紧步他的后尘而来,没有见到人,消息也没打听到。战友们也都帮她打听,也没打听到。她们是不是猜到我有身孕了?杨莓突然顿悟了什么。怎么一个个对我分外关切?领队来的魏副院长在这个车厢,和伤员、和她们一块吃的饺子,送的灶王爷,热闹极了。大起呀,他要知道我到前线来过,在他战斗过的地方背过伤员,他会惊讶地瞪大眼睛。嘻嘻,瞪大眼睛瞧吧,好好认识认识你的妻子吧。奇怪,我怀孕的事她们怎么会知道呢?妊娠检查是在地方医院做的,孩子也很帮忙,连一次呕吐也不曾有,脸上也干干净净,妊娠斑什么的都没有。人家说女儿打扮娘,这小东西是个丫头?大起,你喜欢女儿不?

潘珍躲开那个直射她的视线,走到两个车厢的连接处,长长出了口气。从来没有这么累过,上了两年护校,当了四年护士,别人总有叫苦喊累的,她却能在完成本职工作之后,有足够的休息玩耍时间。"机器手",伙伴们这么羡慕地叫她。

真累,伤员多,杨莓手脚慢,潘珍又想替杨莓多干点儿,累得前心贴着后背疼。也许,不纯粹是体力上的不济,她将目光竭力集中在窗外一棵树、一座桥、一个任何具象的物体上时,视线就受到干扰。她脑子里集中想一个人、一件事的时候,情绪就狂躁。这实在不太像她,她一向是越紧张越关键的时候思维越敏捷,像编好了程序的电子计算机,图像显示得特别清晰,特别快,打从小就这样。那是哪一年了?下放户掀起了回城风,她们家是一九六九年从城市下放的,瞧着别的下放户回城,她们家却不敢。爸爸说:"也没这方面的条文,咱回去谁承认咱?!政府听咱的?!"他只会抽闷烟,把嘴唇都抽糊了;哥哥是个熊包,窝在家里找碴发脾气,对着那病病秧秧遇见事就不住地上厕所的妈妈。潘珍一个人卷起铺盖回城去了，依着她家旧居的山墙搭了一个小窝棚，联络了散落在城市各个角落的返城户，到市委去请愿、静坐，还准备绝食。市委很快签发了一个文件，允许下放户回城，并妥善安排工作和住房问题。因为城市人口下放，是极"左"路线的产物，原本在拨乱反正之列。

那年潘珍不足十六岁。

新家靠着一个军区大院，中间有一条水沟相隔。水沟的那边是青砖小楼，一幢一幢的，阳台上摆满了花草、盆景。沟这边是市政府给返城户盖的一排半里长的简易红砖房。低低窄窄小窗子小门，活像一排鸽子窝，倒也挺整齐的。

潘珍家的小窗格对着那个大院里一幢挂着柠檬黄窗帘的小楼，那柠檬黄的窗帘终日挂着，总也不见拉开，这使潘珍对它产生了一种神秘感。那窗帘越是不打开，她越是克制不住地总是注视它，越是注视越感觉神秘。渐渐她的眼睛有了穿透力，像两束激光刺破了那轻柔的柠檬黄窗幔。当然，这是借助了幻觉实现的。她看到一个面目极其丑陋的女人衣着华丽地半卧在睡榻上，手里半举着一面镜子。那镜子里的影像很眼熟，潘珍细细一看，却是自己。

"愿意用你的面容和我的财富交换吗？"那女人对着镜子问。

"愿意。"她痛痛快快地回答。

有一天，她突然向家里人宣布："我已经退学了。"

爸爸莫名其妙地抬起那只鸡爪子似的手。他是个篾匠，除去下放那五年，他一直在竹器修理部，在那个半间屋子大的小门脸儿里握了三十几年的篾刀。他的手已经再也伸不直，握不拢了。

爸爸伸了会儿手，又抖抖地放了下去，哥哥没有反应，似乎并不意外。妈妈不住地眨眼睛，她净添些让人讨厌的毛病。户口迁入城市后，潘珍一定要上重点中学，为此她自己和全家都尽了力，费了神。现在她又突然自作主张退学了，居然，全家谁也没有说一声责备她的话。

这个十六岁姑娘的威信在全家户口从农村迁入城市那一天，已经像旗杆一样在家里竖了起来。

好冷！潘珍打了个寒战。车厢连接处四面冒风，她折回车厢。

那个大鼻子小耳朵正闭着眼睛睡觉，姑娘般的眸子覆盖在又长又密的睫毛下。他在做什么梦？

石汉中医生来查房了，除了伤员，他目不旁视。在医院也是这样，似乎病房里只有病号。他深得像井，不知多长的井绳才能探到那井的底？

潘珍不喜欢这种人，也说不上为什么不喜欢，完全是凭直觉。她的直觉很敏感。她一只手神经质地握住了衣袋里的一把小刀片，如果那锋利的刀尖能挑开她的动脉放放血，也许就不这么疲倦，这么敏感和狂躁了。怎么会这样？！车轮刚刚开动时的那种轻松哪儿去了？

石汉中医生大概也是太疲倦了，从鼻凹到嘴角出现了两道深深的皱纹，那本来就长的脸显得更长。但步态依旧，潇洒庄重。疲倦和困乏像大水一样漫过来，像墙倒似的压过来。这种感觉潘珍不陌生。毅然退学后她便跨过水沟，走进了那幢挂着柠檬黄窗帘的小楼。当小保姆。

全家谁也不知道她是怎么想的，但依然没人敢反对。倒是替她引荐的老保姆劝她："妹子，你想好了，这家人不好侍候，五个月换掉三个保姆了。"潘珍嘴角浮出一丝自信的笑，收拾得利利索索去了。

进门先亮了条件：家里的一应杂活儿她全包了，除去吃住，不要工钱。要求只有一个——干满两年后保她一个当兵的名额。说完她对着那个又干又瘦的小楼主人叫了一声："钱处长。您在军务处，

推开昨天的半扇门

每年征兵您负责,对不?"

听得那人愣了愣,认真地打量了她一阵子,好像闯来个"克格勃"。

柠檬黄已不再是一团神秘的雾,那间三十平方米的阴暗天堂比她想象的还要漂亮,席梦思床上真的躺着一个女人,很年轻,说不上漂亮,也不像想象的那么丑陋,喜欢从下往上看人。那是处长的儿媳妇,嫁过来一年就瘫了,失语,大小便失禁,中医西医轮番地治,也没治好。从进小楼的第一天,潘珍就明白了她的中心工作——对付这个瘫女人。这个不能说话,不能动的女人才是小楼真正的主人,她住的那间三十平方米的房子就像小楼里的雷区,全家都小心翼翼,不敢随便踏入。

潘珍换上了软底布鞋,解下小辫儿上的粉红纱条。她注意到那女人第一眼看到她,目光便仇恨地停留在那粉红纱条上。她索性小辫也不编了,随随便便地梳一下,像农村大嫂那样往耳后一掩。效果很明显,她像一只灰老鼠,浑身上下没有一点亮色地出进那女人的房间,那女人的目光平和多了。

服侍这样一个人已经够累的了,还有全家的一日三餐,整个小楼的卫生杂务。她虽是平民百姓家的穷妹子,爸妈却也是尽穷人能娇惯的水平把她娇惯大的,像这样的苦她何曾吃过?每到晚饭后,疲劳和困乏就像一堵大墙朝她压下来。她使劲揉太阳穴,掐虎口,拧大腿,挣扎到整个小楼全部熄了灯,她才去睡。躺下,在黑暗里她睁大眼,不舍得睡去,多么好哇,就这么一动不动地躺着。天热的时候,妈总爱说:"厨房门口的风最凉快。"以前她认为妈又说胡话,妈糊糊涂涂一辈子,没说过几句清楚话。现在她明白了,只有经受了烟呛火烤的人才会说出这样的话。进了小楼,她也总结出一句:"没工夫研究床的人最知道床的好处。"忙得两腿发直的时候她实在羡慕那个瘫子,她又担心,照这种累法,也许不用两年自己也会瘫的吧？常常睡至半夜，一阵似鬼似兽的嚎叫把潘珍吓醒，那瘫子白天睡够了，晚上整治她的男人。潘珍的住房紧靠她们的房间，比小楼里其他人受那瘫子的"恩典"更丰厚。头一次半夜惊醒，那毛骨悚然的声音把潘珍吓傻了，她呼地坐起来，光着脚跳下床，紧紧地抓住自己的头发，望着陌生的房间，怎么也不知道自己在哪儿，愣愣怔怔地待了几分钟，神志才清醒过来，她捂着嘴悄悄地哭起来。她恨爸爸恨妈妈，恨那没有本事的父母。墙那边也是哭声，断断续续传来的男性喉音："……不，不爱，除了你，我保证谁也不爱。……扯谎是狗……兔子……乌龟！王八蛋！"

八个多月过去了，潘珍给那瘫女人看手相，用扑克牌算命，揣摩着她的心理哄她玩，宽她的心。中医来针灸，逢那女人不高兴的时候，潘珍让医生先在自己身上扎，解除她的恐惧感。小楼里比以前安静多了。那瘫女人不再揪自己的头抓自己的脸，天气好的时候，还允许拉开那柠檬黄窗帘让阳光照进来一会儿。

一天中午，小楼里的人都在睡午觉，正是那让人倦乏的长夏，阳台上的花都蔫了叶子，猫也蜷曲着身子躺在楼道里发懒，潘珍短裙背心，在厨房里杀鸡。她忽然觉得背后有人，虽然什么声音也没有。回过头去，那瘫女人的丈夫坐在门口的一只凳子上。潘珍一惊，不知道他什么时候进来的，坐了多久。他早出晚归，潘珍不怎么和他见面，不知怎么称呼他，他父母都叫他小虎。他的个头高出他爸一个脑袋，笔挺，精神，白净的脸上生着一些粉刺，并不因此难看，倒是显示了青春在他身上的勃勃活力。每每看到他一掠而过的高大身影，潘珍就想起："兔子、乌龟、王八蛋……"忍不住想笑。

"你有什么事？"

他面部抽搐起来，嘴唇一下子失去了血色，身子向前一倾，两

推开昨天的半扇门

条胳膊蟹钳般地钳住了潘珍。潘珍头一下子大了，眼前一片黑暗。当她感觉胸脯一阵针扎得揪疼时，眼突然一亮，顺手摸到案子上的菜刀。刚杀过鸡，刀刃上还带着暗红的血。他放手了，呼哧呼哧地喘着气，脸没了一点血色，那一颗颗粉刺红得晶莹。

"我喜欢你！喜欢你！"他牙齿咯咯发响。

"狗！兔子、乌龟、王八蛋！嘻嘻……"潘珍突然笑起来，那撕破的背心，断了带子的乳罩，随着她的笑颤抖起来。

这天晚饭后瞅了个没人的空当，潘珍挤住了他。

"给你父亲说，我现在就要参军。"

他不说话，牙齿在嘴里咯咯作响。

"你不说我就把今天的事告诉她，那个住在楼上的人。"

他仍不说话，脸上的粉刺红中泛起黄绿色。

她转身上楼去。他还不吭声。在她上到第八级楼梯时，他"咚咚咚"地叩响了他爸爸的房门。

她知道他会这样做的，也知道他爸爸一定会把她送去当兵。因为她相信那个半死的瘫子的威力，她父亲是军区管干部的副政委。

这年秋天潘珍穿上了崭新的军装。在那个年月，这是多少女孩子的向往啊！

汽笛长鸣，火车开进一个大站，略为减速，随即又加速前进，站台上的旅客和站台下闪光的一道道铁轨向后退去，很快变小了，飘去了。

"人生的路很长，但关键的就那么几步。"潘珍长长地吐着气，驱赶一切似的闭上了眼。她现在又到了关键的一步了。

西边，橘红色的信号弹遥望得太久，站不稳了，扑的一下子跌落了下去；东边，狂涛堆起巨浪把空空的小船推了上去。

车厢里暗了下来。暖气烧得不均匀，忽冷忽热，一个伤员燥热得把被子掀下铺来。杨莓弯下腰去，把被子拉起来，抽出了棉被，把被套盖了上去。她发现那伤员铺底下的鞋一只朝前，一只朝后，笑了一下，把那只朝后的用手拨了过来。

"下床，把鞋摆好。"大起常常命令她。

就这么一个习惯，大起纠正了她整整一个蜜月，才算初见成效。以后每逢她上床时再乱甩鞋子，他就罚她下床，把鞋重新摆好。

她也奇怪，一个人的毛病何故这么难以纠正呢？后来她终于习惯了，上床前把鞋尖朝前，摆好。

"大起，还别说，这鞋摆好了再穿的时候就是便当。"她说。

"赶跑了流氓无产阶级。万岁！"他对着她振臂高呼，她笑着用拳头使劲捶他。妈妈塑造的她被大起又重新塑造着，触到疼处，她也曾对他喊，对他叫，但那是带着七分撒娇，二分任性，一分故意的"抗议"。大起一离开家，她便像失重似的，自由得无根无底，无抓无挠，空空落落。就像大起那呼噜，开始不习惯，睡不着，后来没有它反而睡不着了。

潘珍睁开了眼，杨莓对她指了指，说第二铺位的伤员找她。

"那个大鼻子小耳朵的？"潘珍现在没有心思顾及这种事，"告诉他，有什么事找你一样。"

杨莓疑惑地望着她。

潘珍笑了笑，压低了声音说："从上车他就盯着我看，小兵拉子，受了伤还不安分。"

杨莓摇着头说："他说问你个人，叫什么征来着，问你认不认识。"

潘珍倏然将目光转向窗外。

推开昨天的半扇门

"好，我就去。"

她这一眼，看到的恰恰是一个乌鸦窝，高高的，黑乎乎的一团蓬在一棵木棉树丫上。

她为陶征的事，和家里闹翻了，从来不敢反对她的父母，在这件事上表现了强硬和坚决。

陶征是鄂伦春族人，在父母眼里鄂伦春人如同异邦野人，说什么他们也不同意女儿随了他去。无能的妈妈没有其他力量阻止这件事，曾三天不进食，以死相逼女儿退步。

潘珍第四天便离开了家，本来她可以在家住二十天，那是她两年一次的探亲假。

她把挺在床上的母亲丢在床上走了，爸爸追出门来："你、你、你就是狼种也不能看着你娘这样就走啊，你……"

"嘭——叭！"哥哥从门里摔出一个陶罐子。

潘珍和陶征认识纯属偶然。她护理的一个病号是他部队的一个战士，他常来看望那个病号，说话嗓门特别大。

她对那个病号说："以后让你们小排长说话声音轻点儿，这儿不是练声房。"

那个病号说："啥小排长，他是我们副营长。去年军校毕业调到我们营的。原来是边防站站长，赫赫有名的'老枪'，你没听说过？好几位老帅给他题过词，说他有军事干部的气质，政工干部的素养，边防站方圆几百里的伐木工、淘金人、捕鱼队都知道边防站有个'老枪'。"

潘珍开始注意这个年轻的"老枪"了。只要他来探视，她便借故在那间病房里转悠。她发现病房里其他几个病号也都非常欢迎他，闹着让他讲打狍子、猎黑熊、降野马（原来他还当过三年骑兵）、套鱼、训军犬。军犬是边防站不可少的成员，他养了四只军犬，其中一只到了退役的年龄，反应明显迟钝，该把它送回后方了。它立过二等军功六次,是个老功臣,他舍不得它走。它似乎也知道了自己的处境,形影不离地跟着他。看电影,它不让他坐凳子,卧在地上,用嘴咬他的裤角,非让他坐在它的背上。往后方送它那天,他把它的毛浑身上下梳理了一遍,又把它得的奖章用红丝带全部串起,像奇丽的花环一样套在它的脖子上,然后把它抱上汽车。它默默地站在车上,样子很庄严,车一开动,它忽地窜了下来,对着一棵老松树撞去……他讲得悲壮动人,一个新兵小病号听得抽抽搭搭。

他们要他讲讲两国边防站会晤的趣事,他说:"那可不是趣事,双方虽然都是连级小长官,代表的却是两个大国家,言辞举动都是政策和政治。"

他讲了他参加的最后一次会晤。那是四月十号,一大早江那边的边防哨便升起小红旗,那是要求会晤的信号。惯例是每月会晤一次,有了紧急事端可以随时升旗,例外会晤。他一面命令部下升起红旗,烧热会晤小楼,泡好红参茶,准备会晤;一面猜度着可能出现的事情。对方的小汽车从江面的冰上驶了过来,双方敬礼,握手,互称同志,在小楼里坐定。

"贵国有一辆军用卡车于今日凌晨四时十八分擅自闯入我国境内。"

"地点?"

"江湾口,停留长达半小时。"

他想起月初对方有一辆车闯入我国境内,被我方扣留,于是笑了笑:"车和人仍在现场?"

"出于礼貌,我们没有那么做。"

"那么车辙不会消失。咱们现在就一起去江湾口。"

边防站副指导员悄悄捅他一下:"现场他们是可以伪造的。"他没说什么,马上驱车和对方会晤官员一同驶上江面,朝江湾口奔去。行驶了一百三十多公里，汽车戛然而止，开了冻的江水驮着龟裂的大冰块马群似的奔涌着。

"此处属低纬度，我方早已接到水文气象部门的封江通知，因此贵国讲今日凌晨在江湾口发现我入境车辆是不可能的。"

"对不起，也许是瞭望塔的失误，我们回去再做调查。"

潘珍笑了，怀着一种新鲜的感情，望着这位年轻的副营长。她决定向他发起进攻了。对异性发起进攻，在潘珍还是第一次，她自己被异性进攻的次数却是计算不清了。叶小爽赠她一个荣誉称号：攻不破的堡垒。

这个堡垒委实不好攻，潘珍既不像有些漂亮的女孩子，以自己的姿色为资本四处投资，也不像另一些姑娘认识不到自己的价值，刚刚长成花呀朵的就把握不住自己，在晕头转向的情爱里低就了他人。她冷静地等待着，像真正的猎手一样不急不躁，又聚精会神，只待捕捉到真正的目标，便把囤积的力量和智慧，把浑身的解数和魅力一齐抛将出来。

她成功了。她知道会是这样的结果，她从来是认定一个目标，直奔而去，不达目的决不撒手。

在他们第七次湖畔约会的时候，他已经被提升为营长。她把自己最满意的一张照片剪成"心"形放进他的衣袋；他把爷爷留给他的一把小猎刀送给她，那是他们鄂伦春族人最珍爱的物品，五彩鱼骨把，莲瓣形小弯刀，从十一岁起，天天揣在他的身上。

第八次约会他没来，第九次她又扑了空，第十次约会之前收到他的信，他已经在南国的红土战壕里了。他请她原谅他的不辞而别，并痛心地告诉她，他的警卫员，那个她护理过的，使他们得以结缘的战士已经牺牲了。她捧着信，脑子里"轰隆"一声，一座什么东西在她身边坍塌了，那庞大的废墟里模模糊糊有什么在晃动，一只轮椅？一双拐杖？一副盲镜？一个蒙着白床单的担架……

她战栗着掏出了衣袋里的小猎刀。五彩鱼骨把，莲瓣形小弯刀。她呆呆地望着它，除了它的漂亮，她还看到那雪蓝雪蓝的冰冷的刀锋。它漂亮，但毕竟是一件凶器。

她更没想到上前线的事也会摊在她头上，虽然她们的任务不过是战场救护，往后方运送伤员，但谁也难保子弹不找到身上来。清理了所有的物品，给自己提前准备后事。在捡信的时候忽然翻到了一个米黄色的信封，是那个"粉刺"寄来的，告诉她，他那个贵夫人已经病逝，父母到处为他物色对象，他一概拒绝了。当时她懒得看完便扔在抽屉里，现在更觉俗不可耐，一手扔进废纸堆里。少顷，她又感到焦躁，感到不安，感到心里茫茫然、空落落的。她又皱着眉把那米黄色的信封捡了回来，锁进了抽屉。那把鱼骨把的小猎刀被她掂量了许久，最后揣进衣袋时，她觉得心一阵阵往下坠。她才明白，她不愿意在那血里火里枪弹里见到陶征。果然，她也没碰到他。当车轮回转，一寸寸离开那叫人志忑、叫人生厌的红土地时，她顿时感到一阵新生般的轻松感。

车厢那头的门开了，杨莓摇摇晃晃地走进来。

潘珍身上出了一层薄薄的汗，她解开军装的风纪扣，朝二号铺位走去。

"同志，找我？"

"我是，想问问你，认识我们陶营长不？陶征。"

潘珍闭上眼，摇摇头。

"对不起。"大鼻子一下子窘了起来，吭吭哧哧地说，"我是他的警卫员，他有一张女朋友的照片，长得挺像你……"

"他现在？"

大鼻子看了她一眼。

她不知道那句问话是从哪儿发出来的，双眼也不听使唤，睁开来固执地盯着对方。

推开昨天的半扇门

"他牺牲了……"

潘珍一把将他揪住,叫起来:"说什么?你——说——什——么?!"

血立刻从大鼻子胸口的绷带上渗出,他短促地呻吟了一声。杨莓跌跌撞撞跑过来。车厢里一片骚动,以为护士同伤员扭打了起来。潘珍眼神全散了,松开了揪着那绷带的手。

大鼻子紧紧抓住她的手,浑身抽搐,殷红的血迹向外扩大:"我,我没照顾好营长……我……我不配给他当警卫员!我……"他对准自己的伤口"嘭"的一拳。

"你!"杨莓扑向他。

他身子趔趄了一下,倒在杨莓那瘦小的身躯上。潘珍怔怔的,眼睛像一个空洞。

"我、我……"大鼻子挣扎着站直了身子,从裤兜里掏出一张战地小报,"我们营长的事迹……军首长号召全军向他学习。……"他忽然一转身对着车厢大声喊,"你们看过陶征烈士的事迹吧?咱们面前站的,就是他的亲人,他的未婚妻!"

车厢一下子静下来,只剩下轰鸣的车轮声。陆陆续续,能下铺走动的伤员都肃然地朝潘珍站立起来。

杨莓扶住摇摇晃晃的潘珍:"小潘,原谅我,我不知道你心里藏着这么大的痛苦。"

大鼻子伤员把皱皱巴巴的小报递在潘珍手里:"我曾想,走遍天涯海角也要找到你,把这份报纸交给你……没想到在这儿碰到了你。"他举起缠着绷带的手,庄严地放在帽檐边上。

"不!"潘珍一把捂住脸,"我不是,不是!不是你要找的人!"她推开紧紧搂着她的杨莓,逃一般地穿过对着她肃立的伤员们,奔出车厢……

杨莓后退了几步,身子撞在车厢板上,腹部一阵酸胀,"突突"

地跳了几下,她用手紧紧捧住。

新生命第一次躁动。

东边,太阳像一个浴着鲜血的婴儿,颤抖着,颤抖着,蓦地在痛苦中诞生;西边,月亮斜挂在透明的白云上,如同一个舒适洁净的摇篮,迎接着新人的到来;一列军列犹如一条绿色的人生大道,铺设在太阳和月亮之间。